半暖時光 (下)

桐華 著

野人

半暖時光（下）

茶蘼坊38

作　　者　桐　華

總 編 輯　張瑩瑩
副總編輯　蔡麗真

責任編輯　蔡麗真
美術設計　洪素貞 (suzan1009@gmail.com）
封面設計　周家瑤
校　　對　仙境工作室
行銷企畫　黃怡婷

社　　長　郭重興
發行人兼出版總監　曾大福
出　　版　野人文化股份有限公司
發　　行　遠足文化事業股份有限公司
地址：231 新北市新店區民權路 108-3 號 6 樓
電話：（02）2218-1417　傳真：（02）8667-1065
電子信箱：service@bookrep.com.tw
網址：www.bookrep.com.tw
郵撥帳號：19504465 遠足文化事業股份有限公司
客服專線：0800-221-029
法律顧問　華洋法律事務所　蘇文生律師
印　　製　成陽印刷股份有限公司
初　　版　2014 年 12 月

國家圖書館出版品預行編目 (CIP) 資料

半暖時光 / 桐華著 . -- 初版 . -- 新北市 : 野人文化出版 : 遠足文化發行 , 2014.12
面；　公分 . -- (茶蘼坊 ; 37-38)

ISBN 978-986-384-013-8(全套 : 平裝)

857.7　　103021774

半暖時光
線上讀者回函專用 QR CODE，您的寶貴意見，將是我們進步的最大動力。

目錄

Chapter 11

生活

生活是不公平的，你要去適應它。

——比爾．蓋茲

元旦假期的最後一天，顏曉晨告別了沈侯，回到上海。

客廳的茶几上，還放著沈媽媽留下的那疊別墅照片和聯繫名片。自沈媽媽把它們放在那裡後，顏曉晨一直沒有看過。

現在心平氣和了，她坐到沙發上，拿起照片仔細地看起來，屋外的小花園、室內的裝潢都美輪美奐，猶如時尚雜誌上的樣品屋，不得不說沈媽媽出手很大方，這樣一棟房子，只怕很多白領奮鬥一生都買不起。

顏曉晨把所有照片和名片扔進了茶几旁的垃圾桶裡，拿好錢包和鑰匙，出了門。

每天衣食住行都要花錢，每個月還要給媽媽一點生活費，她必須賺錢，不可能不工作，但找一份正式工作需要時間，她的狀況更是不知道要多久，兩、三個月、半年都有可能。顏曉晨決定先去找一份酒吧的工作，晚上上班，白天休息，既可以賺錢維持生計，又不會影響白天去面試找工作。

顏曉晨有酒吧工作經驗，又正年輕，找一份服務生的工作很容易，從下午跑到晚上，已經有三家酒吧願意要她。她挑了一家能提供住宿的工作。所謂的住宿，其實就是合租，老闆在酒吧附近的公寓裡有間一廳兩房的房子，放了六張上下鋪，住了十幾個人，酒吧員工每個月交四百塊就可以入住。

工作和住宿都定下後，顏曉晨開始收拾行李，準備搬家。合租的房子裡人多手雜，除了衣服，別的都不敢放，顏曉晨把其他東西拿去魏彤的宿舍，寄放在她那裡。魏彤現在的研究生宿舍是兩人一間，放些雜物沒什麼問題。

魏彤驚疑地問：「妳和沈侯吵架了？」

顏曉晨來之前就想到魏彤肯定會問，平靜地說：「我和沈侯沒吵架，是沈侯的爸媽不同意我和他在一起。」

魏彤怒了，「憑什麼？他們的兒子害得妳連學位都沒有了，他們有什麼資格嫌棄妳？」

顏曉晨看著魏彤，魏彤知道她不喜歡人家說沈侯害得她沒了學位，忙改口，「好，不提以前的事，沈侯的爸媽憑什麼嫌棄妳？」

「最古老、最有力的理由，門不當戶不對。」

魏彤滿面匪夷所思，「沈侯家是不是很有錢？」

顏曉晨點了下頭。

魏彤嘲諷地問：「多有錢？是身家千萬，還是過億？」

「幾十億。」

魏彤倒吸一口冷氣，嘲諷的表情消失了。雖然不知道顏曉晨家的具體情況，但也約莫知道她家很窮，兩家的確天差地別。設身處地想一想，她的前渣男友只是因為大學的學校不好，她爸媽就反對激烈，天下的父母都唯恐子女吃苦，倒不能責怪沈侯爸媽。魏彤說：「真看不出來，沈侯可夠低調的！妳打算怎麼辦？」

「之前不管是住的房子，還是工作，都是沈侯幫忙，可那又不是沈侯的，說白了，就是靠沈侯的爸媽，吃人嘴軟、拿人手軟，他爸媽瞧不起我也是我自找的，現在先自力更生吧！至少下一次面對他媽媽時，我不會那麼心虛。」

魏彤心裡很難受，如果曉晨沒丟了學位，何至於為錢發愁？她說：「不管發生什麼事，別忘記來找我，我雖然幫不上什麼大忙，小忙可沒問題。」

顏曉晨笑說：「這不就是來找妳幫忙了嗎？」

魏彤說：「給我新地址，有空時，我去找妳玩。」

顏曉晨把住宿地址用手機發給了魏彤。

＊＊＊

果然，如顏曉晨所料，沈侯接待完三亞的客人，又被派去別的地方出差，究竟什麼時候能回上海，連他也不清楚。

顏曉晨搬出沈侯的房子，搬進酒吧的合租房。她白天去網咖投履歷找工作，晚上去酒吧打工賺取生活費，每天過得忙忙碌碌。

可是，不管她投遞多少份履歷，都石沉大海，沒有任何回音。

顏曉晨看看自己的履歷，的確滿是疑點，上過大學，卻沒有獲得學位，主修是金融類的，第一份工作卻是做衣服的，領域跨得莫名其妙，還只做了半年，凡是正規的公司，都不會選中滿身問題的她。

下午，顏曉晨又去網咖找工作，先查收信匣，沒有任何回信，她失望地退出了郵件信箱，繼續去網上找工作。

其實，她現在的情形連投遞履歷都困難，所有金融類的工作都要求學士學位以上的學歷，就這一條，她連投的資格都沒有；和服裝製造或貿易有關的公司倒是對學歷的要求低一點，可以接受大專生，但要麼要求相關主修畢業，要麼要求兩年以上工作經驗，她這個無關主修、半年工作經驗的人也是壓根兒沒資格投履歷。之前，她一直懷著點僥倖的希冀，硬著頭皮投了履歷，卻無人理會。

顏曉晨正細細瀏覽每條徵才資訊，手機響了。她以為有公司通知她面試，激動地拿起手機，卻不是陌生的電話號碼，而是劉總。

劉總熱情地寒暄：「顏曉晨嗎？最近怎麼樣。」

「還可以。」

「找到工作了嗎？」

「沒有。」

「現在的社會競爭很激烈，別說妳這樣沒學位的人，不少名牌大學的研究生都找不到工作。小姑娘別太倔強，侯總說了，只要妳答應遠離沈侯，她就幫妳安排一個好工作……」

「我不需要！」顏曉晨掛了電話。

她看著網頁上密密麻麻的徵才資訊，有點絕望，這個城市那麼大，有那麼多公司，卻沒有一個公司願意要她。顏曉晨知道絕望的情緒就像沼澤，一旦陷入，只會越陷越深，她深吸了口氣，把一切負面情緒都封鎖起來，打起精神，繼續投履歷。

＊　＊　＊

一月十四號晚上，沈侯從重慶回到上海。

他偷偷摸摸地打開門，興高采烈地想要給顏曉晨一個驚喜，可曉晨並不在家。剛開始，他以為她有事出去了，但一進廁所，就發覺不對勁了，洗手臺旁只有他的洗漱用品，毛巾架上也只有他的毛巾。

沈侯衝到顏曉晨的臥室，只見衣櫃和書桌都空了，所有屬於她的物品全消失了，幾個月前，他親眼看著她一點點把她的東西放進屋子，一點點把他的心充實，沒想到竟然會一夕之間一掃而空。

沈侯心慌意亂，立即打電話給顏曉晨，卻沒有人接，他一遍又一遍打電話，往常總會有人應答的電話，一直都沒有人接。

沈侯打電話給Judy，Judy竟然告訴他，元旦前顏曉晨就辭職了。沈侯又打電話給劉叔叔，劉叔叔的說辭和Judy一模一樣，除了辭職的事，別的一問三不知。

可是，元旦曉晨來看他時，沒有一絲異樣，這幾日他們通電話時，她也沒有一絲異樣，為什麼她離開了公司，搬出了房子，卻一直瞞著他？

沈侯軟坐在沙發上，心慌意亂地想，究竟發生了什麼事？

他迫不及待地要找到顏曉晨，但到這個時候，他才發現，他和曉晨之間的聯繫並不像他以為的那麼緊密，他能找她的方式，竟然只有一個手機號碼。

他不知道她的家在哪裡，也不知道她媽媽的聯繫方式，只能一遍遍打著她的手機，手機那頭卻一直沒有人應答。

曾經以為那麼親密、那麼牢不可分的關係，竟然只剩一個手機號碼？

沈侯忍不住想，如果永遠沒有人接這個電話，他會不會就再找不到她了？第一次，沈侯發現，失去一個人，原來是那麼容易的一件事。

❋ ❋ ❋

眼看著時間過了十二點。

沈侯無奈下，病急亂投醫，開始打電話給他和顏曉晨的朋友。

被學校開除後，顏曉晨只和同宿舍的同學還有聯繫，準確地說，只和同宿舍的劉欣暉、魏彤有聯繫。劉欣暉遠在家鄉，不可能知道曉晨的去向；魏彤在上海，時不時兩人還會一起吃飯，也許能知道點什麼，可是魏彤的手機已經關機。

另一個和顏曉晨一直有聯繫的朋友就是程致遠，沈侯也忘記了他什麼時候、出於什麼目的，竟然存了程致遠的電話，這個時候顧不上兩人熟不熟、面子不面子的問題，他撥打了程致遠的電話。

程致遠已經休息，被手機鈴聲吵醒，他迷迷糊糊地摸到手機，看是陌生的電話號碼，雖然有點不高興，但既然被吵醒，還是接了電話。

「喂？」

「請問是程致遠嗎？」

程致遠覺得聲音有點耳熟，卻一時沒認出是誰的聲音，「是我，您哪位？」

「我是沈侯。」

程致遠一下子坐了起來，難怪他沒聽出是沈侯，他的聲音太緊張小心，實在不像他平時的飛揚跋扈。「什麼事？」程致遠說著話，已經開始穿衣服，能讓沈侯打電話給他的原因只有一個，而這個時間打電話絕不會是好事。

「你知道曉晨在哪裡嗎？」

「她不是和你合租房子嗎？」

「我出差了三個星期，今天晚上十點多到家後，發現她不在家，她的東西也不見了。」

「公司呢？」

「已經打過電話，公司說她元旦前就辭職了，不清楚她的去向。」

「你最近一次和顏曉晨聯繫是什麼時候？」

沈侯不耐煩程致遠問東問西，可現在是他打電話向程致遠求助，他壓抑著焦躁說：「就今天晚上，我下飛機時和小小通過電話，我沒告訴她我回上海了，假裝還在外地，和她聊幾句就掛了電話。我發誓，我和小小絕沒有吵架，打電話時一切正常！你究竟知不知道她在哪裡？」

「不知道。」

「你最近和她聯繫過嗎？知道她可能會去哪裡嗎？」

「上一次我和她聯繫是元旦，透過微信互祝了一下新年快樂，一時半會兒真想不出她能去哪裡。」

沈侯的希望落空，聲音一下子很低沉，「不好意思，打擾你休息了！」

掛了電話，程致遠立即撥打顏曉晨的電話，鈴聲在響，可就是沒有人接。

程致遠又打電話給魏彤，魏彤的手機關機。這個時間大部分人都睡覺休息了，關機很正常。

程致遠想了想，打電話給李司機：「老李，我突然有點急事要處理，本來可以坐計程車，但這個時間叫車不知道要等多久，只能麻煩你了。」程致遠決定去一趟魏彤的宿舍，她和顏曉晨關係不錯，如果上海還能有人知道顏曉晨的去向，只有魏彤。如果魏彤仍不知道顏曉晨的去向，他就決定連夜趕往顏曉晨的老家，去找顏曉晨的媽媽。

❀ ❀ ❀

看守女生宿舍的阿姨剛睡下不久，又聽到咚咚的敲門聲，阿姨氣得爬起來，怒問：「幹麼？」

沈侯賠著小心說：「我找魏彤，有十萬火急的事。」

阿姨氣得罵：「又找魏彤？又十萬火急？」

沈侯顧不上細想，只一遍遍說好話央求，阿姨一邊數落，一邊上樓去叫魏彤。

不一會兒，魏彤就跑了下來。沈侯焦急地問：「妳知道曉晨在哪裡嗎？」

魏彤陰陽怪氣地說：「你不是曉晨的男朋友嗎？你都不知道她在哪裡，我怎麼可能知道她在哪裡？你這男朋友未免做得太不稱職了吧！」

沈侯聽她語氣裡滿是冷嘲熱諷，反倒放下心來，「魏彤，妳一定知道曉晨在哪裡，告訴我。」

魏彤生氣歸生氣，卻知道這事遷怒於沈侯實在不對，她瞪了他一眼，拿出手機，把顏曉晨的地址發給了他。

沈侯問：「妳知道曉晨為什麼要辭職搬家嗎？」

魏彤沒好氣地說：「你自己去問曉晨吧！反正我告訴你，別以為曉晨沒人要，你不好好珍惜，自然有人珍惜。天底下可不是就你一個好男人！」

聯想到剛才阿姨的話，沈侯反應過來，「程致遠是不是也來過？」

魏彤示威地說：「是啊，我把曉晨的地址給他了。」

沈侯一聲不吭，轉身就走。

沈侯匆匆趕到魏彤給她的地址。

是一個舊社區，十多年的老房子，社區管理也不嚴格，他進去時，壓根兒沒有人問。走廊裡的燈都是壞的，沈侯摸黑上樓，藉著手機的光辨認了一下門牌，啪啪地敲門。不一會兒，一個濃妝豔抹的年輕女孩打開了門，「找誰？」

「顏曉晨。」

「又找她？」

沈侯已經很清楚這個又是什麼意思了，客氣地問：「她在嗎？」

女孩側身讓開了路，「她還在上班，你應該去酒吧找她。」

沈侯本想走，卻又想看看曉晨最近住在什麼地方，他走進了屋子，立即呆住。

不大的客廳裡放了兩張上下床，橫七豎八拉著繩子，繩子上掛滿了衣服，簡易衣櫃，鞋架，紙箱……

反正哪裡有地方就放點東西，整個屋子一眼看去，像個雜物倉庫，簡直沒有落腳的地方。

沈侯一眼就看出來哪張床是顏曉晨的，倒不是她擺放了什麼特別的東西，而是太整潔，就像走進一個油膩膩的飯館，到處都亂七八糟，卻有一張桌子鋪著纖塵不染的白桌布，讓人一眼就會留意到。

顏曉晨住在上鋪，她的下鋪就是剛才開門的女孩，應該是已經習慣了夜生活，看上去完全沒睡覺的打算，捧著個舊電腦在看韓劇。

沈侯壓下心中的百般滋味，禮貌地問：「小姐，請問顏曉晨在哪裡上班？」

女孩瞅了他一眼，笑嘻嘻地說：「路口的輝煌酒吧。」說完，她還惡作劇地補了一句，「不久前有個穿西裝的帥哥也來找她，如果她還沒跟那個男人走掉的話，你應該能找到。」

沈侯知道對方只是開玩笑，壓根兒不用理會，卻克制不住地說：「顏曉晨是我老婆，已經答應要嫁給我，不可能跟別人走。」

程致遠到酒吧時，已經快兩點，酒吧裡的客人不算多，但也不算少。

一眼掃去，沒有看到顏曉晨。程致遠找了個年紀大一點的服務生，給他一百塊錢，向他打聽顏曉晨。服務生約莫知道他說的是誰，「十一點多時來了一桌客人，特意要她服務，先生可以先去看一下，如果是您找的人，我可以把她替出來。」

程致遠跟著服務生走過去，只見轉角處的一個卡座擠了七、八個人，除了顏曉晨，還有兩個他認識的熟人——以前顏曉晨在藍月酒吧工作時的同事，應該是叫Yoyo和Apple。

Apple還是以前的樣子，Yoyo卻大概另有際遇，打扮得十分光鮮亮麗。她像女皇般高高在上地坐在沙發上，顏曉晨猶如奴僕般站在她對面，桌子上放了一排倒滿酒的酒杯。顏曉晨正在喝酒，Yoyo面帶冷笑，其他人幸災樂禍地看著。

程致遠見慣了職場傾軋、人心叵測，雖沒親眼目睹，卻立即明白了前因後果。顏曉晨又回酒吧工作的消息應該是傳到Yoyo或Apple耳朵裡，兩個女孩就約了朋友故意來這個酒吧喝酒，特意要求顏曉晨服務，當然不是為了給顏曉晨送錢，而是存心要羞辱她一番。

服務生看這個場面，小聲地說：「先生等一下吧！」

程致遠沒理會他，直接走了過去，笑著跟Yoyo打了個招呼，「好久不見。」走近了，才發現顏曉晨正在喝的居然是苦艾酒，很烈的酒。

Yoyo譏諷地說：「哎喲，海德希克竟然追到這邊的酒吧了！」

顏曉晨看了一眼程致遠，沒有說話，只是微微點了下頭，她端起酒杯，一仰頭就把一杯酒全乾了。

「發生了什麼事？」程致遠拉住顏曉晨的手腕，阻止她再去拿酒。

Apple嘴快地說：「Yoyo請我們來喝酒，看在Olivia和我們相識一場的份上，特意要她服務，我們點了上萬塊錢的酒，照顧她生意，Olivia卻笨手笨腳，打破了一瓶酒，也不貴，就四千多塊，可她賠不起，Yoyo很好心，說只要她能喝掉一瓶Absinthe，就不要她賠錢了。」

這種Absinthe非常烈，酒精度數不小於五十，比中國的二鍋頭度數都高，酒量好的男人也很少能喝掉一整瓶。程致遠微笑著問：「是她笨手笨腳打破的？」

程致遠也沒發火，可看著他的眼神，Apple就覺得心虛，竟然不敢再說一遍，對身邊的朋友小聲說：

「你們說是不是她打破的？」

朋友們七嘴八舌地說：「我們都能作證！」、「是她打碎的！」

雖然知道是她們設的套，但這種事根本追究不清，程致遠拿出錢包，對Yoyo說：「要多少錢？我賠給妳。」

顏曉晨打了個酒嗝說：「你賠了，我還要還給你，我已經快喝完了，你別管！」她推開了程致遠的手，又端起一杯酒，仰頭喝完。

一杯接一杯，她的臉色越來越難看，卻不願接受他的幫助，程致遠只能站在一旁，心中難受地看著她受罪。

喝完最後一杯，顏曉晨擦了下嘴，對Yoyo說：「我喝完了。」

Yoyo笑笑，「我說話算話，不用妳賠錢了。不過，妳下次可要小心點，以後我還會來這裡喝酒哦！妳要再打破酒，只能用薪資賠了！」

顏曉晨嘆了口氣，無奈地說：「歡迎再次光臨！」

Yoyo冷了臉，「這算什麼表情？有這樣對客人的嗎？別忘記，我還是VIP顧客，找妳的經理來！」

顏曉晨彎下身鞠躬，「對不起，我錯了……」話沒說完，胃裡一陣翻江倒海，她趕忙跌跌撞撞地跑到垃圾桶前，半跪在地上，搜腸刮肚地吐著。

Yoyo看到她的狼狽樣，終於滿意，嫌惡地撇撇嘴，對朋友們說：「走吧，下次再請你們來這喝！」

一群人呼啦啦，趾高氣揚地離開了。

霎時，原本很擁擠喧鬧的空間變得冷清安靜，只剩下程致遠一人。他站在顏曉晨身後，看著她狼狽地承受身體的痛苦，卻幫不上任何忙。等她吐得差不多了，他倒了一杯水，遞給顏曉晨。

顏曉晨漱完口，扶著牆站起來，踉踉蹌蹌地要離開。程致遠想扶她，她擺擺手，示意不用，程致遠只能默默跟在她身旁。

她的臉色紅裡泛青，神智看似糊塗，卻又清醒著，去儲物室拿了自己的包，對值班經理說：「我下班了。」可走出酒吧，被風一吹，下臺階時，她整個人向前撲，程致遠忙抱住她。

顏曉晨瞇著眼看了他一瞬，驚訝地問：「程致遠，你怎麼在這裡？」

「我剛才就到了。」

顏曉晨咧著嘴笑，「哦！是你就好！我大概醉了，腦袋很糊塗，麻煩你送我回去。」說完，她頭一歪，就昏了過去。

李司機的車就在路邊等，程致遠小心地抱著顏曉晨放到後座，從另一邊上了車。他幫她繫好安全帶，對李司機說：「回家，開穩一點。」

車子緩緩啟動，程致遠凝視著顏曉晨，看到凌亂的頭髮黏在她臉上，下意識地伸出手，卻在快碰到她時，遲疑了，直到她難受地動了動，他才幫她把頭髮輕輕撥到耳後。

＊＊＊

沈侯開著從狐朋狗友那裡借的車趕來，還沒到酒吧，就看到了程致遠的車。兩輛車在同一條馬路上朝不同的方向開著。沈侯打開車窗，一邊不停地按喇叭，一邊大叫「停車」。

凌晨三點的街道，車流稀少，李司機早就留意到沈侯的車，對程致遠說：「程總，那輛藍寶堅尼跑車好像是在叫我們。」

程致遠看了眼窗外，猜到是誰，淡淡說：「不用理會，繼續開！」

沈侯按了好一陣喇叭，可對方壓根兒不理會。

眼看著兩輛車就要交錯而過，沈侯不按喇叭、也不叫了，雙手扶著方向盤，面沉如水。他踩著煞車，猛地一打方向盤，直接朝程致遠的車撞了過去。

李司機急急打方向盤，想要避開，卻被沈侯黏住，怎麼躲都躲不開，砰一聲響，兩輛車撞到了一起，沈侯把程致遠的車卡在馬路邊，逼停程致遠的車。

沈侯打開車門，像一頭發怒的公牛衝來，「小小！小小！」

他一把拉開車門，發現顏曉晨滿身酒氣、閉著眼睛，臉色難看地昏睡，立即憤怒地質問程致遠，「發生了什麼事？小小怎麼了？」

程致遠下了車，走到沈侯面前，冷冷地說：「我也正想問你這句話，曉晨怎麼了？」

沈侯明白程致遠問的是什麼，可他根本回答不了。他想把顏曉晨抱出車子，程致遠擋在了車門前，「既然曉晨搬出你的屋子，我想她肯定不願再回去。」

沈侯恐懼不安了一晚，好不容易找到顏曉晨，卻連想仔細看她一眼都不行，終於再克制不住，用力推開程致遠，「我想帶她去哪裡，關你屁事！你給老子滾開！」

以前每次起衝突，程致遠都選擇退讓，這次卻絲毫沒客氣，一手扭住沈侯的胳膊，一手緊握成拳，狠狠地打在沈侯的腹部。

沈侯疼得身子一縮，眼中怒火噴湧，剛想回手，聽到程致遠說：「這一拳是為了曉晨的學位！」

沈侯已經揮出去的拳頭停在半空。
程致遠又是狠狠一拳，「這一拳是為了曉晨這些日子受的委屈！」
沈侯緊握著拳頭，仍舊沒有還手。
程致遠又狠狠打了沈侯一拳，「這一拳是為了曉晨今晚喝的酒！」
連著三重拳，沈侯痛得整個身子往下滑，站都站不穩，程致遠像是丟廢品一樣推開他，想要關上車門。沈侯卻緊緊抓住車門，強撐著站了起來，「我可以讓你打三拳，但我絕不會讓你帶走小小。」
程致遠想拍開他的手，卻一眼就看見了他中指上的戒指，立即下意識地去看顏曉晨的手，在她的中指上也戴著一枚款式相同的戒指。程致遠猶如被毒咒魘住，霎時整個身體都靜止了。
一瞬後，他問：「你打算帶她去哪裡？」
沈侯說：「今晚先住酒店。如果她不願意住那個房子，我們可以換房子。」
程致遠盯了沈侯一會兒，慢慢退開了幾步。
沈侯探身進車裡，把顏曉晨抱下車，帶著她上了自己的車。

程致遠站在馬路邊，目送著沈侯的車開遠了才上車。坐在剛才顏曉晨坐過的位置上，座位猶有她的體溫，車廂裡也依舊有一股苦艾酒的獨特味道。
李司機恭敬地問：「送您回去嗎？」
程致遠閉著眼睛，沉浸在黑暗中，沒有吭聲。良久後，他疲憊地做了個手勢，李司機發動了車子。

❀ ❀ ❀

顏曉晨醒來時，覺得頭痛欲裂，眼睛乾澀得睜不開，神智卻已經清醒，能聽到激烈的爭吵聲。剛開始，她以為是某個室友在和男朋友吵架，聽了一會兒，突然反應過來，好像是沈侯的聲音。她一骨碌就坐起來，這裡不是她租的屋，明顯是酒店的房間。說話聲從浴室裡傳出來。顏曉晨捧著沉重的頭走過去，推開浴室的門。

沈侯正激動地和父母爭論，沒有注意到浴室的門開了。

「你們不要干涉我的事……好啊，我知道你們反對，你們當然可以反對，我也當然可以不聽……媽媽，我也再告訴妳一遍，我喜歡顏曉晨，就是喜歡她，不管你們同不同意，我都會娶她……哈！真搞笑！你們要知道，我的老婆不一定要是你們的兒媳婦！法律可沒規定你們同意了，我才能結婚……」

顏曉晨走到他身旁，輕輕拉住他的手，衝他搖搖頭，示意他不要再吵了。

手機那頭還傳來說話聲，沈侯說：「你們接受就接受，不接受拉倒！」他乾脆俐落地掛斷電話，摸了曉晨的額頭一下，「難受嗎？」

顏曉晨敲了敲頭，「難受。」

沈侯扶著她到床上坐下，把一杯蜂蜜柚子水遞給她，「喝烈酒就這樣，酒醒後比醉酒時更難受，下次別再這麼喝酒了。」

顏曉晨正覺得口乾舌燥，一口氣喝完了一大杯水，「你什麼時候回來的？我們怎麼在酒店？」

沈侯歪頭看著她，「我昨天晚上到上海，本來想給妳一個驚喜，沒想到妳給了我一個驚嚇。」

「你為什麼不打電話給我？」

「打了！」

顏曉晨抓過床頭上的包，拿出手機翻看，發現有上百個未接來電，除了沈侯，還有程致遠。

昨晚，她和沈侯打完晚安電話，以為進入「睡覺時間」，沈侯不會再和她聯繫，為了方便工作，就把手機調成震動，放進包裡，鎖在儲物室。

顏曉晨尷尬地抓著頭髮，「我想等你回上海後再告訴你的，沒想到你悄悄回來了……我沒聽到電話聲，對不起。」

沈侯問：「辭職、搬家，都是大事，我不是反對妳這麼做，但為什麼不告訴我一聲？」

顏曉晨咬著嘴唇，不知道該如何解釋。

從昨天晚上起，沈侯就一直在想，曉晨為什麼這麼反常？唯一的解釋就是他的父母知道了他和曉晨的事，並且和曉晨見過面，說了什麼。他早上打電話給劉叔叔，劉叔叔是個滑頭，什麼都沒問出來；他又打電話給Judy，Judy的回答證實了他的推測，他媽媽知道他和曉晨在談戀愛。他打電話給爸媽，質問媽媽究竟對曉晨說了什麼，三言兩語，母子兩人就吵了起來。

沈侯壓抑著情緒說：「我知道我媽媽見過妳，也知道她不同意我們在一起，妳是想和我分手嗎？難道她的意見比我的意見更重要？我告訴妳，我才不管她贊不贊成，我不會和妳分手！就算妳想分手，我也不同意！堅決不同意！」

「你這脾氣啊！誰說要和你分手了？」

沈侯緊繃的心一下子放鬆了，他坐到顏曉晨身旁，握住她的手，帶著點委屈，可憐兮兮地說：「妳辭了職，搬了家，卻不和我說一聲，我當然會以為妳想和我分手了。就算我媽不同意我們在一起，但她是她，我是我，妳根本不用在意！」

顏曉晨嘆了口氣，「每個兒女在父母眼中都獨一無二，這不是客觀題，是主觀題，她認為我配不上你很正常，你去和你媽爭論她為什麼偏愛你，為什麼覺得全天下自己的兒子最優秀，能爭得清楚嗎？如果你因為我和你爸媽爭吵，你爸媽不會責怪你，只會遷怒我。本來我和他們的關係已經沒了良好的開始，難道你還想加劇矛盾嗎？」

沈侯不得不承認曉晨的每句話都很正確，但有時候他寧可她像別的女孩一樣大吵大鬧，也不願她這麼清醒理智，清醒地讓步，理智地受委屈。而且他就是沒有辦法接受父母的反對，他無法理解為什麼一向豁達的父母會如此反對他和曉晨談戀愛，因為無法理解而越發惱怒。

顏曉晨說：「你以前問我什麼時候開始留意你、對你有好感，我告訴你是在剛開學新生報到時，你知道是什麼讓我留意到你，對你有好感的嗎？」

沈侯有點莫名其妙，不知道為什麼突然變成了這個話題。

顏曉晨說：「那年暑假，我爸在省城出了車禍，我一個人來學校報到，看到所有新生都是爸媽陪著一起來的，大包小包不是爸爸拿著，就是媽媽拎著，父母無微不至地照顧著他們，他們還會嫌棄父母囉唆、管得太多，我就曾經是這樣不知道天高地厚的孩子！他們根本不明白，沒有一份愛是理所應當、天長地久……」顏曉晨的聲音突然有點哽咽，話語中斷。

沈侯不敢出聲，握住了她的手，顏曉晨平靜一下，微笑著說：「在那麼多同學中，我留意到了你。你媽想幫你拿包，你嘲笑你媽，『養兒子不用，白養啊？』你拿著大包小包，還不忘照顧媽媽，你媽嘮嘮叨叨叮囑你要按時吃飯，天涼記得加衣服，和宿舍同學和睦相處，手腳勤快點，主動打掃宿舍……旁邊來來往往都是人，你卻一直笑嘻嘻地聽著，雖然明顯是左耳進右耳出，但看得出來，你對爸媽很有耐心、很孝順。從那個時候，我就認定了，你是個很好的人。」

沈侯想過很多次顏曉晨為什麼會看上他，卻怎麼都沒有想到人群中的第一眼是因為他對媽媽好。

顏曉晨說：「還記得網上的那個轉發多次的問題嗎？如果老婆和媽媽都不會游泳，兩個人同時掉進河裡，你會先救誰？」

以前看到的時候，只是個笑話，可今日被曉晨一問，沈侯發現自己回答不出來，愛情和親情都是血肉中不可割捨的，根本無法選擇。

顏曉晨說：「不管選擇是什麼，三方都會痛苦，這是不管怎麼選都是輸的選擇，最好的解決方法不是做選擇，而是避免這種二選一的情況發生。我們還年輕，還有很多時間去說服你爸媽，不要一下子把矛盾激化。答應我，不要再為了我和你爸媽吵架，好嗎？」

「我盡量。」沈侯握著顏曉晨的手，貼在自己的臉頰上，悶悶地說：「對不起！」

顏曉晨做了個鬼臉，「才不要你的對不起，我只要你對我好。」

沈侯意有所指地說：「我很願意對妳好，就怕妳不要。」

顏曉晨沉默了。

沈侯輕聲央求，「把酒吧的工作辭掉吧！我們可以租便宜的房子，我現在的薪資負擔得起，妳可以專心找工作。」

他目光如水，柔情無限，將自己的一顆心放在最低處，讓人不忍拒絕，可是她不得不拒絕。顏曉晨說：「我明白你的心意，但我現在不能接受，我想靠自己在這個城市活下去。」

「如果不是我，妳何止是在這個城市活下去？妳可以活得比大多數人都好。如果不是……」

「沈侯，不要再糾纏已經過去的事。我現在不想依靠你。」

「好，不說過去，就說現在。現在我是妳的男朋友！不對……」他把顏曉晨的手抓起，指著戒指對她說：「我是妳的未婚夫，妳為什麼不能依靠我？只是一個過渡，等妳找到工作，不管妳是想和我平攤房租，還是生活費，都隨妳！」

顏曉晨說：「等我找到工作，我就辭掉酒吧的工作。」

沈侯又急又怒，「妳為什麼不能依靠我？妳把我當什麼？就算普通朋友，這種情況下也可以互相幫忙，妳住在那樣的屋子裡，每天晚上工作到兩、三點，以為我晚上能安穩地睡著嗎？」

顏曉晨抱住了他，「沈侯，我們不要吵架，好不好？」

沈侯的怒火立即熄了，可他也無法同意顏曉晨繼續住在合租屋裡，兩人正沉默地僵持，顏曉晨的手機響了，是個陌生的電話。

「喂？」

「請問是顏曉晨嗎？」

「是我。」

「我是DH投資有限公司，妳下午一點能來面試嗎？」

顏曉晨覺得公司名字熟，可想不起來自己究竟申請的是什麼職位，卻毫不遲疑地說：「有時間。」

「面試時間很長，大概要四個小時，有問題嗎？」

「沒問題。」

「我會把地址和時間發簡訊給妳，請準時到。」

顏曉晨看了下時間，已經十一點多，時間很趕，她對沈侯說：「我下午一點有個面試，我得趕緊收拾一下。」

沈侯說：「妳去沖澡，我去幫妳買點吃的，吃完飯我陪妳過去。」

「你不用去上班嗎？」

「業務又不用去坐辦公室，我連著在外面跑了三個星期，休息一、兩天是正常要求吧？」

❀ ❀ ❀

看著眼前的辦公大樓，顏曉晨有點傻住，這個地方她來過好幾次，程致遠的辦公室就在這棟大樓裡，難怪她會覺得公司的名字有點熟。

難道她誤打誤撞將履歷投到了程致遠的公司？完全沒有印象了！

顏曉晨想著要不要打個電話給程致遠，轉念間又覺得自己還是先去面試，人家還不見得要她呢！

「我進去了。」顏曉晨對沈侯說。

沈侯指著不遠處的星巴克說：「我在咖啡店等妳。」

顏曉晨走進公司，以前她來的時候都是週末，公司沒有人，程致遠直接領著她到四樓，這一次卻都是埋頭工作的人，在櫃臺的指引下，她自己去了二樓。

第一輪是筆試，一份金融知識的試卷和一份性格測試的試卷，一個小時內完成。顏曉晨獨自一人在小會議室，按照規定時間回答完了所有題目。

第二輪是面試，一個女面試官，人力資源部的經理，半個小時，問的都是最基本的問題，哪裡人？興趣是什麼？為什麼選擇這個行業？看得出來，前面她都算滿意，可對顏曉晨沒有學士學位這事，她有些糾結，翻著顏曉晨的成績單問：「為什麼妳的成績單全是A，卻沒有拿到學位？」

顏曉晨誠實地給了她答案，「一門必修課考試，我幫同學作弊，被老師抓住了。」

女面試官無語地看著顏曉晨，似乎再找不到話可說，「呃……面試就到這裡吧！」

休息了十五分鐘後，進行第三輪面試，三個面試官，一個半小時，問的都是專業問題，有的問題有明確的答案，有的問題卻連面試官都給不了明確的答案。比如最後一道題，如果現在有一億資金，她會選擇投資哪個行業。當顏曉晨闡述自己的想法時，三個面試官各抒己見，分析行業的風險和盈利，國家政策的利和弊，談到後來，顏曉晨都忘記自己正在面試。

直到面試完，她仍舊很興奮，這會兒她才真正清楚公司在做什麼，DH是一家PE公司，私募基金公司（Private Equity），也就是說公司有大量現金，透過投資不同的行業、不同的公司，或者把一個公司拆分重組，獲取回報。

第四輪面試前可以休息半個小時，顏曉晨知道四個面試官在討論是否讓她進入下一輪面試。她確信自己的筆試成績應該沒問題，否則她不可能得到第三輪的面試機會，現在一切都取決於四個面試官了。

半個小時後，沒有人來找她，顏曉晨覺得事情只怕不妙，心裡暗嘆了口氣，準備走人。

又過了十多分鐘，人力資源部的經理親自來通知她，「恭喜妳進入最後一輪面試，我們的Managing Partner（執行合夥人）會面試妳，時間不一定。」

顏曉晨興奮地站了起來，不僅僅是因為公司願意接納一個沒有學士學位的人，還因為她即將見到PE的Managing Partner，通俗點解釋，就是茱莉亞·羅勃茲主演的《麻雀變鳳凰》裡李察·吉爾演的那個男主角，顏曉晨還記得第一次看完《麻雀變鳳凰》時，她非常激動羨慕，不過不是羨慕茱莉亞·羅勃茲演的灰姑娘，而是羨慕李察·吉爾演的王子，她想成為那樣的人，所以一直以來，她的職業理想就是金融行業。

人力資源部經理領著她上樓，幫她推開會議室的門，「Managing Partner在裡面，Good luck!」

顏曉晨深吸一口氣，微笑著走進會議室，卻看到程致遠坐在橢圓桌的另一頭，安靜地看著她，她的笑容僵住了。

這時，她才發現她曾經來過這個會議室很多次，但她這一刻方知道程致遠竟是這家公司的老闆之一，她一直以為他只是個高層。顏曉晨愣愣地看著他，一時不知道該如何打招呼。程致遠抬了下手，微笑著說：「請坐。」

顏曉晨傻傻地坐下。

程致遠說：「在面試前，我想先說一件事。妳的履歷是我吩咐祕書幫妳投的，但我沒有干涉面試，沒有人知道妳和我認識。十幾分鐘前，公司的執行副總和總監還在為考試作弊是否算嚴重的品行不端而激烈辯論，吵得不可開交，我一言未發，一直旁聽。因此，妳是憑自己的能力走進這個會議室，坐到了我面前。」

顏曉晨釋然幾分，朝程致遠僵硬地笑了笑。

程致遠說：「現在開始面試，可以嗎？」

顏曉晨挺直腰，緊張地點了下頭。

程致遠十指交握，放在桌子上，姿態十分悠閒，「妳願意做私募基金嗎？可以給妳幾分鐘思考，想清楚回答我。」

顏曉晨卻沒有思考，立即說：「我願意。第一，每個人都會有一個不切實際的浪漫幻想，我看完《麻雀變鳳凰》後，也有了一個不切實際的幻想，想成為像李察．吉爾演的男主角那樣的人。雖然只是十幾歲時的幻想，我現在也很清楚電影是電影，現實是現實，但如果有機會，我還是想把少年時的幻想變成現實。第二，我剛才和三個面試官交流時，發現自己很興奮，竟然忘了在面試，很急切地想聽他們說更多。第三，我現在找不到更好的工作，這份工作是我唯一的機會，我願意為它付出全部的努力。」

程致遠笑著伸出手，「顏小姐，恭喜妳，妳被錄用了，明天就可以來上班。」

顏曉晨下意識地伸出手，和程致遠握了一下，「就一個問題？」

程致遠不滿地挑了下眉頭，「我都面試了妳幾十次，妳覺得我還能問妳什麼呢？」

顏曉晨想想，這倒也是，她算是他手把手帶出來的徒弟，有什麼是他不知道的呢？她覺得像做夢，「你居然是Managing Parner，我到你的公司工作，真的沒問題嗎？」

程致遠板著臉說：「我們決定要妳，是因為妳足夠優秀，不是因為妳認識我，如果妳不好好工作，我依舊會開除妳。」他頓了一頓，「剛才面試妳的李徵說『everyone deserves a second chance』，我同意他的觀點，當年給了他第二次機會，他現在給妳第二次機會，不要讓我們失望。有信心做好工作嗎？」

顏曉晨點點頭，「我一定盡全力！」

程致遠笑著說：「去二樓的人力資源部辦到職手續，明天見。」

顏曉晨拿著一張臨時員工卡走出了大樓。

沈侯從咖啡廳跑了過來，「怎麼樣？」

「我被錄用了，公司是做私募基金的，很適合我的主修。」沒等沈侯為她開心，顏曉晨又說：「程致遠是公司的老闆之一，他幫忙安排面試，但四個面試官都不知道我和他認識，面試很客觀。」

沈侯沉默了一瞬，盡量裝作完全不在意地說：「妳曾被世界大投行MG錄取，一個中國的私募基金想要妳很正常，走吧！」

兩人往公車站的方向走，顏曉晨說：「我去程致遠的公司工作，你不反對嗎？」

沈侯摟著顏曉晨的肩，半開玩笑地說：「等妳將來找到更好的工作時，我再反對。」他很清楚，以曉晨現在的狀況，想進入金融公司幾乎完全不可能，可曉晨一直都想做金融，程致遠的公司給了曉晨一個絕不可以錯過的機會，他不能因為自己的私心去反對。

因為第二天就要上班，顏曉晨不得不當晚辭去酒吧工作，自然而然，她也沒有權利繼續住合租房。顏曉晨否決了沈侯的各種提議，去找魏彤，暫時借住在學生宿舍，一邊工作，一邊尋找合適的房子。

恰好有一個年輕的女老師要去國外做兩年學者交流訪問，她自住的一房一廳小套房就空了，捨不得出租，但放著不住很可惜，時間長了，對房子也不好，所以想租給一個愛乾淨的女生，租金可以低一點，關鍵是要愛護房子。有魏彤拍胸脯做保證，顏曉晨順利租到了房子。

顏曉晨的職位是analyst，分析員，日常工作是向擬投資公司或已投資公司索要資料、整理資料，做會議紀錄，或是在上司的指導下做市場分析、行業分析、可比公司分析、可比交易分析、政策分析。

剛開始，顏曉晨還很擔心該如何面對程致遠，可很快，她就發現壓根兒不存在「面對」這個問題，因為她的職位和程致遠的級別相差太遠，他們中間還隔著助理、高級助理、執行副總、資深執行副總、執行總監，她根本沒有機會和程致遠直接打交道。她的上司是資深執行副總李徵，就是三個面試官中堅持要留下她的那個面試官。

Chapter 12

冬夜的煙火

愛的力量是平和的。
它從不顧理性、成規和榮辱，卻能使遭受到的恐懼、震驚和痛苦都化成甜蜜。
——威廉·莎士比亞

臨近春節，公司要做年終總結，同時準備尾牙晚會，很是忙忙碌碌、熱熱鬧鬧。

下午，顏曉晨正在工作，櫃臺打電話給她，「顏曉晨，有一位姓侯的女士找妳，能讓她上去嗎？」

顏曉晨無聲地嘆了口氣，「不用，我立即下去。」

她匆匆趕下樓，看到沈侯的媽媽坐在大廳的沙發上，正在翻看公司的簡介。

顏曉晨禮貌地說：「阿姨，我們出去說吧！」

沈媽媽放下資料，和顏曉晨走出公司，她微笑著說：「我倒是小瞧了妳，沒想到妳竟然進了這麼好的一家公司。」

因為她是沈侯的媽媽，顏曉晨不得不愛屋及烏，把姿態放得很低，「阿姨，我知道我家和妳家的差距很大，在妳眼裡，我完全配不上沈侯，我不奢望妳現在同意我和沈侯在一起，只求妳給我一個機會，讓我證明自己還是有一點可取之處。」

「絕不可能！我說了，我不同意你們在一起，你們必須分手！」

罵不得、打不得、求沒用，顏曉晨對固執的沈媽媽是一點辦法都沒有了，她無奈地把皮球踢給沈侯，「如果妳能說服沈侯和我分手，我就分手。」

沈媽媽冷笑，「妳還沒過試用期吧？妳應該知道，我要是想讓妳失去這份工作，很容易！如果妳不和沈侯分手，我就把沈侯也趕出公司，兩個品行不端，被大學開除又被公司開除的人，妳覺得哪個公司還敢要？兩個沒有正式工作的人在上海能過什麼樣的生活？妳可以仔細想想！貧賤夫妻百事哀，不管多深的感情，都禁不起殘酷現實的折磨，我賭你們遲早會分手！妳認為你們感情很深，三年分不了，那就五年，五年不行，就十年！」

顏曉晨難以置信地看著沈媽媽，她瘋了嗎？連自己的兒子也不放過？

沈媽媽說：「妳覺得我不可能這麼對沈侯？那妳可錯了！沈侯潦倒十年，浪子回頭，依舊是我的兒子，數十億身家等著他繼承。男人浪費十年，依舊風華正茂，妳呢？妳潦倒十年，還能有什麼？凡事不過都是利和弊的抉擇，我是捨不得那麼對兒子，但我寧願浪費他十年光陰，也不願他因為妳浪費了一生光陰！」

顏曉晨突然意識到，她告訴沈侯，避免二選一痛苦的最好辦法是避免必須選擇的境況發生，但看沈媽媽的態度，似乎不可能避免了。

沈媽媽說：「我辛辛苦苦一輩子，是為了什麼？不就是希望家人能過得更好嗎？沈侯是我唯一的兒子，我對他寄予太多希望，我和他爸爸奮鬥了幾十年不是讓他娶一個亂七八糟的女人，毀了自己的生活。」沈媽媽放軟了聲音，「顏小姐，妳好好想想，難道兩個人窮困潦倒地在一起會比各自展翅高飛更幸福嗎？如果妳真愛沈侯，請選擇放手！」

顏曉晨譏嘲地說：「原來真愛一個人就是不想和他在一起，不夠愛才會想在一起。」

沈媽媽坦率犀利地說：「對妳和沈侯的確如此，如果妳愛他，就放手！」

「表情這麼嚴肅？工作壓力太大了嗎？」程致遠的聲音突然響起，他端著杯咖啡走過來，笑看著顏曉晨。

顏曉晨忙擠出了個笑，「程總好。」

程致遠主動伸出手，對沈媽媽說：「程致遠，曉晨的老闆。妳不用擔心曉晨，她在公司表現非常好，我們都很滿意。我聽說了一點她之前工作上的事，妳放心，我們做金融的，從來不相信各種小道大道消息，只相信真實客觀的資料。如果對方再胡來，攻擊我們公司的員工，就是詆毀我們公司，公司的律師一定巴不得有個機會證明自己每年拿幾百萬的價值所在。」

程致遠語氣熟稔，親切熱情，儼然最佳老闆，可惜沈媽媽並不是擔憂關心顏曉晨的長輩，她十分尷尬地和程致遠握了下手，「不打擾你們工作，我走了。」

程致遠啜著咖啡，目送著沈媽媽的背影，若有所思地問：「沈侯的媽媽？」

顏曉晨驚訝地看著程致遠，「你……你知道她是誰？你剛才……」看似熱情的寬慰，原來竟然是赤裸裸的威脅。

程致遠聳了聳肩，表情很無辜，「難道她不是妳的長輩嗎？」他眨眨眼睛，「放心，我們都是有禮貌、有教養的好孩子，對長輩會很謙遜客氣。」

顏曉晨哭笑不得，但沈媽媽帶來的壓迫感消散了很多，「你、你怎麼知道的？誰告訴你的？」沈媽媽威脅逼迫她的事，應該就只有沈侯的爸媽、劉總和她知道。

「沒有人告訴我，但一個上市公司的大老闆拋下一堆事情不做，特意找到這裡來，不是極度善意，就是極度惡意，並不難猜。」

「不好意思，給你添麻煩了。」顏曉晨低下頭，看著自己的腳尖，她好像一直在給程致遠添麻煩。

冷風吹起她的頭髮，模糊了她的面容，程致遠伸出手，卻在要碰到她頭髮時，落在她的肩膀上，輕輕拍了拍，「我沒什麼麻煩，倒是妳，這大半年來一直麻煩不斷，妳還好嗎？」

面對沈媽媽，她一直表現得很堅強，可面對一份關懷，她突然軟弱了，顏曉晨鼻頭發酸，想說我很好，但喉嚨就像是被什麼堵上了，一句話都說不出。

「等一下！」程致遠突然向街道對面的商店跑去，一會兒後，他一手端著兩杯熱咖啡，一手拿著兩筒冰淇淋跑了回來。

兩人坐到花壇邊的長椅上，他撕開一個甜筒冰淇淋，遞給顏曉晨，「試試，吹著冬天的冷風吃冰淇淋，滋味比夏天更好，再配上苦澀的黑咖啡，一冷一熱，一甜一苦，絕對特別。」

看著程致遠吃了一口冰淇淋，很享受地瞇著眼睛，顏曉晨禁不住有點好奇，也咬了一口，感受著冰涼的甜在口中慢慢融化。

程致遠說：「有一年去加拿大滑雪，第一天我胳膊就受了傷，一起去的同伴都出去玩了，我一個人坐在度假屋裡無聊地看雪，突然很想吃冰淇淋，踩著厚厚的積雪、走了很遠的路才買到，那個冰淇淋是我平生吃過最好吃的冰淇淋。雖然都是從冰櫃裡拿出來的，可夏天的冰淇淋很柔軟，冬天的冰淇淋多了幾分堅硬，有點寂寞冷清的味道。」

他端起黑咖啡喝了一口，「很奇怪，人在小時候都喜歡甜、討厭苦，那是生命最初的幸福味道，但是長大後，有的人卻開始喜歡品嘗苦澀。也許因為長大後，我們的味蕾已經明白了苦澀本就是生命的一部分，無法躲避，只能學會品嘗。」

顏曉晨也喝了口黑咖啡，不知道是不是因為剛吃過甜的，感覺格外苦，不禁齜牙皺眉。

程致遠大笑，「冰淇淋！」

顏曉晨咬了一大口冰淇淋，甜是甜了，可突然從熱到冷，牙都酸了，她鼓著腮幫子、吸著冷氣，表情古怪。

程致遠哈哈大笑，顏曉晨含著冰淇淋嘟囔：「味道的確很特別！」

慢慢適應後，顏曉晨喜歡上了這種古怪的吃法。

程致遠突然問：「妳在害怕什麼？」

顏曉晨吃著冰淇淋，沒有說話。

「應該不是沈侯的爸媽，妳是個非常堅強的人，不管沈侯的爸媽是利誘，還是威脅，不可能讓妳害怕，是沈侯嗎？」

非常奇怪的感覺，似乎程致遠能洞悉她的一切，讓她不必糾結於解釋，只需要簡單地陳述，「沈侯的媽媽看似逼我逼得很狠，實際上說明了她拿沈侯沒有辦法，她很瞭解沈侯，知道沈侯絕不可能屈服，所以只能逼我。我們家……其實，只有我媽媽和我，我爸爸幾年前就因為車禍去世了，我們沒有親戚……我們家不只是比別人家更窮一點，我媽媽和我……我不知道沈侯能不能接受。」

「妳一個人想，永遠不會知道答案，沈侯能不能接受，只能讓他告訴妳。」

「我不是有意隱瞞沈侯，我……不知道該怎麼告訴他。從小到大，我都是個很有主見的人，一直清楚地知道自己要什麼、不要什麼，可是，上一次我的堅持是我人生中最大的錯誤。我比誰都清楚，這個世界上，不是得到就一定幸福，有時候適時的放手，不見得能幸福，卻至少不會是一場劫難。這一次我該如何確信自己的堅持一定正確？我害怕我真像沈侯的媽媽說的一樣，亂七八糟，混亂不堪，把陰暗冰冷帶進沈侯的生活。」

「每個人都是一個世界，兩個世界交會時，不可能不彼此影響，到底是黑暗遮住了光明，還是光明照亮了黑暗，取決於光明究竟有多強大。燭火搖曳生姿，可風一來就滅，燈光無聲無息，卻能真正照亮房間。」程致遠喝了口黑咖啡，微笑著問：「沈侯是什麼呢？」

顏曉晨沉默。

吃完冰淇淋，顏曉晨站了起來，端著咖啡說：「我上去工作了，謝謝你請我吃冰淇淋、喝咖啡。」

程致遠笑著朝她舉了舉咖啡杯，表示再見。

❊ ❊ ❊

快下班時，沈侯打電話給顏曉晨，「妳先一個人吃飯吧，我有點事，要晚一些過去找妳。」

顏曉晨沒有問他什麼事，因為下午她剛見過沈媽媽。很明顯，沈侯要面對他爸媽苦口婆心的勸誘或者疾言厲色的訓斥。

十點多，沈侯仍沒有打電話給她，看來事情很嚴重。顏曉晨不知道沈侯是不是仍和爸媽在一起，也不好打電話給他，只能先上床，一邊看書，一邊等他電話。

快十二點時，門鈴響了，顏曉晨心內一動，急急忙忙跑出去，「誰？」

「我！」

顏曉晨打開門，看到沈侯拖著兩個大行李箱，笑嘻嘻地看著她，「我失業了，租不起房子，只能來投奔妳了。」

顏曉晨側身讓開，「和爸媽吵架吵到辭職？」

沈侯探身親了一下她的臉頰，嬉皮笑臉地說：「我老婆怎麼這麼聰明呢？」

他表面上渾然沒當回事，但實際上應該並不好受，顏曉晨轉移了話題，「吃過飯了嗎？」

「吃過了。」

「那早點休息吧！」

沈侯簡單收拾一下行李，就去洗澡了。顏曉晨靠在床上看書，可心思完全集中不起來，沈媽媽還真不愧是白手起家的女強人，對唯一的兒子下起狠手來也雷厲風行。

「我睡哪裡？」沈侯站在臥室門口，濕漉漉的頭髮柔順地貼著他的額頭，眼睛亮晶晶地看著顏曉晨，像一隻要糖吃的泰迪熊。

顏曉晨瞥了他一眼，低下頭看著書，「沙發，行嗎？」

沈侯鑽到了床上，膩到顏曉晨身邊，「那我在這裡躺會兒再去。」他拿著個保險套，在顏曉晨眼前搖晃。

顏曉晨面無表情地推開他的手，專心看著書，沒理會他。

沈侯側身躺著，一手支著頭，專心地看著顏曉晨，一手摸著顏曉晨的背，摸著摸著，手想往衣服裡探，顏曉晨板著臉，拍開了他的手；他沒消停一會兒，又開始動手動腳，顏曉晨板著臉，再拍開；他手伸到顏曉晨的腰部，呵她癢癢，顏曉晨忍不住笑了起來，「別亂摸！」他越發來勁，雙手來癢癢她，顏曉晨拿書去打他，他把書奪了過去，扔到一旁，撲到她身上，狠狠親了她一口，「我好看，書好看？」

「書好看！」
「這樣呢？我好看，書好看？」沈侯吻她的耳朵。
「書！」
「這樣呢……這樣呢……」一個個連綿不絕的吻，讓顏曉晨忘記了回答。

這一場歡愛，兩人都帶著一點發洩，分外激烈纏綿，雲住雨歇後，沈侯順理成章地賴在了床上。他從顏曉晨身後抱著她，兩人親密無間，卻又看不見彼此的表情，有了一個適合傾訴的私密距離。
「我沒有辦法理解我爸媽，當年，我爺爺奶奶也認為我媽和我爸不般配，非常激烈地反對他們，甚至鬧絕食、玩離家出走。因為對我媽的厭惡，小時候我奶奶也不待見我，都不是什麼大事，就是分零食多給了沈林幾塊、抱沈林不抱我之類的芝麻小事，可小孩子的世界本來就全是芝麻小事，那種奶奶不喜歡我的感覺讓小時候的我很介意。我記得，有一年春節我哭著說不去奶奶家，我爸說必須去，一路上我媽一邊安慰我，一邊悄悄擦眼淚。後來我奶奶對我很好，現在說老太太曾經偏心過，她一點都不承認！我媽自己經歷過這一遭，現在卻變成了又一個我奶奶，她怎麼就不明白，我是他們的兒子，他們都沒屈服的事，我怎麼可能屈服？」
顏曉晨閉著眼睛問：「你打算怎麼辦？」
「我今年的銷售業績不錯，明天去結算薪資獎金，總有個兩、三萬，正好可以好好過個春節，春節後再找工作。」沈侯握著顏曉晨的手說，「我答應過妳，沒和他們大吵，但他們太過分時，我總有權利表示不滿。他們覺得我必須聽他們的，不就是因為我要依賴他們？那我就不依賴他們！別擔心，做我們業務這行，對學歷沒那麼講究，再找一份工作不會太難，就算剛開始薪資低，熬上一、兩年，肯定會漲上去。」

顏曉晨想到沈媽媽的固執和決然，說：「你爸媽很認真的，你就看著數十億的家產和你擦肩而過，心甘情願從高富帥變成一個窮小子？你叔叔、舅舅都在公司工作，你對公司沒興趣，你的堂弟和表弟們不見得對公司沒興趣。」

沈侯嘿嘿地笑，親了她的後頸一下，「我愛美人，不愛江山！」

顏曉晨用胳膊肘搥了他一下，「我認真的！」

「我也認真的！老婆就一個，要讓妳跑了，我再到哪裡去找個一模一樣的妳？公司嘛，大不了咱倆自己創業，搞一個自己的公司。妳別胡思亂想了，錢這東西就那麼回事，到一定程度就銀行裡的一串數字，我對守著那串數字沒興趣。」

也許，沈侯的這番話不全是實話，畢竟他曾對掌控一個企業王國表示了強烈的興趣，但他的態度也很明確，愛情只一份，絕對不放棄，事業卻有很多條出路，可以自己去努力。

顏曉晨翻了個身，吻了沈侯一下。

沈侯笑著抱住她，「春節去妳家吧，我想見見妳媽媽。」

「好。」

「妳媽媽喜歡什麼？我要怎麼做，她才能喜歡我？」

顏曉晨苦笑了下說：「不要多想了，順其自然吧！」

沈侯若有所思地沉默著，每次提起家裡的事，顏曉晨的態度都很古怪，他有預感，事情不會簡單。

＊ ＊ ＊

年二十九，顏曉晨和沈侯坐火車，回到了她的家鄉。

走過坑坑窪窪的巷子，站在斑駁陳舊的木門前，顏曉晨說：「這就是我家。」她掏出鑰匙，打開了院門。

兩層的老式磚樓，一樓是客廳、飯廳，二樓是兩間臥室，廚房在屋子外面，單獨的一個小屋子，沒有廁所，要去外面的公共廁所，晚上用便壺，唯一的自來水龍頭則在院子裡，沒有浴室，洗澡需要自己燒水。

顏曉晨相信沈侯這時肯定有穿越時光的感覺，周圍的一切都停留在二十年前，也不對，對沈侯來說，只怕他家二十年前都要比這先進。

沈侯的臉一直繃著，沒有一絲表情。

參觀完屋子，顏曉晨看著他，等著他說點什麼，他湊到她身邊，小聲問：「妳媽不在家嗎？」

「不在，要明天早上才能見到她。」

沈侯長吁一口氣，一下子輕鬆了，活躍地說：「我餓了。」

「就這個？」顏曉晨指指院子裡唯一的自來水龍頭，「洗澡、上廁所都不方便，要不要考慮一下去住賓館？」

「切！我小時候到鄉下的外婆家玩時，也是這樣，有點不方便，不過挺有意思。」沈侯說著話，竟然像個主人一樣，提了水壺去接水。接滿水，他打開爐子燒水，眼巴巴地看著顏曉晨，揉著肚子，「我餓了。」

顏曉晨原本緊張地醞釀了一路的各種準備全被他沖到爪哇國。

她打開冰箱看了下，有乾木耳、筍乾、榨菜、幾顆雞蛋，湊合著解決一頓晚飯倒也夠了。

因為不方便，做什麼都慢，等吃完飯、洗完澡，已經十點多。

顏曉晨怕沈侯不適應沒有暖氣空調的屋子，灌了個暖水袋給他，沈侯卻塞到她懷裡，又從背後抱住了她，「這樣更舒服。」

「你這樣，我怎麼幹活？」顏曉晨還要幫他鋪床，找被子。

沈侯像個樹懶[1]一樣，哼哼唧唧不肯放手，顏曉晨只能帶著他在屋子裡走來走去。

沙發雖然舊，但足夠大，鋪上乾淨的床單，放好枕頭和被子，倒也像模像樣，湊合著睡幾天應該沒問題。

「可以嗎？」

「可以！」他帶著顏曉晨滾倒在沙發上，「陪我看會兒電視，再去睡覺唄！」

兩個人擠在沙發上，蓋著被子看電視，顏曉晨的頭枕在沈侯的頸窩裡，鼻端都是他的氣息。屋子依舊是那個屋子，燈光也依舊是昏暗的，沙發也依舊是破舊的，可是，顏曉晨感受不到一絲陰暗冰冷，反

1 樹懶：長期居住樹上，爬行速度每分鐘只有四公尺，靠抱著樹枝，豎著身體向上爬行，或四肢交替向前移動。牠不常下地，因在地面爬行速度只有樹上的一半。

而有一種懶洋洋、暖融融的舒適。

前兩天心裡有事，都沒休息好，這會兒放鬆下來，她昏昏欲睡，閉上了眼睛。

「睏了？」沈侯摸了摸她懷裡的暖水袋，看已經涼了，輕輕抽出暖水袋，去廚房重新灌了熱水。

顏曉晨隱約感覺到他的動作，卻實在懶得睜眼睛。

迷迷糊糊又睡了一會兒，感覺到沈侯摟著她的脖子，想讓她起來，「小小，乖，去樓上睡。」

「不要乖！」顏曉晨懶得動，賴在他身上，蠻橫地嘟囔。

沈侯笑著擰了擰她的鼻子，索性抱起她，把她抱上了樓。

冬天的被窩都會很冷，顏曉晨鑽進被子時，已經做好了先被凍一下的準備，可沒想到被子裡很暖和，原來沈侯剛才悄悄拿走暖水袋是提前來幫她暖被子。

自從爸爸去世，整整四年了，她從沒有睡過暖和的被子，家裡最在乎她冷暖的那個人已經不在了，沒有人在乎她會不會凍著，她自己也不在乎。沒人當妳是一朵需要呵護的花時，妳只能做野草。

沈侯幫她掖好被子，在她額頭上輕輕吻了一下，「晚安，做個好夢。」他關了燈，掩上了門。

顏曉晨躺在溫暖中，慢慢睜開眼睛，她沒有覺得自己在哭，卻清楚地感到有東西滑落臉頰，她輕輕擦了一下，滿手濡濕。

顏曉晨喃喃說：「沈媽媽對不起！」她很清楚，沈媽媽是為了沈侯好，但是，對不起，除非沈侯先放棄她，否則，她絕不會放棄他。

往常，顏曉晨都醒得很早，可昨天晚上睡得格外沉，醒來時天已大亮。迷迷糊糊，她還想再賴一會床，卻聽到外面傳來隱約的說話聲，她一個激靈，立即坐了起來，看了眼錶，天哪！竟然快十一點了！

她迅速穿好衣服，衝到樓下，媽媽和沈侯竟然坐在桌子前，一邊吃飯，一邊說話，一問一答，很和諧的樣子，似乎已經不用她介紹了。

媽媽吃著飯，煙癮犯了，她剛拿出一根煙，沈侯已經眼明手快地拿起打火機，為她點煙。恐怕他做業務時沒少幹這事，動作十分老練。

媽媽吸了口煙，審視著沈侯。沈侯呵呵一笑，繼續吃飯。

眼前的情形太詭異，顏曉晨傻傻地看著。沈侯發現了她，衝她笑，「快來吃包子，很好吃。」

顏曉晨納悶地問：「哪裡來的包子？」

「我去買的，就妳隔壁的隔壁的隔壁鄰居，他家做早點生意，有包子。」

「你怎麼知道？」

「阿姨告訴我的，阿姨說她家的豆漿也很好喝，不過春節了，他們沒做。」

這四年裡，顏曉晨每年只春節回來住幾天，還真不知道隔壁的隔壁的隔壁鄰居做早點生意，不但有好吃的包子，還有好喝的豆漿。

顏曉晨刷完牙、洗完臉，坐到桌子前沉默地吃早飯，沈侯和媽媽依舊進行著和諧有愛的談話。

沈侯笑逐顏開：「阿姨昨晚是上夜班嗎？」

「不是，我打了一通宵麻將。我沒正式工作，有時候去理髮店幫忙，賺點小錢花花。」

「我外婆也特喜歡打麻將，高血壓還熬夜打。我小時候，爸媽很忙，暑假常被放到外婆家，我外婆三缺一的時候，就讓我上桌子，我小學二年級就會打麻將了。」

媽媽面無表情：「她賭錢嗎？我們要賭錢的！」

「賭啊！外婆說不玩錢，還有什麼玩頭？阿姨，咱們晚上吃什麼？我聽說你們這裡的米酒很好喝，我們晚上能喝一點嗎？」

「我們家沒有釀……去問問附近鄰居，他們肯定會釀。」

「行，我待會兒去問問他們，要一點或者買一點吧！哦，我還聽說你們這裡的魚丸……」

等顏曉晨吃完早飯，沈侯和媽媽已經一來一往商量好了晚上吃什麼。

顏媽媽打了個哈欠，上樓去睡覺了，顏曉晨收拾了碗筷，去洗碗。

等顏曉晨洗完碗，沈侯拎著一堆小禮物，準備出門，「小小，我們出去買好吃的。」

他來時，詢問顏曉晨要置辦什麼禮物，顏曉晨告訴他，她家沒親戚，不需要準備任何禮物。沈侯卻秉持著做業務的那套理論，堅持「禮多人不怪、有備無患」，買了一堆雜七雜八的小禮物。顏曉晨當時笑話他怎麼帶來的，就怎麼帶回去，沒想到這麼快就用上了。

顏曉晨跟著沈侯出了門，沈侯按照顏媽媽的指點，去這家敲門要米酒，去那家敲門要魚丸……

這附近的住戶幾乎都是本地人，經濟不寬裕，不夠機靈變通，都比較守舊，某種角度來說，也就是沒有都市人的距離感，比較有中國傳統的人情味。

門一開，沈侯先把小禮物遞上去，「奶奶，您好！我叫沈侯，顏曉晨的男朋友，第一次來她家……」他人長得帥，笑起來，陽光般燦爛耀眼，嘴巴又甜，還學著顏曉晨說方言，雖然蹩腳，卻逗得大家笑個不停，很快鄰居們就認可了他這個鄰居女兒的男朋友。

拜訪完鄰居，他們回家時，沈侯兩手提滿了東西，塑膠瓶裡裝的是米酒，一片豬耳朵，魚丸、豆腐、豆芽、滷豬肚、鹹肉、馬鈴薯、小青菜……

等顏曉晨把東西都放好，家裡本來空空的冰箱變得琳琅滿目。她讚嘆道：「把你扔到非洲的原始部落，你是不是也有辦法吃飽肚子？」

沈侯一本正經地說：「不能，沒有老婆，它們都是生的，不能吃。老婆，晚上要吃大餐！」

顏曉晨噗哧笑了出來，戴上圍裙，挽起袖子，準備做大餐。

江南的冬天，只要有太陽，都不會太冷，廚房裡沒有自來水，他們就先在院子裡收拾食材。

沈侯怕顏曉晨冷，一直摸著水，只要覺得冷了，立即加一點熱水。

「小小，妳看，這是妳。」

沈侯擺了一個醜女圖，碟子是臉，兩個魚丸做眼睛，一片細長的白蘿蔔做鼻子，一片橢圓的胡蘿蔔做成了嘴唇，長長的頭髮是一條條菠菜莖。

顏曉晨兩刀下去，把菠菜切短了，「短頭髮，明明是你！」

沈侯哈哈大笑。

大概因為他太快樂了，顏曉晨不覺得像在幹活，反倒覺得像是兩個大孩子在玩家家酒，滿是樂趣。

忙碌了一下午，晚上五點多時，除夕夜的晚餐準備好了：滷豬耳、筍乾燒鹹肉、芫荽爆炒肚絲、醋溜馬鈴薯絲、木耳魚丸粉絲湯。

沈侯偷吃了幾口，誇張地說：「太好吃了！老婆，妳實在太能幹了！」

顏曉晨知道自己的水準，但好話總是讓人飄飄然。

沈侯說：「阿姨好像起來了，等她下來就可以吃飯了。」

顏曉晨淡淡說：「她不見得會吃。」

沈侯瞅了她一眼，沒有說話，夾了一片她愛吃的豬耳朵，餵進她嘴裡。

噠噠的高跟鞋聲，顏媽媽提著包走下樓，要出門的樣子。

沈侯嗖一下跑過去，「阿姨，小小做了好多好吃的，我還要了米酒，我們都喝幾杯，慶祝新年！」

顏媽媽靜靜看著顏曉晨，唇邊浮起一抹譏誚的笑。

沈侯好似完全沒有感覺到顏曉晨和顏媽媽之間的暗潮湧動，嗖一下又跑進廚房，獻寶一樣端著一盤菜出來，放到餐桌上，「阿姨，用新鮮的魚肉、手工做的魚丸的確好吃，我們在上海吃的魚丸簡直不能叫魚丸，妳嘗嘗！」沈侯拿起一雙筷子，滿臉笑意地遞給顏媽媽。

顏媽媽把包扔到沙發上，走到餐桌旁坐下。

五盤菜放在不大的餐桌上，顯得格外豐盛，還有熟悉的米酒，顏曉晨和顏媽媽很多年都沒過過這麼像新年的除夕了。

沈侯率先端起酒碗，「祝阿姨身體健康！」

大家一起碰了下碗。

沈侯和顏媽媽一問一答，繼續著他們和諧有愛的談話，顏曉晨完全像一個外人，沉默地吃著飯。

顏媽媽曾經是釀酒的好手，這些年變成了喝酒的好手，她一邊講著如何釀酒，一邊和沈侯喝了一碗又一碗。

一瓶米酒消耗一大半，顏媽媽和沈侯都喝醉了，沈侯問：「阿姨覺得我怎麼樣？」

顏媽媽拍拍沈侯的肩膀，「不錯！小小她爸太老實了，第一次去我家，我媽一說話，他就臉紅，只知道傻幹活，他幹活幹得最多，三個女婿裡，我媽卻最不喜歡他！你是個滑頭，不過，對小小好就行，傻子吃虧……傻子吃虧……」顏媽媽搖搖晃晃地站起，顏曉晨想去扶她，她拍開了她的手，扶著樓梯，慢慢地上了樓。

「阿姨，小小也是個傻子，為傻子乾杯！」沈侯還想倒酒，顏曉晨把他扶到沙發上坐下，「你醉了，瞇一會兒。」她拿了被子，蓋到他身上。

顏曉晨收拾完碗筷，回到客廳，看沈侯仍歪靠在沙發上打盹，臉色紅撲撲的，很是好看。她伏下身，親了他一下，他嘟囔了一聲「小小」，卻沒睜開眼睛。

顏曉晨打開了電視，春節晚會依舊是花紅柳綠、歌舞昇平，她把音量調低，也鑽到被子裡，靠在沙發另一頭，一邊看電視，一邊發簡訊。

她跟魏彤和劉欣暉拜了年，又發了微信給程致遠，「新年快樂，歲歲平安。」

「在家裡？沈侯和妳一起？」

「都在我家。」

「和媽媽一起吃年夜飯？」

「一起。」

「還害怕嗎？」

顏曉晨看向沈侯，想著這一天的神發展，「我今天一天認識的鄰居比過去四年都多，沈侯想把我媽灌醉套話，不過他低估我媽的酒量，把自己賠進去。PS.沈侯既不是蠟燭，也不是燈，他是太陽。」

一會兒後，程致遠發了一張像太陽般熱情微笑的表情圖片，顏曉晨忍不住笑起來。

沈侯突然湊到了她身邊，迷迷糊糊地問：「妳在笑什麼？給誰發訊息？」

「程致遠。」

沈侯看似清醒了，實際仍醉著，像個孩子一樣不高興地嘟起嘴，用力抱住顏曉晨的腰，「討厭！我討厭他！不許妳發訊息給他！」

顏曉晨捨不得讓他不高興，立即把手機放進衣服口袋裡，向他晃晃空空的手，「不發了。」

他高興起來，聽到外面有人放鞭炮，「快要十二點了嗎？我們去放煙火。」

家裡可沒準備煙火，但沈侯拽著她就要走，顏曉晨忙哄他，「戴好帽子就去放煙火。」幫他把帽子、手套戴好，她自己也戴上了帽子，扶著他出了家門。

有不少鄰居正在掛鞭炮，打算一到十二點就放炮，顏曉晨很害怕鞭炮的聲音，攙扶著沈侯快步走出巷子，一邊走，一邊還和鄰居打招呼，沒辦法，每個人都知道她的男朋友第一次上門了。

沿著街道走了一會兒，只是拐了一個彎，沒想到就好像進入另一個世界：一條河，河邊林木蔥鬱，很多孩子聚集在河邊的空地上放煙火。

「小小，我們也去放煙火。」沈侯像是找到了目標，一下子來了精神。

「好啊！」顏曉晨嘴裡答應著沈侯，但巧婦難為無米之炊，她壓根兒沒煙火給他放。

沈侯看一個三十歲上下的男人把一個凳子大小的煙火放到地上，他興沖沖地跑了過去，跟人家要，那個人直擺手，沈侯指著顏曉晨，對他說了幾句話，那人竟然同意了，把手裡燃著的香遞給他。

沈侯衝顏曉晨大聲叫，「小小，放煙火了！」

顏曉晨走過去，對那個讓出煙火的男人說：「謝謝！」

他笑得十分曖昧，擺了擺手，示意不必客氣。

顏曉晨問沈侯，「你跟那個男的說了什麼，他怎麼就把這麼好的煙火給你了？」

沈侯笑笑，「待會兒妳就知道了。」

一旁的一群小孩子邊叫邊放煙火，隨著十二點的逼近，鞭炮聲越來越響，簡直震天動地。

隨著一個孩子大聲叫「新年到」，千家萬戶的鞭炮聲都響起，無數的煙火也衝上天空。鞭炮轟鳴聲中，顏曉晨聽不清沈侯說了什麼，只看到他對她笑，沈侯扶著她的手，點燃了引信。彩色的煙火噴出，是一株一人高的火樹銀花，七彩繽紛。

它美得如此瑰麗，很多孩子都被吸引過來，一邊拍手，一邊繞著它跑。

顏曉晨也忍不住笑著拍手，回頭去找沈侯，「沈侯、沈侯，快看！」

沈侯正溫柔地凝視著她，兩人目光交會時，沈侯湊到她耳畔大聲說：「我剛才告訴那個人，我要在煙火下吻我的未婚妻，他就把煙火送給我了。」

沒等她反應過來，沈侯就吻了下來。

火樹銀花仍在絢爛綻放，可它再美，也比不上沈侯的一個擁抱，顏曉晨閉上了眼睛，承受著他的溫柔索取，他的口中猶有米酒的酒香，讓人醺醺然欲醉。

耳畔一直是歡笑聲，那笑聲從耳畔進入心裡，又從心裡蔓延到嘴邊，顏曉晨也忍不住笑，沈侯好似極其喜歡她的笑，一次又一次親著她的嘴角。

送他們煙火的男子笑著對他們說：「百年好合，天長地久！」

沈侯摟著顏曉晨，大聲說：「一定會！」

口袋裡的手機震動了幾下，顏曉晨掏出手機，是程致遠的微信，「請一定要快樂幸福！」

她靠在沈侯懷裡，看著繽紛的煙火，回覆程致遠：「一定會！」

一定會！不管沈侯，還是她，都很努力、很珍惜，一定會！一定會幸福！

13 Chapter

愛恨

恨使生活癱瘓無力，愛使它重獲新生；
恨使生活混亂不堪，愛使它變得和諧；
恨使生活漆黑一片，愛使它光采奪目。
——馬丁．路德．金恩2

早上，顏曉晨和沈侯睡到十點多才起來。起來時，媽媽已經不在家，沈侯一邊喝粥，一邊坦率地問：「阿姨去打麻將了？」

「應該是。」也許是被他的態度感染，顏曉晨在談論這件事時，也不再那麼難以啟齒。

吃完早飯，顏曉晨把床褥、被子抱到院子裡曬，又把前兩天換下的衣服拿出來，準備扔進舊洗衣機裡洗，貼身的衣服用手洗。

沈侯幫她把洗衣機推到院子裡的自來水龍頭旁邊，接好電源插座和水管，又幫她燒好熱水，把所有的暖水瓶都灌滿，省得她用冷水洗衣。

2馬丁．路德．金恩（Martin Luther King, Jr., 1929-1968年）：是美國民權運動中最重要的領袖人物，一九六三年演說〈我有一個夢〉促使美國國會通過《一九六四年民權法案》，加上他長期以非暴力方法訴求種族平等，因而成為一九六四年諾貝爾和平獎得主。

沈侯提著剛灌好的暖水瓶走出廚房時，顏曉晨已經坐在洗衣盆前洗衣服。沈侯輕輕放下暖水瓶，走到顏曉晨的背後，捂住了她的眼睛，怪聲怪氣地說：「猜猜我是誰？」

顏曉晨笑著說：「沈侯。」

「不對！」

「猴哥。」

「不對！」

「一隻傻猴子。」

沈侯惱了，咬了她的耳朵一下，惡狠狠地說：「再猜不對，我就吃了妳！」

顏曉晨又癢又酥，禁不住往沈侯懷裡縮了縮，笑著說：「是我老公。」

沈侯滿意了，放開她，在她臉頰上親了下，「真乖！」

顏曉晨卻順勢用沾了洗衣粉泡沫的手在他臉上抹了一把，沈侯笑嘻嘻地壓根兒沒在意，反而握住她的手，等暖和了，才滿意地放開。

沈侯看一時再幫不上什麼忙，拿了個小板凳坐到顏曉晨對面，曬著太陽玩手機，時不時舉起手機拍張相片，後來又開始錄影，「小小，看我，笑！」

「洗衣服有什麼好拍的？」顏曉晨衝著鏡頭，做鬼臉。

沈侯指著搓衣板，「等咱們兒子像我們這麼大時，那就是古董哎！要不要保留一塊？也許可以賣個大價錢。」

顏曉晨無語地看了他一瞬，用滿是泡沫的手舉起搓衣板，對著鏡頭，很嚴肅地說：「小小沈，這是你爸給你的傳家寶，開心吧？」

沈侯大笑，對著手機的鏡頭說：「肯定很開心，對不對？」

兩人正自得其樂，院門突然被拍得咚咚震天響，「劉清芳！劉清芳……」

沈侯徵詢地看著顏曉晨。

「找我媽的。」顏曉晨忙擦乾了手，去開門，

她剛打開門，五、六個男人一擁而入，有人衝進屋子，有人在院子裡亂翻。沈侯看勢頭不對，立即把顏曉晨拉到他身旁，大聲問：「你們幹什麼？」

顏曉晨約莫猜到是什麼事，拉了拉他的手，表示沒事。

一個染著黃頭髮的男人抬著舊電視機出來，對院子裡的光頭男人說：「窮得叮噹響，一屋子垃圾，這破電視要嗎？」

光頭男人嫌棄地看了一眼，黃毛男人鬆開手，電視機摔到地上。

「你們有事就說事，又砸又搶的能解決問題嗎？」沈侯沉著聲問。

黃毛問：「劉清芳呢？你們是劉清芳的什麼人？」

顏曉晨說：「我是她女兒。」

幾個人打量著她，光頭說：「妳媽欠了我們十六萬，妳看什麼時候還？」

顏曉晨倒吸一口冷氣，她想到了他們是來討債的，卻沒有想到媽媽欠了十多萬。她無奈地說：「你們看看我家像有錢嗎？我現在連一萬塊錢都沒有。」

黃毛指著顏曉晨的鼻子，惡狠狠地說：「不還錢是吧？砸！」

兩個男人衝進屋子，見到什麼就砸什麼。沈侯想阻止他們，被黃毛和另一個男人堵住，站在門口的光頭還亮出一把匕首，悠閒地把玩著，顏曉晨忙緊緊地抓住沈侯，小聲說：「都是舊東西，不值錢。」

一群人把屋子裡能砸的全砸了之後，黃毛對顏曉晨說：「三天之內，還錢！不還錢的話……妳去打聽一下欠了高利貸賭債不還的後果。」黃毛說完，領著人揚長而去。

滿地狼籍，連不能砸的沙發、桌子都被他們掀翻了。

顏曉晨心灰意冷，苦笑著搖搖頭，對沈侯說：「看！這就是我家，你媽的反對很有理由！」

「妳媽媽是妳媽媽，妳是妳！我喜歡的人是妳！」沈侯把桌子、沙發翻過來擺好，去院子裡拿了掃把開始打掃。

因為沈侯的舉動，顏曉晨不再那麼難受，她拿起抹布，準備收拾一屋子的狼籍。顏曉晨和沈侯一起努力想把這個破爛的家整理得像一個家，但是，它就像被撕毀的圖畫，不管怎麼努力拼湊，仍舊是殘破的，也許，四年前的那個夏天，這個家早已經破碎了。

下午三點多，顏媽媽醉醺醺地回來了。顏曉晨自嘲地想，看來她猜錯了，媽媽今天沒去打麻將，而是去喝酒了，不知道賭博和酗酒哪個更好一點？

顏媽媽大著舌頭問：「怎麼了？」

顏曉晨問：「妳欠了十六萬賭債？」

顏媽媽捧著頭想了想，「沒有啊，哦，對……還有利息，利滾利，大概有十幾萬吧！」

「妳借高利貸？」顏曉晨已經不知道該說什麼了。

沈侯忍不住說：「阿姨，借高利貸很危險。」

顏媽媽嗤笑，「有什麼大不了？不就是打打殺殺嘛！讓他們來砍死我啊！老娘反正不想活了！」

沈侯完全沒想到顏媽媽是這種無賴樣子，一時間啞口無言。

顏媽媽戳著顏曉晨的臉，醉笑著說：「我要是被砍死了，都怪妳，全是妳的錯！全是妳的錯！」

顏媽媽壓根兒沒有用力，顏曉晨卻臉色煞白，一步步後退。

沈侯一下怒了，一把把她拖到他身後，「阿姨！小小哪裡錯了？」

「她哪裡錯了？」顏媽媽歪著頭想了想，哈哈笑起來，「誰叫她老是不給我錢？我沒錢打麻將，當然只能去借錢了。」

沈侯說：「阿姨，妳有關心過小小嗎？妳知道她這些年多辛苦嗎？」

顏媽媽一下子被激怒了，冷笑著吼：「辛苦？她辛苦？她的辛苦都是自找的！誰叫她非要讀大學？如果不是她非要讀大學，我們家根本就不會這樣！」

沈侯被顏媽媽的言論給氣笑了，「小小想要讀書也是錯？阿姨，為人子女要孝順，可為人父母是不是也不能太不講理？」

「我就這德行！我不想認她這個女兒，她也可以不認我這個媽媽！」顏媽媽指著顏曉晨說：「看著妳就討厭！滾回上海！少管我的事！」她腳步蹣跚地上了樓。

「小小？」沈侯擔心地看著顏曉晨。

顏曉晨回過神來，蒼白無力地笑了笑，「我沒事。看來我媽真借了他們的錢，得想辦法還給他們，總不能真讓他們來砍我媽吧？我聽說，十萬一隻手，十六萬怎麼算，半隻手？」她呵呵地笑，可顯然，沈侯並不覺得這是個笑話，他眼中滿是憂慮，沒有一絲笑容。顏曉晨也不覺得是笑話，但她不想哭，只能像個傻子一樣笑。

沈侯說：「我存了兩萬多塊。」

顏曉晨說：「我有兩千多塊。」

還有十四萬！他們凝神思索能向誰借錢，顏曉晨認識的人，除了一個人，都是和她一樣剛能養活自己的社會新鮮人，根本不可能借到錢。

沈侯掏出手機，要打電話。

顏曉晨問：「你想跟誰借錢？」

「沈林，他手頭應該有二、三十萬。」

「我不想用你們家的錢。」

沈侯點了下頭，收起手機，「那我問問別的朋友吧！」他想了會兒，對顏曉晨說：「現在是春節假期，就算我的朋友同意借錢，銀行也沒辦法立刻轉帳，我得回家一趟，自己去拿錢。妳要不要跟我一塊兒過去？」

顏曉晨搖搖頭，她不放心留媽媽一人在家。

「妳注意安全，有事報警。」

「我知道，不會有事。」

沈侯抱住她說：「別太難受了，等處理完這事，我們幫妳媽媽戒賭，一切都會好起來。」

顏曉晨臉埋在他肩頭，沒有說話。沈侯用力抱了下她，「把門窗鎖好，我明天會盡快趕回來。」他連行李都沒拿，就匆匆離開了。

顏曉晨目送著他的背影遠去後，關上了院門，回頭看著冷清空蕩的家，想到幾個小時前，她和沈侯還在這個院子裡笑語嬉戲。她總告訴自己一切都會好起來，可是所有的美好幸福霎時就被打碎了，她的眼淚直在眼眶裡打轉。

沈侯的媽媽反對沈侯和她在一起，是不是因為早就預料到了這一刻？沈媽媽已經靠著人生經驗和智慧判斷出，她們無藥可救了，她卻不肯相信。顏曉晨無力地靠著門扉，看著媽媽的臥室窗戶，痛苦地咬著唇，將眼裡的淚全逼回去。

清晨，天才剛亮，屋外就傳來吵鬧聲。

顏曉晨套上羽絨外套，趴到窗戶上悄悄看了一眼，是光頭和黃毛那夥人，提著幾個塑膠桶，不知道在幹什麼。

她拿著手機，緊張地盯著他們，打算他們一闖進來，就報警。

他們又嚷又鬧一會兒，用力把塑膠桶扔進院子，顏曉晨心裡一驚，不會是汽油吧？嚇得趕緊衝下樓，到院子裡一看，還好只是油漆。雖然沒有危險，但紅彤彤的油漆潑濺在地上，院子裡東一片血紅、西一片血紅，連牆上都濺了一些，鮮血淋漓的樣子，乍一看像是走進屠宰場，讓人心裡特別不舒服。

「快點還錢，要不然以後我們天天來！」他們大叫大吵，鬧夠了，終於呼啦啦離開了。

顏曉晨打開門，看到整扇門都被塗成血紅色，牆上寫著血淋淋的大字：欠債還錢！

鄰居們探頭探腦地查看，和顏曉晨目光一對，怕惹禍上身，砰一聲，立即關上門。不知道從哪裡傳出一個女人尖銳的聲音，「倒了八輩子楣！竟然和賭鬼是鄰居！」

本來歡歡樂樂的新年，因為她家的事，鄰居都不得安生。

顏曉晨關上了門，看著滿地的油漆，連打掃都不知道該如何打掃，只能等乾了之後再說。

顏媽媽像是什麼事都沒發生一樣，心安理得地睡著懶覺。

顏曉晨坐在屋簷下，看著地上的油漆發呆。

十點多時，黃毛和光頭又來鬧。

他們也不敢大白天強闖民宅，就是變著法子讓人不得安生。一群人一邊不三不四地叫罵，一邊往院子裡扔東西——啤酒瓶子、啃完的雞骨頭、剩菜剩飯。

顏曉晨怕被啤酒瓶子砸傷，躲在屋子裡看著院子從「屠宰場」變「垃圾場」。

他們鬧了半個小時左右，又呼啦啦地走了。

顏曉晨踮著腳尖，小心地避開啤酒瓶的碎渣，去拿了笤帚，把垃圾往牆角掃。

篤篤的敲門聲響起，敲幾下，停一會兒，又敲幾下，像是怕驚擾到裡面的人，很小心翼翼的樣子。

「誰？」

沒有人回答，但絕不可能是黃毛那夥人，顏曉晨打開了門。

去年春節來送禮的那個男人拘謹地站在門口，一看到顏曉晨，就堆著討好的笑，「新年好……有人來找妳們麻煩嗎？」

「我說了，我們家不歡迎你！」顏曉晨想關門，他插進來一隻腳，擋住了門，「我聽說放高利貸的人來找妳們要錢，多少錢？我來還！」

顏曉晨用力把他往外推，「我不要你的錢！你走！」

他擠著門，不肯離開，「曉晨，妳聽我說，高利貸這事不是鬧著玩的，我沒有別的意思，就是擔心妳們，我來還錢，妳們可以繼續恨我……」

「滾！」伴著一聲氣震山河的怒吼，從二樓的窗戶裡飛出一把剪刀，朝著男子飛去，幸虧男子身手矯捷，往後跳了一大步，剪刀落在他身前不遠的地方。

顏曉晨和他都目瞪口呆、心有餘悸地看著地上的剪刀，沒等他們反應過來，顏媽媽連外套都沒披，穿著薄薄的棉毛衣和棉毛褲、趿著拖鞋就衝出來，順手拿起院子裡晾衣服的竹竿，劈頭蓋臉地打過去。

男人抱著頭躲，「我沒別的意思，就是擔心妳們，妳們先把錢還上……啊！」

顏媽媽從院門口追打到巷子口，打得男人終於落荒而逃，顏媽媽還不解氣，脫下一隻拖鞋，狠狠地砸了出去。

她拎著竹竿，穿著僅剩的一隻拖鞋，氣勢洶洶地走回來，餘怒未消，順手往顏曉晨身上抽了一竿，「妳個討債鬼，讀書讀傻了嗎？還和他客氣？下次見了那個殺人犯，往死裡打！打死了，我去償命！」

顏曉晨下意識地躲了下，竹竿落在背上，隔著厚厚的羽絨外套，媽媽也沒下狠勁，雖然疼但能忍受。

顏媽媽啪一聲扔了竹竿，徑直上樓。

顏曉晨彎身撿起媽媽從二樓扔下的剪刀。

起身時，眼前有些發黑，一下子沒站起來，一雙溫暖的手扶住了她，抬頭一看，竟然是程致遠。

他關切地問：「妳怎麼樣？」

顏曉晨借著他的力站起來，「沒事，大概昨晚沒休息好，今天又沒吃早飯，有點低血糖，你怎麼在這裡？」

「我回家過年，沒什麼事，就來跟妳和沈侯拜個年。到了巷子口，卻不知道妳家在哪裡，正打算打電話給妳，就看到……有人好像在打架。」

程致遠應該已經猜到揮舞著竹竿的凶悍女人是她媽媽，措辭盡量婉轉了，顏曉晨苦笑著說：「不是打架，是我媽在打人。幾年前，我爸因為車禍去世，那個男人就是……撞死我爸的人。」

程致遠沉默地看著她，目光深邃，似有很多話想說，卻大概不知道該說什麼，一直沉默著。

顏曉晨玩著手中的剪刀，勉強地笑了笑說：「我沒事，已經過去很多年了。」

程致遠移開了目光，打量著她家四周，「妳家……發生什麼事了？」

顏曉晨順著他的目光，看到血紅的門、血紅狼籍的地、牆上血淋淋的大字：欠債還錢！似乎想瞞也瞞不住，她說：「欠了高利貸的錢。」

「多少？」

「十六萬。」

程致遠同情地看著她，「妳打算怎麼辦？」

「只能先想辦法還上錢，沈侯幫我去借錢了。」

顏曉晨指指身後的家，「你第一次來我家，本來應該請你去屋子裡坐坐、喝杯茶，但我家這樣……只能以後了，實在抱歉。」

「沒事，出去走走，行嗎？」

顏曉晨遲疑地看向樓上，擔心留媽媽一個人在家是否安全。程致遠說：「現在是白天，他們再猖狂也不敢亂來，我們就在附近走走。」

顏曉晨也的確想暫時逃離一下，「好，你等我一下。」她把剪刀放回屋裡，把屋門和院門都鎖好，和程致遠走出了巷子。

他們沿著街道，走到河邊。

今天無風，太陽又好，河畔有不少老人在曬太陽。顏曉晨和程致遠找了個看著還算乾淨的花臺坐了下來。

李司機不知道從哪裡冒了出來，拿著半袋麵包和一瓶果汁。

程致遠接過後，遞給顏曉晨，她沒胃口吃飯，可知道這樣不行，拿過果汁，慢慢地喝著。

顏曉晨沒心情說話，程致遠也一直沒有吭聲，他們就像兩個陌生人，各自沉浸在自己的小世界裡。

顏曉晨的手機突然響了，陌生的電話號碼，她猶豫了下，接了電話，「喂？」

「顏小姐嗎？我是沈侯的媽媽。」

顏曉晨實在沒有力氣再和她禮貌寒暄了，直接問：「什麼事？」

「沈侯在向他的朋友借錢，他的朋友是一幫不知天高地厚的年輕人，所謂的有錢，都是和他一樣，是父母有錢。顏小姐，妳需要多少錢，我給妳，還是那個條件，和沈侯分手。」

「我不需要妳的錢！」

沈媽媽譏嘲地笑，「很好！妳這麼有骨氣，也最好不要動用我兒子的一分錢，妳應該明白，他的朋友肯借他錢是因為沈侯的爸媽有錢！如果他真是個像妳一樣的窮小子，誰會借給他錢？」

「好的，我不會用他的錢。」

「顏小姐，妳為什麼突然需要十幾萬？是不是因為妳媽媽嗜賭欠債了？」

顏曉晨冷冷地說：「和妳無關！」

沈媽媽冷笑著說：「如果妳不纏著我兒子，肯放了他的話，的確和我無關！顏小姐，根據我的調查，妳爸爸車禍去世後，妳們雖然沒什麼積蓄，但在市裡有一間二十多坪的兩房一廳，可就是因為妳媽媽嗜賭，把房子也賠了進去……」

顏曉晨不客氣地打斷了她翻舊賬的囉唆，「妳如果沒有事，我掛電話了！」

沈媽媽說：「顏小姐，最後回答我一個問題，妳現在還覺得堅持不分手是真為沈侯好嗎？」

顏曉晨沉默一會兒，沒說一句話地掛斷了電話。

程致遠問：「沈侯媽媽的電話？」

「我要回家了，再見！」顏曉晨起身想走，程致遠抓住了她，她用力想掙脫他的手，「不要管我！你讓我一個人待著……」

程致遠牢牢地抓著她，「曉晨，聽我說，事情都可以解決！」

一個瞬間，顏曉晨情緒崩潰了，又推又打，只想擺脫他，逃回原本屬於她的陰暗世界，「不可能！我錯了！我和沈侯在一起，只會害了沈侯！媽媽說得對，我是個討債鬼，是個壞人，我只會禍害身邊的人，就應該去死……」

程致遠怕傷到顏曉晨，不敢用力，被她掙開了。他情急下，摟住了她，用雙臂把她牢牢地禁錮在懷裡，「曉晨，曉晨……妳不是討債鬼！不是壞人！相信我，妳絕不是壞人……事情可以解決，一定可以解決……妳現在每月薪資稅後是八千六百塊，公司的年終獎金一般有十萬左右，好的部門能拿到十五萬。一年後，妳肯定會漲薪資，年終獎金也會漲，十六萬，並不是很大的數目……」

不知道是她用盡了力氣都推不開他，還是他喋喋不休的安撫起了作用，顏曉晨漸漸地平靜下來。可是，就算現在還了十六萬，又能怎麼樣？媽媽依舊會賭博，她今天能欠十六萬，明天就能欠三十六萬，媽媽不會讓她日子好過，但她不能恨媽媽，只能恨自己。

顏曉晨覺得好累！她漂浮在一個冰冷的水潭中，曾經以為她應該努力地游向岸邊，那裡能有一條出路，但原來這個水潭是沒有岸邊的，她不想再努力掙扎了！

她像是電池耗盡的玩偶，無力地伏在他肩頭，「你不明白，沒有用的！沒有用的！不管我多努力，都沒有用……」

程致遠輕撫著她的背，柔和卻堅定地說：「我明白，我都明白！一定有辦法！我們先把錢還了，妳把媽媽接到上海，換一個環境，她找不到人陪她賭博，慢慢就會不再沉迷打麻將。我們還可以幫她找一些老年人聚會的活動，讓她換一個心情，認識一些新朋友，一切重新開始！」

一切真的能重新開始嗎？顏曉晨好像已經沒有信念去相信。

「一定能重新開始！曉晨，一定都會好起來！一定！」程致遠的臉頰貼在顏曉晨頭頂，一遍又一遍重複著，像是要讓自己相信，也要讓她相信。

顏曉晨抬起了頭，含著淚說：「好吧！重新開始！」

程致遠終於鬆口氣，笑了笑。

顏曉晨突然意識到他們現在的姿勢有點親密，一下子很不好意思，輕輕掙脫他的懷抱，往後退了一大步，尷尬地說：「好丟臉！我在你面前真是一點面子都沒有了！」

程致遠沒讓她的尷尬情緒繼續發酵，「十六萬我借給妳，妳怎麼還？」

顏曉晨認真思索了一會兒說：「接了媽媽到上海後，我不知道生活費會需要多少，我用年終獎金還，行嗎？」

「行，利息百分之五。還有，必須投入工作，絕對不許跳槽！言外之意就是妳必須做牛做馬，為我去努力賺錢！」

他話語間流露出的是一片光明的前途，顏曉晨的心情略微輕鬆了一點，「壓根兒沒有人來挖我，我想跳槽也沒地方跳。」

「我們打賭，要不了兩年，一定會有獵人頭公司找妳。」

「借你吉言！」

「走吧，送妳回去。」程致遠把半袋麵包和飲料拿給她。

黃毛和光頭正領著人在顏曉晨家外面晃蕩，看到她，一群人大搖大擺地圍了過來。

程致遠問：「是他們嗎？」

「嗯。」顏曉晨點了下頭。

程致遠微笑著對黃毛和光頭說：「要拿錢去找那個人。」他指指身後。

黃毛和光頭狐疑地看看巷子口的李司機，對顏曉晨說：「別耍花樣！要是騙我們，要妳好看！」

他們去找李司機，李司機和他們說了幾句話，領著他們離開了。

程致遠陪顏曉晨走到她家院子外，看著血紅的門，他皺了皺眉說：「我家正好有剩些油漆，明天我讓李司機送來給妳，重新漆一下就行了。」

顏曉晨也不知道能對他說什麼，謝謝嗎？不太夠。她結結巴巴地說：「我、我會好好工作，也絕不會跳槽。」這一刻，她無比期望自己能工作表現優異，報答程致遠。

程致遠笑著點點頭，「好，進去吧，我走了！」他的身影在巷子裡漸漸遠去。

＊＊＊

顏曉晨回到家裡，看到媽媽醉醺醺地躺在沙發上睡覺，地上躺著一個空酒瓶。她把空酒瓶撿起來，放進垃圾桶，拿了條被子蓋到她身上。

顏曉晨打電話給沈侯，卻一直沒有人接，只能發微信給他，「不用借錢了，我已經把錢還了。」

顏曉晨吃了幾片麵包，一口氣喝光飲料，又開始打掃，等把院子裡的垃圾全部清掃乾淨，天已經有點黑了。

她看了看手機，沒有沈侯的回覆，正想再打電話給他，拍門聲傳來。

她忙跑到門邊，「誰？」

「我！」

是沈侯，她打開了門。沈侯上下打量她一番，關切地問：「沒事吧？他們來鬧事了嗎？」

「已經沒事了。」顏曉晨把院門關好。

沈侯把一個雙肩包遞給她，「錢在裡面。銀行沒開門，問了幾個哥兒們才湊齊，所以回來晚了。」

顏曉晨沒有接，「你沒收到我的訊息嗎？」

「趕著回來，沒注意查看手機。」他一邊說話，一邊拿出了手機。

看完微信，他臉色變了，「妳向誰借錢？」

「程致遠。」

沈侯壓抑著怒火問：「妳什麼意思？明知道我已經去借錢了，為什麼還要向他借錢？」

「我不想用你借的錢。」

「顏曉晨！」沈侯怒叫一聲，一下子把手裡拎著的包摔到地上，「妳不想用我的錢，卻跑去向另一個男人借錢？」

「你聽我解釋，我只是不想沾一絲一毫你爸媽的光！」

「我知道！所以明明沈林、沈周手裡都有錢，我沒有向他們開口！我去找的是朋友，不姓沈，也不姓侯！妳還想我怎麼樣……」

顏媽媽站在門口，警覺地問：「你們在吵什麼？曉晨，妳把賭債還了？哪裡來的錢？」

沈侯怒氣沖沖地說：「問顏曉晨！」他朝著院門走去，想要離開。

顏曉晨顧不上回答媽媽，急忙去拽沈侯，沈侯一把推開了她，憤怒地譏嘲：「妳有個無所不能的守護騎士，根本不需要我！」

顏曉晨還想再去追，顏媽媽拿起竹竿，一竿子狠狠打到她背上，「死丫頭，妳從哪裡拿的錢？」

顏曉晨忍著痛說：「一個朋友，說了妳也不認識。」

沈侯已經一隻腳跨到院門外，聽動靜不對，轉過身回頭看。

「朋友？妳哪裡來那麼有錢的朋友？那是十六萬，不是十六塊，哪個朋友會輕易借人？妳個討債鬼，妳的心怎麼這麼狠？竟然敢要妳爸爸的買命錢……」顏媽媽揮著竹竿，劈頭蓋臉地狠狠抽打下來，

媽媽打。顏曉晨想躲，可竹竿很長，怎麼躲都躲不開，她索性抱著頭，蹲到了地上，像一隻溫馴的羔羊般，由著

沈侯再顧不上發脾氣，急忙跑回來，想要護住顏曉晨，但顏媽媽打人的功夫十分好，每一竿仍重重抽到顏曉晨身上，沈侯急了，一把拽住竹竿，狠狠奪了過去。

「我打死你！你個討債鬼！我打死你！」顏媽媽拿起大掃帚，瘋了一樣衝過來，接著狠狠打顏曉晨，連帶著沈侯也被掄了幾下。

顏媽媽的架勢絕對不是一般的父母打孩子，而是真的想打死曉晨，好幾次都是直接對著她的腦袋狠打，沈侯驚得全身發寒，一把拽起顏曉晨，跑出了院子。顏媽媽邊哭邊罵，追著他們打，沈侯不敢停，一直拽著顏曉晨狂跑。

跑出巷子，跑過街道，跑到河邊，直到完全看不到顏媽媽的身影，沈侯才停下來。他氣喘吁吁地看著顏曉晨，臉上滿是驚悸後怕，感覺上剛才真的是在逃命。

顏曉晨關切地問：「被打到哪裡了？嚴重嗎？」

「我沒事！妳、妳……疼嗎？」沈侯心疼地碰了下她的臉，拿出紙巾，小心地印著。

看到紙巾上的血跡，顏曉晨才意識到她掛了彩，因為身上到處火辣辣的疼，也沒覺得臉上更疼。

沈侯又抬起她的手檢查，已經腫了起來，一道道竹子的瘀痕，有的地方破了皮，滲出血。沈侯生氣地唸叨：「妳媽太狠了！妳是她親生的女兒嗎？」

沈侯摸摸她的背，「別的地方疼嗎？我們去醫院檢查一下吧！」

顏曉晨搖搖頭，「不疼，穿得厚，其實沒怎麼打著，就外面看著恐怖。」

沈侯看著她紅腫的臉和手說：「小小，妳媽精神不正常，妳不能再和她住一起了。她這個樣子不行，我有個高中同學在精神病院工作，我們可以找他諮詢一下，妳得把妳媽送進精神病院。」

「我媽沒有病，是我活該！」

沈侯急了，「妳媽還沒病？妳幫她還賭債，她還這麼打妳？不行！我們今晚隨便找個旅館住，明天就回上海，太危險了，妳絕不能再單獨和她在一起了……」

「沈侯，你知道我爸爸是怎麼死的嗎？」

因為怕曉晨傷心，沈侯從不打聽，只聽曉晨偶爾提起過一兩次，他小心地說：「車禍去世的。」

「車禍只是最後的結果，其實，我爸是被我逼死的。」

「什麼？」沈侯大驚失色地看著曉晨，摸了摸她的額頭，擔心她被顏媽媽打傻了。

顏曉晨帶著沈侯找了個避風的地方坐下。

河岸對面是星星點點的萬家燈火，看似絢爛，卻和他們隔著漆黑的河水，遙不可及。昨夜河岸兩邊都是放煙火的人，今晚的河岸卻冷冷清清，連貪玩的孩子也不見蹤影，只有時不時傳來的炮響才能讓顏曉晨想起這應該是歡歡樂樂、闔家團圓的新年。

沈侯把他的羽絨外套帽子解下，戴到顏曉晨頭上，「冷不冷？」

顏曉晨搖搖頭，「你呢？」

「妳知道我的身體，一件毛衣都能過冬。」沈侯把手放到她的臉上，果然很溫暖。

顏曉晨握住沈侯的手，似乎想要給自己一點溫暖，才有勇氣踏入冰冷的記憶河流。

「我爸爸和我媽媽是小縣城裡最普通的人，都沒讀過多少書，我爸爸是木匠，我媽媽是個理髮師，家裡經濟不算好，但過日子足夠了，周圍的親戚朋友都是做點小生意、辛苦討生活的普通人……」

顏爸爸剛開始是幫人打傢俱、做農具，後來跟著裝潢團隊做裝潢。他手藝好，人又老實，做出的活很實誠，很多工頭願意找他。隨著中國房地產的蓬勃發展，需要裝潢的房子越來越多，顏爸爸的收入也快速增加，再加上顏媽媽的理髮館生意，顏曉晨家在親戚中算是過得最好的。

解決了溫飽問題，顏爸爸和顏媽媽開始考慮更深遠的問題，他們沒讀過多少書，起早貪黑地掙著辛苦錢，不希望女兒像自己一樣，正好曉晨也爭氣，成績優異，一直是年級第一。一對最平凡、最典型的中國父母，幾經猶豫後做了決定，為了給女兒更好的教育，在顏曉晨小學畢業時，他們拿出所有積蓄，外加借債，在市裡買了一間兩房一廳的舊房子，舉家搬進市裡。

對縣城的親戚朋友來說，顏曉晨家搬進市裡，是鯉魚躍了龍門，可對顏曉晨自己家來說，他們在市裡的生活並不像表面那麼風光，縣城的生活不能說是雞頭，但市裡的生活一定是鳳尾。顏爸爸依舊跟著工作團隊在城裡做工，不但要負擔一家人的生計開銷，還要還債，顏媽媽租不起店面，也沒有熟客，只能去別人的理髮店打工，可以說，他們過得比在小縣城辛苦很多，但顏爸爸和顏媽媽不管多苦，都竭盡所能給曉晨最好的生活。

小顏曉晨也清楚地感覺到生活和以前不一樣了。以前在小縣城時，她沒覺得自己和周圍同學不同，可到了市裡後，她很快感覺到自己和周圍同學不同。同學的爸媽是醫生、老師、會計師、公務員……上作文課，他們寫〈我的爸爸媽媽〉時，總是有很多光鮮亮麗的事情，顏曉晨寫作文時卻是「我媽媽在理髮店工作，幫人洗頭髮」。別的同學的爸媽能幫老師忙，會送從香港帶回的化妝品給老師，顏曉晨的爸媽卻只能逢年過節時，拿著土特產，堆著笑臉跟老師拜年。同學們會嘲笑她不標準的普通話，老師也對她或多或少有些眼光。

半大孩子的心靈遠超大人想像的敏感，顏曉晨很容易捕捉到所有微妙，雖然每次爸爸媽媽問她「新學校好嗎？新同學好嗎？」，她總說「很好」，可她其實非常懷念小縣城的學校。但她知道，這是父母付出一切為她鋪設的路，不管她喜歡不喜歡，都必須珍惜！經過一年的適應，初二時，顏曉晨用自己的努力為自己建立了一個很強大的保護傘。她考試成績好！不管大考小考，每次都拿第一，沒有老師會不喜歡拿第一的學生。顏曉晨被任命為幹部，早自修時，老師經常讓顏曉晨幫她一起抽查同學的背誦課文，孩子們也懂得尊重有權力的人。有了老師的喜歡、同學的尊重，顏曉晨的學校生活就算不夠愉快，至少還算順利。

顏爸爸、顏媽媽看到顏曉晨的成績，吃再多的苦，也覺得欣慰，對望女成鳳的他們來說，女兒是他們生活唯一的希望，他們不懂什麼科學的教育理念，只能用勞動階級的樸素價值觀不停地向她灌輸著：「妳要好好讀書，如果不好好讀書，只能幫人家洗頭，洗得手都掉皮，才賺一點點錢。」、「妳看看李老師，走到哪裡，人家都客氣地叫一聲『李老師』，不像妳爸媽，走到哪裡，都沒人用正眼看。」

顏曉晨家就是城市裡最普通的底層一家，勤勞卑微的父母，懷著女兒能超越他們的階級，過上比他們更好生活的夢想，辛苦老實地過著日子。顏曉晨也沒有辜負他們的期望，高考成績很好，她填寫了自己一直想讀的一所知名大學的商學院，就等著錄取通知書了，老師都說沒問題。

那段時間，親戚朋友都來恭喜，顏曉晨的爸媽每天都樂呵呵，雖然大學學費會是一筆不小的開銷，意味著這個剛剛還清外債的家庭還要繼續節衣縮食，但是，他們都看到了通向玫瑰色夢想的臺階，絲毫不在乎未來的繼續吃苦。中國的普通老百姓最是能吃苦，只要看到一點點美好的希望，不管付出多少，他們都能堅韌地付出再付出、忍耐再忍耐。

誰都沒有想到，這座一家人奮鬥了十幾年的臺階會坍塌。和顏曉晨報考一個學校的同學都拿到了錄取通知書，顏曉晨卻一直沒有拿到。剛開始，爸媽說再等等，大概只是郵寄晚了，後來，他們也等不住了，去找老師，老師想辦法幫顏曉晨去查，才知道她竟然第一志願落榜了。那種情況下，好的結果是上第二志願，差一點甚至有可能落到更後面的志願。

聽到這裡，沈侯忍不住驚訝地問：「怎麼會這樣？」

顏曉晨苦笑，「當時，我們全家也是不停地這麼問。」

按照成績來說，顏曉晨就算進不了商學院，也絕對夠進學校了，但是，事情發生了就是發生了。顏爸爸和顏媽媽是這個社會最底層的老百姓，他們根本不知道找誰去問緣由，只能求問老師，老師幫他們打聽，消息也是模模糊糊，說是顏曉晨的志願填寫有問題，但顏曉晨怎麼回憶，都覺得自己沒有填錯。

農村人都有點迷信，很多親戚說顏曉晨是沒這個命，讓她認命。顏媽媽哭了幾天後，看問不出結果，也接受了，想著至少有個大學讀，就先讀著吧！但顏曉晨不願認命。十幾年的寒窗苦讀，她沒有辦法接受比她差的同學上的大學都比她好，她沒有辦法接受夢想過的美好一切就此離她而去！

那段日子，顏曉晨天天哭，賭氣地揚言讀一個破大學寧可不讀大學，爸媽一勸她，她就衝著他們發火。顏曉晨不明白自己為什麼那麼倒楣，不停地怨怪父母無能，如果他們有一點點本事，有一點點社會關係，就不會發生這樣的錯誤，就算發生了，也能及時糾正，不像現在無能為力，一點忙都幫不上，她甚至沒有辦法看一眼自己的志願表，究竟哪裡填錯了。

顏曉晨躲在屋子裡，每天不停地哭，死活不願去上那個爛大學，顏媽媽剛開始勸，後來開始罵。顏爸爸看看不肯走出臥室、不肯吃飯、一直哭的女兒，再看看臉色憔悴、含著眼淚罵女兒的妻子，對她們說：「我去問清楚究竟是怎麼回事，一定會為妳們討個說法！」他收拾了兩件衣服，帶上一些錢，就離開了家。

可是，顏爸爸只是一個小學畢業的小木匠，誰都不認識，甚至不知道該去找誰問這事，但他認定了一個理，女兒這事應該歸教育局管。他跑去了省城教育局，想討個說法，當然不會有人搭理他。但他那老黃牛般的農民脾氣犯了，每天天不亮，他就蹲在教育局門口，見著坐車有司機的人就上前問。別人罵他，他不還嘴；別人趕他，他轉個身就又回去；別人打他，他不還手，蜷縮著身子承受。他賠著笑，佝僂著腰，低聲下氣地一直問、一直問、一直問……

顏曉晨的眼淚滾滾而落，如果時光能倒流，她一定不會那麼任性不懂事，一定會去上那個爛大學。當她走進社會，經歷了人情冷暖，才懂得老實巴交的爸爸當年到底為她做了什麼。

「我爸每天守在教育局門口，所有人都漸漸知道了我爸，後來，大概教育局的某個長官實在煩了，讓人去查了我的志願表，發現果然弄錯，他們立即聯繫學校，經過再三協調，讓我如願進入我想去的學校。爸爸知道消息後，高興壞了，他平時都捨不得用手機打電話聊天，那天傍晚，他卻用手機和我說了好一會兒。他說『小小，妳可以去上學了！誰說妳沒這個命？爸爸都幫妳問清楚了，是電腦不小心弄錯了……』我好開心，在電話裡一遍遍向他確認『我真的能去上學了嗎，是哪個長官告訴你的，消息確定嗎……』爸爸掛了電話，急匆匆地趕去買車票，也許因為盛夏高溫，他卻連著在教育局蹲幾天，身體太疲憊，也許因為他太興奮，著急回家，他過馬路時沒注意紅綠燈……被一輛車撞了。」

沈侯只覺全身寒毛倒豎，冷意侵骨，世間事竟然詭祕莫測至此，好不容易從悲劇扭轉成喜劇，卻沒想到下一個瞬間，竟然又成了更大的悲劇。

顏曉晨喃喃說：「那是我和爸爸的最後一次對話，我在電話裡只顧著興奮，都沒有問他有沒有吃過晚飯，累不累……我甚至沒有對他說謝謝，我就是自私地忙著高興。幾百公里之外，爸爸已經死了，我還在手舞足蹈地高興……晚上九點多，我們才接到員警的電話，請我們盡快趕去省城……你知道我當時在幹什麼嗎？我正在和同學打電話，商量著去上海後到哪裡玩……」

沈侯把一張衛生紙遞給她，顏曉晨低著頭，擦眼淚。

沈侯問：「妳們追究那個司機的責任了嗎？」

「當時是綠燈，是我爸心急過馬路，沒等紅燈，也沒走人行道……員警說對方沒有喝酒、正常駕駛，事發後，他也沒有逃走，第一時間把我爸送進醫院，全力搶救，能做的都做了，只能算意外事故，不能算肇事，不可能追究司機的法律責任，頂多做一些賠償，我媽堅決不要。」

為保護肇事者的安全，法律並不要求重傷或者死亡事故的當事者雙方見面，可當顏曉晨和媽媽趕到醫院的當天，肇事司機鄭建國就主動要求見面，希望盡力做些什麼彌補她們，被媽媽又哭又罵又打地拒絕了。

沈侯說：「雖然不能算是他的錯，但畢竟是他……妳爸才死了，是不可能要他的錢。」

顏曉晨說：「今天早上，那個撞死我爸的鄭建國又來我家，想給我們錢。聽說他在省城有好幾家汽車販售中心，賣BMW的，很有錢，這些年他每年都會來找我媽，想給我家錢。我媽以為我是拿了他的錢才打我。」

「妳怎麼不解釋？」

「我也是剛剛才反應過來。我媽很恨我，即使解釋了，她也不會相信。」

剛開始，顏媽媽只是恨鄭建國，覺得他開車時小心一些，車速慢一點，或者早一點踩剎車，顏爸爸就不會有事；後來，顏媽媽就開始恨顏曉晨，如果不是她又哭又鬧地非要上好大學，顏爸爸就不會去省城，也就不會發生車禍。顏媽媽經常咒罵顏曉晨，她的大學是用爸爸的命換來的！

爸爸剛去世時，顏曉晨曾經覺得她根本沒有辦法去讀這個大學，可這是爸爸的命換來的大學，如果她不去讀，爸爸的命不就白丟了？她又不得不去讀。就在這種痛苦折磨中，她走進了大學校門。

沈侯問：「妳媽是不是經常打妳？」

「不是。」看沈侯不相信的樣子，顏曉晨說：「我每年就春節回來幾天，和媽媽很少見面，她怎麼經常打我？她恨我，我也不敢面對她，我們都避免面對面。」顏曉晨總覺得爸爸雖然是被鄭建國撞死的，可其實鄭建國不是主凶，只能算幫凶，主凶是她，是她把爸爸逼死的。

沈侯說：「別胡思亂想，妳媽媽不會恨妳，妳是她的女兒！」

顏曉晨搖搖頭，沈侯不懂，爸爸除了是她的爸爸外，還有另一個身分，是媽媽的丈夫、愛人，她害死了一個女人的丈夫、愛人，她能不恨她嗎？

「正因為我是她的女兒，她才痛苦。如果我不是她的女兒，她可以像對待鄭建國一樣，痛痛快快、咬牙切齒地恨。我媽看似火爆剛烈，實際是株菟絲草，我爸看似木訥老實，實際是我媽攀緣而生的大樹。樹毀了，菟絲草沒了依靠，也再難好好活著。大一時，我媽喝農藥自殺過一次。」

「什麼？」沈侯失聲驚叫。

「被救回來了，在加護病房住了一個星期，為了還醫藥費，不得不把市裡的房子賣掉，搬回縣城的老房子。」

沈侯問：「那時候，妳幫我做作業，說等錢用，要我預付三千五，是不是因為……」

顏曉晨點點頭，「賣房子的錢支付完醫藥費後，還剩了不少，但我媽不肯再支付我任何和讀書有關的費用，我只能自己想辦法。也就是那次出院後，我媽開始賭錢酗酒，每天醉生夢死，她才能撐著不再次自殺。」顏曉晨苦澀地笑了笑，「我媽媽被搶救回來後，還是沒有放棄自殺的念頭，老是想再次自殺，我跪在她的病床前，告訴她，如果她死了，我也不活了！她用什麼方法殺死自己，我也會用同樣方法殺死自己！」

「小小！」沈侯一下子用力抓住了她的肩。

顏曉晨慘笑，「我逼死了爸爸，如果再害死了媽媽，我不去死，難道高高興興地活著嗎？」

沈侯緊緊地捏著她的肩，「小小，妳不能這麼想！」

顏曉晨含著淚，笑著點點頭，「好，不那麼想。我沒事！一切都會好起來，一切都會好起來，都會好起來！」她喃喃說了好幾遍，想讓自己鼓足勇氣，繼續往前走。

「我真是個混帳！」沈侯猛地用拳頭狠狠砸了自己的頭幾下，眼中盡是自責。

「你幹什麼？」顏曉晨抓住他的手。

沈侯難受地說：「對妳來說，大學不僅是大學，學位也不是簡單的學位，我卻害得妳……我是天底下最混帳的混帳！」

「你又不是故意的，別再糾結過去的事，我告訴你我家的事，不是為了讓你難受自責，我只希望你能理解接納我媽媽，盡量對她好一點。」

沈侯也知道一味愧疚往事沒有任何意義，平復了一下心情說：「我們回去吧！跟妳媽媽把錢的事解釋清楚，省得她難受，妳也難受。」

＊　＊　＊

他們回到家裡，沈侯大概怕顏媽媽一見到顏曉晨又動手，讓她留在客廳，他上樓去找顏媽媽解釋。

一會兒後，顏媽媽跟在沈侯身後走下樓，顏曉晨站了起來，小聲叫：「媽媽。」

顏媽媽看了她一眼，沉著臉，什麼都沒說地走開了。

沈侯拉著顏曉晨坐到沙發上，輕聲對她說：「沒事了。我告訴阿姨，妳有一個極其能幹有錢、極其善良慷慨的老闆，和妳還是老鄉，十分樂於幫助同在上海奮鬥的小老鄉，對他來說十六萬就像普通人家的十六塊，根本不算什麼。」沈侯對違心地讚美程致遠似乎很鬱悶，說完自我鄙夷地撇撇嘴。

顏媽媽走了過來，顏曉晨一下挺直腰，緊張地看著她。她把一管紅黴素消毒藥膏和OK繃遞給沈侯，一言不發地轉身上樓。

沈侯去擰了熱毛巾，幫顏曉晨清洗傷口，上藥。

顏曉晨告訴他想帶媽媽去上海。沈侯表示贊同，但看得出來，他對曉晨要和媽媽長住的事很憂慮。

＊　＊　＊

早上十一點，程致遠和李司機帶著兩桶油漆和一袋水果來到顏曉晨家。

看到她臉上和手上的傷，程致遠的表情很吃驚，「妳……怎麼了？」

顏曉晨若無其事地說：「不小心摔的。」

程致遠明顯不相信，但顯然顏曉晨就給他這一個答案，他疑問地看著沈侯，沈侯笑了笑，「是摔的！」擺明要憋死程致遠。

程致遠的目光在院子裡的竹竿上逗留了一瞬，顏曉晨感覺他已經猜到答案，幸好他沒再多問，迴避了這個話題。

程致遠讓李司機把油漆放在院子裡，他把水果遞給顏曉晨，「不好意思空著手來，兩罐用了一半的油漆也不能算禮物，就帶了點水果來。」

「謝謝。」水果是春節走親訪友時最普通的禮品，顏曉晨不可能拒絕。

她把水果拿進廚房，拿了兩個板凳出來，請他坐。

程致遠問沈侯：「會刷牆嗎？」

沈侯看看顏曉晨家的樣子，知道不是鬥氣的時候，「沒刷過，但應該不難吧？」

「試試就知道了。」

程致遠和沈侯拿著油漆桶，研究了一會兒上面的說明內容，商量定了怎麼辦。

兩人像模像樣地用舊報紙疊了兩個大帽子戴在頭上，程致遠脫掉大衣，沈侯也脫掉了羽絨外套，準備開始刷牆。

顏曉晨實在擔心程致遠身上那價值不菲的羊毛衫，去廚房裡東找西找，把她平時做家務時用的圍裙拿給他，「湊合著用用吧！」

沈侯立即問：「我呢？」

顏曉晨把另一條舊一點的圍裙拿給他，沈侯看看她拿給程致遠的圍裙，立即拿走這條，黃色的方格上印著兩隻棕色小熊，雖然卡通一點，但沒那麼女性化。

顏曉晨給程致遠的圍裙新倒是新，卻是粉紅色的，還有荷葉邊，她當時光考慮這條看著更新、更精緻了。顏曉晨尷尬地說：「反正就穿一會兒，省得衣服弄髒了。」

程致遠笑笑，「謝謝。」他拿起圍裙，神情自若地穿上了。

沈侯豎了下大拇指，笑著說：「好看！」

顏曉晨拽了拽沈侯的袖子，示意他別太過分了。

沈侯趕她去休息，「沒妳什麼事，去屋簷下曬太陽。」

顏媽媽走到門口看動靜，沈侯指著程致遠對她說：「阿姨，他就是小小的老闆，程致遠。」

大概沈侯在顏媽媽面前實在把程致遠吹得太好了，顏媽媽難得地露了點笑，「真是不好意思，讓您費心了。」

程致遠拿著油漆刷子，對顏媽媽禮貌地點點頭，「阿姨太客氣了，朋友之間互相幫忙是應該的。」

沈侯拿刷子攪動著桶裡的綠色油漆，小聲嘀咕，「別老黃瓜刷綠漆裝嫩啊，我看你叫聲大姐，也挺合適。」

程致遠權當沒聽見，微笑著繼續和顏媽媽寒暄。顏曉晨把報紙捲成一團，丟到沈侯身上，警告他別再亂說話。

顏媽媽和程致遠聊完後，竟然走進廚房，挽起袖子，準備洗手做飯。

顏曉晨嚇了一跳，忙去端水，打算幫她洗菜。顏媽媽看了眼她的手，一把奪過菜，沒好氣地說：「兩個客人都在院子裡，妳丟下客人，跑到廚房裡躲著幹什麼？出去！」

顏曉晨只能回到院子裡，繼續坐在板凳上，陪著兩位客人。

沈侯看她面色古怪，不放心地湊過來問：「怎麼了？妳媽又罵妳了？」

「不是，她在做飯！我都好幾年沒見過她做飯了，程致遠的面子可真大，我媽好像挺喜歡他。」

想到他都沒這待遇，沈侯無力地捶了下自己的額頭，「自作孽，不可活！」想了想又說：「也許不是他的面子，是妳媽看妳這樣子，幹不了家務了。」

看到程致遠瞅他們，顏曉晨推了沈侯一下，示意他趕緊去幫程致遠幹活。

顏媽媽用家裡的存貨竟然做出了四道菜，雖然算不得豐盛，但配著白米飯，吃飽肚子沒什麼問題。

顏媽媽招呼程致遠和沈侯吃飯，大概因為有客人在，她難得話多了一點，感興趣地聽著程致遠和沈侯說上海的生活。

顏曉晨正暗自糾結如何說服媽媽去上海，沒想到沈侯看顏媽媽這會兒心情不錯，主動開了口，講事實、擺道理，連哄帶騙地拿出全副本事，遊說著顏媽媽去上海。程致遠在一旁幫腔，笑若春風，不動聲色，可每句話都很有說服力。

兩個相處得不對盤的人，在這件事情上卻十分齊心合力。沈侯和程致遠雖然風格不同，卻一個自小耳濡目染、訓練有素，一個功成名就、經驗豐富，都是商業談判的高手，此時兩位高手一起發力，進退有度，配合有默契，顏媽媽被哄得竟然鬆口答應了，「去上海住幾天也挺好。」

程致遠和沈侯相視一眼，都笑看著顏曉晨。顏曉晨看媽媽沒注意，朝他們悄悄笑了笑，給他們一人舀了一個魚丸，表示感謝。

沈侯在桌子下踢顏曉晨，她忙又給他多舀了一個魚丸，他才滿意。

沈侯吃著魚丸，得意地睨著程致遠，顏曉晨抱歉地看程致遠，程致遠微微一笑，好似安撫著她沒有關係。

❀ ❀ ❀

初六，顏曉晨和媽媽搭程致遠的順風車，回上海。

沈侯提前一天走了，原因說來好笑，他要趕在顏媽媽到上海前，消滅他和顏曉晨同居的罪證，把行李搬到他要暫時借住的朋友那裡。

到家後，顏曉晨先帶媽媽和程致遠參觀了一下她的小窩，想到要和媽媽住在一個屋簷下，她十分緊張，幸好程致遠好像知道她很緊張，喝著茶，陪著顏媽媽東拉西扯，等沈侯裝模作樣地從別處趕來時，他才告辭。

顏曉晨讓沈侯先陪著媽媽，她送程致遠下樓。

程致遠看她神情凝重，笑著安慰：「不去嘗試一個新的開始，只能永遠陷在過去。」

「我知道，我會努力。」

「假期馬上就結束了，妳每天要上班，日子會過得很快。」

「媽媽在這邊一個人都不認識，我怕她白天會覺得無聊。」

「可以買菜、做飯、打掃房間，對了，我家的阿姨也是我們那裡人，讓她每天來找妳媽媽說話聊天，一起買菜，還可以去公園健身。」

那個會做道地家鄉小菜和薺菜小餛飩的阿姨，一看就是個細心善良的人，顏曉晨喜出望外，「太好了！可是方便嗎？」

「怎麼不方便？她反正每天都要到我家，我們住得很近，她過來又不麻煩。我估摸著，她也喜歡有個老鄉能陪她用家鄉話聊天，一起逛街買菜。」

「那好，回頭你給我她的電話，我把我家的地址發給她。」

程致遠笑著說：「好！別緊張，先試著住幾天，要是妳媽媽不適應，我們就送她回去，然後過一段時間再去接她，慢慢地，幾天會變成十幾天，十幾天會變成幾十天。」

對啊，可以慢慢來！顏曉晨一下子鬆了口氣。

程致遠指指樓上，說：「妳上去吧，我走了。」

顏曉晨抬頭，看見沈侯站在陽臺上往下看，她笑著搖搖頭，這傢伙！

回到屋子，沈侯正拿著平板電腦教顏媽媽如何用它打撲克牌和玩麻將。

顏媽媽第一次用平板電腦，十分新鮮，玩得津津有味。沈侯動作麻利地在她手機上安裝了一個微信，告訴她有問題隨時問他。

顏曉晨看了一會兒，走進廚房，準備做飯。

一會兒後，沈侯也踱進廚房，悄悄對顏曉晨說：「平時我們多陪著她，讓她沒時間想麻將，可這就像戒煙一樣，不可能一下子就不玩了，讓她在平板上玩，輸來輸去都是輸給機器，沒什麼關係。」

顏曉晨把一顆洗好的葡萄放進他嘴裡，「謝謝！」

「妳和我說謝謝，討打啊？」沈侯瞅了眼客廳，看顏媽媽專心致志地盯著平板電腦，飛快地偷親了一下顏曉晨。

沈侯陪著顏曉晨和顏媽媽一直到深夜，他走後，顏曉晨和媽媽安頓著睡覺，她讓媽媽住臥室，媽媽說晚上還要看電視，堅持要睡客廳，她只好同意了。

隔著一道門，顏曉晨和媽媽共居在一個新的環境中，雖然她們依舊能不說話就不說話，甚至兩人獨處時，都刻意地迴避在同一個房間待著，但至少是一個新的開始了。

❊　❊　❊

春節假期結束後，顏曉晨開始上班。

白天，程致遠家的王阿姨每天都來找顏媽媽，有時帶著顏媽媽去逛菜市場，有時帶著顏媽媽去公園。因為沈侯正在找工作，白天有時間時，他也會來看顏媽媽，顏媽媽的白天過得一點也不無聊。

晚上，沈侯都會和顏曉晨、顏媽媽一起吃晚飯。有時候，程致遠也會來。大概因為每天都有人要吃飯，就好像有個鬧鐘，提醒著顏媽媽每天晚上都必須做飯，顏媽媽的生活不再像是一個人時，什麼時候餓了什麼時候吃，不餓就不吃的隨意，無形中，她開始過著一種規律的生活。

除了睡覺時，顏曉晨和媽媽幾乎沒有獨處過，平時不是沈侯在，就是程致遠在，她和媽媽的相處變得容易許多。顏媽媽雖然仍不怎麼理她，可是和沈侯、程致遠卻越來越熟，尤其程致遠，兩人用家鄉話聊天，常常一說半天。

顏曉晨以為沈侯又會吃醋，沒想到沈侯竟然毫不在意，她悄悄問他，「你不羡慕啊？」

沈侯笑咪咪地說：「這妳就不懂了！」

「什麼意思？」

「在妳媽眼裡，我是她的未來女婿，她還端著架子，在慢慢考察我呢！可程致遠呢？他是客人，是妳的老闆，尤其還是妳欠了錢的老闆，妳媽當然要熱情招呼了！」

雖然因為媽媽的事，沈侯沒再追究她跟程致遠借錢的事，但他心裡其實還是不舒服，顏曉晨只能盡量不去觸他的霉頭。

不知不覺，媽媽在上海住了一個多月。

因為熬夜熬得少了，每天都規律地吃飯，時不時還被王阿姨拽去公園鍛鍊，她比以前胖了一點，氣色也好了很多。

但是，顏曉晨知道，她的心仍被痛苦撕咬著，她依舊憤怒不甘，有時候，顏曉晨半夜起夜，看到她坐在黑暗裡，沉默地抽著煙。

但是，顏曉晨更知道，她們都在努力。這個世界由白天和黑夜構成，人類是光明和黑暗共同的子民，每個人的心裡都住著一隻野獸，牠自私小氣、暴躁憤怒，自以為是地以為伸出爪子，撕碎了別人，就成全了自己，卻不知道撲擊別人時，利爪首先要穿破自己的身體。媽媽正在努力和心裡的野獸搏鬥。

Chapter 14

悲喜

世界上有不少痛苦，然而最大的痛苦是：
想從黑暗奔向動人心魄、又不可理解的光明時，那些無力的掙扎所帶來的痛苦。
——謝德林3

往常，顏曉晨的月經都很準時，前後誤差不會超過三天，但這一次已經過了十天，仍沒有來。

剛開始，她覺得不可能，她和沈侯每次都有保護措施，肯定是內分泌失調，也許明後天就來了，可是兩個多星期後，它仍遲遲沒有來。顏曉晨開始緊張了，回憶她和沈侯的事，開始不太確信——除夕夜的那個晚上，他們看完煙火回到家裡，沈侯送她上樓去睡覺，本來只是隔著被子的一個接吻，卻因為兩人都有點醉意，情難自禁地變成一場纏綿，雖然最後一瞬，沈侯抽離了她的身體，但也許並不像他們想的那樣萬無一失？

顏曉晨上網查詢如何確定自己有沒有懷孕，方法倒是很簡單，去藥局買驗孕棒，據說有百分之九十八的準確率。

雖然知道該怎麼辦了，但她總是懷著一點僥倖，覺得也許明天早上起床，就會發現內褲有血痕，拖拖拉拉著沒有立即去買。每天上廁所時，她都會懷著希望，仔細檢查內褲，可沒有一絲血痕。月經這東西還真是，它來時，各種麻煩，它若真不來了，又各種糾結。

晚上，顏曉晨送沈侯出門時，沈侯看顏媽媽在浴室，把她拉到走道裡，糾纏著想親熱一下。顏曉晨揣著心事，有些心不在焉，沈侯嘟囔：「小小，從春節到現在，妳對我好冷淡！連抱一下都要偷偷摸摸，這樣下去不是辦法，咱們結婚吧！」

沈侯不是第一次提結婚的事了，往常顏曉晨總是不接腔，畢竟他們倆之間還有很多問題要面對：沈侯的爸媽強烈反對，她和媽媽正學著重新相處，她欠了十幾萬債，沈侯的事業仍不明朗……但這次，她心動了。

「結婚……能行嗎？」

沈侯看她鬆了口，一下子來了精神，「怎麼不行？我們都是成年人了，拿著身分證、戶口名簿，去任意一人的戶籍所在地就能登記結婚。我的戶口在上海，妳的在老家，妳請一天假，我們去妳老家註冊一下就行了。」

顏曉晨有點驚訝，「你都打聽清楚了？」

沈侯拉起她的手，指指她手指上的戒指，「妳以為我心血來潮開玩笑嗎？我認真的！妳說吧！什麼時候？我隨時都行！」

「你爸媽……」

「拜託！我多大了？法律可沒要求父母同意才能登記結婚，上面寫得很清楚，男女雙方自願，和父

3米哈伊爾・葉夫格拉福維奇・薩爾蒂科夫—謝德林（Михаи́л Евгра́фович Салтыко́в-Щедри́н, 1826-1899）：生於俄羅斯貴族地主家庭，作品卻總是充斥著對農奴制度和社會不平等現象的諷刺，是十九世紀俄羅斯著名的諷刺文學家。

母沒一毛錢關係！」
「可我媽……」
「妳這把年紀，在老家的話，孩子都有了，妳媽比妳更著急妳的婚事。放心吧，妳媽這麼喜歡我，肯定同意。」
這話顏曉晨倒相信，雖然她媽媽沒有點評過沈侯這段時間的表現，但能看出來，她已經認可了沈侯，顏曉晨咬著嘴唇思索。
沈侯搖著她說：「老婆，咱們把證領了吧！我的試用期已經夠長了，讓我轉正吧！難道妳不滿意我，還想再找一個？」
顏曉晨又氣又笑，捶了他一下，「行了，我考慮一下。」
沈侯樂得猛地把她抱起來轉了個圈，她笑著說：「我得進去了，你路上注意安全。」
他說：「快點選個日子！」
顏曉晨笑著捶了他一拳，轉身回家。

＊ ＊ ＊

因為沈侯的態度，顏曉晨突然不再害怕月經遲遲沒來的結果。她和他真的是很不一樣的人，她凡事總會先看最壞面，他卻不管發生什麼，都生機勃勃，一往無前。雖然他們都沒有準備這時候要小孩，但顏曉晨想，就算她真的懷了孕，沈侯只會興奮地大叫。至於困難，他肯定會說，能有什麼困難呢？就算有，也全部能克服！

顏曉晨去藥局買了驗孕棒，準備找個合適的時機，悄悄檢測一下。

因為是租房子，家裡的櫥櫃抽屜都沒有鎖，媽媽打掃時，有可能打開任何一個抽屜櫃子，顏曉晨不敢把驗孕棒放在家裡，只能裝在包裡，隨身攜帶。

本來打算等晚上回到家再說，可想著包裡的驗孕棒，總覺得心神不寧，前幾天，她一直逃避不敢面對，現在卻迫不及待地想知道結果。根據說明書，三分鐘就能知道結果，她掙扎了一會兒，決定立即去檢測。

拿起包，走進洗手間，觀察了一下周圍環境，很私密，應該沒有問題。她正看著說明書，準備按照圖例操作，手機突然響了，是程致遠的電話。

上班時，他從沒有打過她的手機，就算有事，也是祕書透過公司的分機通知她。顏曉晨有點意外，也有點心虛，「喂？」

「曉晨……」程致遠叫了聲她的名字，就好像變成啞巴，再不說一個字，只能聽到他沉重急促的呼吸，隔著手機，像是海潮的聲音。

顏曉晨盡力讓自己的聲音平靜柔和，「怎麼了？發生了什麼事？」

「我有點事想和妳說，一些很重要的事。」

「我馬上過來！」

「不用、不用！不是公事……不用那麼著急……算了！妳不忙的時候，再說吧！」

「好的。」

程致遠都沒有說再見，就掛了電話。顏曉晨覺得程致遠有點怪，和他以前從容自信的樣子很不一樣，好像被什麼事情深深地困擾著，顯得很猶豫不決，似乎完全不知道該怎麼辦。

她看看手裡的驗孕棒，實在不好意思在大老闆剛打完電話後，還偷用上班時間幹私事，只能把驗孕棒和說明書都塞回包裡，離開了洗手間。

雖然程致遠說了不著急，但顏曉晨想了想，還是決定先去看看他，沒有坐電梯，走樓梯上去。在樓梯拐角處，她匆匆往上走，程致遠端著咖啡、心不在焉地往下走，兩人撞了個正著，他手裡的咖啡濺到她胳膊上，她燙得「啊」一聲叫，提著的包沒拿穩，掉到地上，包裡的東西掉了出來，一盒驗孕棒竟然灑了一地。

「對不起！對不起！燙著了嗎？」程致遠忙道歉。

「就幾滴，沒事！」顏曉晨趕緊蹲下撿東西，想趕在他發現前，消滅一切罪證。

可是當時她怕一次檢測不成功，或者一次結果不準確，保險起見最好能多測幾次，特意買了一大盒，十六根！

程致遠剛開始應該完全沒意識到地上的棒狀物是什麼東西，立即蹲下身，也幫她撿，一連撿了幾根後，又撿起了外包裝盒，終於後知後覺地意識到自己在撿什麼，他石化了，滿臉震驚，定定地看著手裡的東西。

顏曉晨窘得簡直想找個地洞把自己活埋了，她把東西胡亂塞進包裡，又趕忙伸出手去拿他手裡的。程致遠卻壓根兒沒留意她的動作，依舊震驚地看著自己手裡的東西。

顏曉晨想找塊豆腐撞死自己，都不敢看他，蚊子哼哼般地說：「那些……是我的……謝謝！」

程致遠終於反應過來，把東西還給她。她立即把它們全塞進包裡，轉身就跑，「我去工作了！」

咚咚咚跑下樓，躲回自己的辦公桌前，她長吐口氣，恨恨地敲自己的頭，顏曉晨，妳是個豬頭！二百五！二百五豬頭白癡！

她懊惱鬱悶了一會兒，又擔心他會不會告訴沈侯或她媽媽，按理說程致遠不是那樣多嘴的人，可人對自己在意的事總是格外緊張，不怕一萬就怕萬一呢？難道要她現在再去找他，請他幫她保密嗎？

顏曉晨一想到要再面對程致遠，立即覺得腦門上刻著「丟臉」兩個字，實在沒有勇氣去找他。糾結了一會兒，她決定還是發微信給他算了，不用面對面，能好一點。正在寫訊息給他，沒想到竟然先收到了他的訊息。

「妳懷孕了嗎？」

顏曉晨狠狠敲了敲額頭，回覆他：「今天早上剛買的驗孕棒，還沒來得及檢查。」

「有多大的可能性？」

這位大哥雖然在商場上英明神武，但看來也是完全沒經驗，「我不知道，檢測完就知道結果了。」

「這事先不要告訴沈侯和妳媽媽。」

呃……程致遠搶了她的臺詞吧？顏曉晨暈了一會兒，正在打字回覆他，他的新消息又到了，「我們先商量一下，再決定怎麼辦。」

顏曉晨澈底暈了，他是不是很不高興？難道是因為她有可能休產假，會影響到工作？身為她的雇主和債主，他不高興是不是也挺正常？可不高興到失常，正常嗎？

顏曉晨茫然了一會兒，發了他一個字：「好！」

程致遠發微信來安慰她：「結果還沒出來，也許是我們瞎緊張了。」

顏曉晨覺得明明是他在瞎緊張，她本來已經不緊張了，又被他搞得很緊張了，「有可能，也許只是內分泌紊亂。」

「我剛上網查了，驗孕棒隨時都可以檢查。」

顏曉晨已經完全不知道該如何回答這位大哥了，「嗯，我知道。」

「現在就檢查，妳來我的辦公室。」

顏曉晨捧著頭，瞠目結舌地盯著手機螢幕，程致遠怎麼了？他在開玩笑吧？正在發呆，突然覺得周圍安靜了很多，她迷惑地抬起頭，對面的同事衝著她指門口，她回過頭，看到程致遠站在門口。

他竟然是認真的！顏曉晨覺得全身的血往頭頂沖，嘩一下站起來，衝到門外，壓著聲音問：「你怎麼了？」

程致遠也壓著聲音說：「妳沒帶……」

「沒帶什麼？」顏曉晨完全不明白。

程致遠看說不清楚，直接走到她辦公桌旁，在所有同事的詭異目光中，他拿起她的包，走到她身旁，「去我的辦公室。」

當著所有同事的面，她不能不尊重她的老闆，只能跟著他，上了樓。

四樓是他和另外三個合夥人的辦公區，沒有會議的時候，只有他們的祕書在外面辦公，顯得很空曠安靜。

顏曉晨來過很多次會議室，卻是第一次進程致遠的辦公室，他的辦公室很大，有一個獨立的洗手間，擺著鮮花和盆景，布置得像五星級飯店的洗手間。

程致遠說：「妳隨便，要是想喝水，這裡有。」他把一大杯水放在顏曉晨面前。

看來他的研究做得很到位，顏曉晨無語地看了他一會兒，「你怎麼了？就算要緊張，也該是我和沈侯緊張吧！」

「就當我多管閒事，難道妳不想知道結果嗎？」

如果換成第二個人，顏曉晨肯定直接把水潑到他臉上，說一句「少管閒事」，轉身離去。可他是程致遠，她的雇主，她的債主，她的好朋友，她曾無數次決定要好好報答的人，雖然眼前的情形很是怪異，她也只能拿起包，進了洗手間。

按照說明書，在裡面折騰了半天，十幾分鐘後，顏曉晨洗乾淨手，慢吞吞地走出洗手間。

程致遠立即站了起來，緊張地看著她。

她微笑著說：「我懷孕了。」

程致遠的眼神非常奇怪，茫然無措，焦急悲傷，他掩飾地朝顏曉晨笑了笑，慢慢地坐在沙發上，喃喃說：「懷孕了嗎？」

顏曉晨坐到他對面，關切地問：「你究竟怎麼了？」

「沒什麼。」他拿下眼鏡，擠按著眉心，似乎想要放鬆一點。

「你之前打電話，說有一件很重要的事情要告訴我，是什麼事？」

「沒什麼，就是一些工作上的事。」

「是嗎？」顏曉晨不相信，他在電話裡明明說了不是工作上的事。

「要不然還能是什麼事呢？」

「我不知道。」

程致遠戴上了眼鏡，微笑著說：「妳打算怎麼辦？」

「先告訴沈侯，再和沈侯去註冊結婚。」

程致遠十指交握，沉默地思索了一會兒，「能不能先不要告訴沈侯？」

「為什麼？」

「就當是我的一個請求，好嗎？時間不會太長，我只是需要……好好想一下……」他又在揉眉頭。

顏曉晨實在不忍心看他這麼犯難，「好！我先不告訴沈侯。」只是推遲告訴沈侯一下，並不是什麼作奸犯科的壞事，答應他沒什麼。

「謝謝！」

「你要沒事的話，我下去工作了？」

「好。」

顏曉晨站了起來，「我不知道究竟發生了什麼事，但你想說的時候，打我電話，我隨時有空。」

程致遠點了下頭，顏曉晨帶著滿心的疑惑，離開了他的辦公室。

❋ ❋ ❋

雖然答應了程致遠要保密，但心裡藏著一個祕密，言行舉止肯定會和平時不太一樣。

坐公車時，顏曉晨會下意識地保護著腹部，唯恐別人擠壓到那裡。從網上搜了懷孕時的飲食宜忌，寒涼的食物都不再吃。以前和沈侯在一起時，兩人高興起來，會像孩子一樣瘋瘋癲癲，現在卻總是小心翼翼。

當沈侯猛地把她抱起來，顏曉晨沒有像以前一樣，一邊驚叫，一邊笑著打他，她嚇得臉色都變了，疾言厲色地勒令：「放下我！」

沈侯被嚇得立即放下她，「小小？妳怎麼了？」

顏曉晨的手搭在肚子上，沒有吭聲。

沈侯委屈地說：「我覺得妳最近十分奇怪，對我很冷淡。」

「我哪裡對你冷淡了？」顏曉晨卻覺得更依賴他了，以前他只是她的愛人，現在他還是她肚子裡小寶寶的爸爸。

「今天妳不許我抱妳，昨天晚上妳推開了我，反正妳就是和以前不一樣了！妳是不是沒有以前那麼喜歡我了？」

聽著沈侯故作委屈的控訴，顏曉晨哭笑不得，昨天晚上是他趁著顏媽媽沖澡時，和她膩歪，一下子把她推倒在床上，她怕他不知輕重，壓到她的肚子，只能用力推開他，讓他別胡鬧。

「我比以前更喜歡你。我是不是和以前不一樣了？你以後就知道了！」顏曉晨捂著肚子想，肯定要不一樣了吧？

沈侯問：「我們什麼時候去結婚？我已經試探過妳媽媽的意思了，她說妳都這麼大了，她不管，隨便妳，意思就是贊同了。」

「等我想好了日子，就告訴你。」

沈侯鬱悶，捧著顏曉晨的臉說：「快點好不好？為什麼我那麼想娶妳，妳卻一點不著急嫁給我？我都快要覺得妳不愛我了！」

「好，好！我快點！」不僅他著急，她也著急啊！等到肚子大起來再去結婚，總是有點尷尬吧？

❀ ❀ ❀

顏曉晨打電話問程致遠，可不可以告訴沈侯了，程致遠求她再給他兩、三天時間。程致遠都用了「求」字，她實在沒辦法拒絕，只能同意再等幾天。

沈侯對她猶豫的態度越來越不滿意，剛開始是又哄又求，又耍無賴又裝可憐，這兩天卻突然沉默了，甚至不再和她親暱，一直若有所思地看著她，眼神中滿是審視探究，似乎想穿透她的身體看清楚她的內心。

顏曉晨不怕沈侯的囂張跋扈，卻有點畏懼他的冷靜疏離。沈侯肯定是察覺了她有事瞞著他，卻不明白她為什麼要這麼做，被傷害到了。

顏曉晨去找程致遠，打算和他好好談一下，他必須給她一個明確的原因解釋他為什麼要這麼做，否則她就要告訴沈侯一切了。

程致遠不在辦公室，他的祕書辛俐和顏曉晨算是老熟人。以前她還在學校時，每週來練習面試，都是她招呼。進入公司後，雖然她們都沒提過去的事，裝作只是剛認識的同事，但在很多細微處，顏曉晨能感受到辛俐對她很照顧，她也很感謝她。

周圍沒有其他同事在，辛俐隨便了幾分，對顏曉晨笑說：「老闆剛走，臨走前說，他今天下午要處理一點私事，沒有重要的事不要打擾他。妳要找他，直接打他的私人電話。」

「不用了，我找他的事也不算很著急。」

辛俐開玩笑地說：「只要是妳的事，對老闆來說，都是急事，他一定很開心接到妳的電話。」

顏曉晨一下子臉紅了，忙說：「妳肯定誤會了，我已經有男朋友了。」

辛俐平時很穩重謹慎，沒想到一時大意的一個玩笑竟然好像觸及到了老闆的隱私，她緊張地說：「對不起，我不知道！我看老闆，以為……對不起！對不起！妳就當我剛才在說胡話，千萬別放在心上。」她正在整理文件，一緊張，一頁紙掉了下來，

「沒事，沒事！」顏曉晨幫她撿起，是程致遠的日程表，無意間視線一掃，一個名字帶著一行字躍入了她的眼睛：星期五，下午兩點，侯月珍，金悅咖啡店。

星期五不就是今天嗎？顏曉晨不動聲色地說：「妳忙吧！我走了。」

進了電梯，顏曉晨滿腦子問號，程致遠和沈侯的媽媽見面？程致遠還對祕書說處理私事，吩咐她沒有重要的事不要打擾他？

顏曉晨心不在焉地回到辦公桌前，打開了電腦，卻完全沒有辦法靜下心工作。程致遠為什麼要見沈侯的媽媽？他這段日子那麼古怪是不是也和沈侯的媽媽有關係？難道是因為她，沈侯的媽媽威脅了程致遠什麼？

想到這裡，顏曉晨再也坐不住了，拿起包，決定要去看看。

搭車趕到金悅咖啡店，環境很好，可已經在市郊，不得不說他們約的這個地方真清淨私密，不管是程致遠，還是沈侯的媽媽挑的，都說明他們不想引人注意。

顏曉晨點了杯咖啡，裝模作樣地喝了幾口，裝作找洗手間，開始在裡面邊走邊找。在最角落的位置裡，她看到了程致遠和沈侯的媽媽。藝術隔牆和茂密的綠色盆栽完全遮蔽住了外面人的視線，如果不是她刻意尋找，肯定不會留意到。

顏曉晨走回去，端起咖啡，對侍者說想換一個位置。上班時間，這裡又不是繁華地段，店裡的大半位置都空著，侍者懶洋洋地說：「可以，只要沒人，隨便坐。」

顏曉晨悄悄坐到了程致遠他們隔壁的位置，雖然看不到他們，但只要凝神傾聽，就可以聽到他們的談話。

沈侯媽媽的聲音：「你到底想怎麼樣？」

程致遠：「我想知道妳反對沈侯和曉晨在一起的真實原因。」

「我說了，門不當戶不對，難道這個理由還不夠充分嗎？」

「很充分！但充分到步步緊逼，不惜毀掉兒子的事業也要拆散他們，就不太正常了。您不是無知婦孺，白手起家建起了一個成衣商業王國，您如果不想他們在一起，應該有很多種方法拆散他們，現在的手段卻太激烈，也太著急了。」

沈媽媽笑起來：「我想怎麼做是我的事，倒是程先生，你為什麼這麼關心你的一個普通員工的私事呢？我拆散了他們，不是正好方便你嗎？」

程致遠沒被沈媽媽的話惹怒，平靜地說：「我覺得妳行事不太正常，也是想幫曉晨找到一個辦法能讓你們同意，我想多瞭解你們一點，就拜託了一個朋友幫我調查一下。」

沈媽媽的聲音一下子繃緊了，憤怒地質問：「你、你……竟然敢調查我們？」

程致遠沒有吭聲，表明我就是敢了！

沈媽媽色厲內荏地追問：「你查到了什麼？」

「曉晨和沈侯是同一屆的高考生。」

說到這裡，程致遠就沒有再說了，沈侯的媽媽也沒有再問，他們很有默契，似乎已經都知道後面的所有內容，可是顏曉晨不知道！

她焦急地想知道，但又隱隱地恐懼，「曉晨和沈侯是同一屆的高考生」，很平常的話，他們是同一個大學、同一屆的同學，怎麼可能不是同一屆高考呢？

顏曉晨覺得自己其實已經想到了什麼，但是她的大腦拒絕去想，她告訴自己不要再聽了，現在趕緊逃掉，裝作什麼都不知道，一切都還來得及！但是她動不了，她緊緊地抓著咖啡杯，身子在輕輕地顫。

長久的沉默後，沈媽媽問：「你想怎麼樣？」她好像突然之間變了一個人，聲音中再沒有趾高氣揚的鬥志，而是對命運的軟弱無力。

「不要再反對曉晨和沈侯在一起了。」

「你說什麼？」沈媽媽的聲音又尖又細。

「我說不要再反對他們了，讓他們幸福地在一起，給他們祝福。」

「你……你瘋了嗎？沈侯怎麼能和顏曉晨在一起？雖然完全不是沈侯的錯，但……」沈媽媽的聲音哽咽了，應該是再也忍不住，哭泣了起來。

堅強的人都很自制，很少顯露情緒，可一旦情緒失控，會比常人更強烈，沈媽媽嗚咽著說：「沈侯從小到大，成績一直很好，我們都對他期望很高！高三時卻突然迷上打電動，高考成績沒有我們預期的好，我太好強了……我自己沒有讀好書，被沈侯的爺爺奶奶唸叨了半輩子，我不想我的兒子再被他們唸叨，就花了些錢，請教育局的朋友幫忙想想辦法。沈侯上了理想的大學，顏曉晨卻被擠掉了。他們說絕不會有麻煩，他們查看過資料，那家人無權無勢，爸爸是小木匠，媽媽在理髮店打工，那樣的家庭能有個大學上就會知足了，肯定鬧不出什麼事！但是，誰都沒想到顏曉晨的爸爸那麼認死理，每天守在教育局的門口，要討個說法。我們想盡了辦法趕他走，明明是個老實得不能再老實的人，罵不還口，打不還手，只知道逆來順受，連想找個藉口把他抓起來都找不到，可又比石頭還倔強，一直守在門口，不停地說，不停地求人。時間長了，他們怕引起媒體關注，我也不想鬧出什麼事，只能又花了一大筆錢，找朋友想辦法，終於讓顏曉晨也如常進入大學。本來是皆大歡喜的結局，已經全解決了……可是，她爸爸竟然因為太高興，趕著想回家，沒等紅燈就過馬路……被車撞死了……」

沈媽媽嗚嗚咽咽地哭著，顏曉晨卻流不出一滴眼淚，只能空茫地看著虛空。原來，是這樣嗎？原來，是這樣……

沈媽媽用紙巾捂著眼睛，對程致遠說：「如果真有因果報應，就報應在我和他爸爸身上好了！沈侯……沈侯什麼都不知道，他不應該被捲進來！你和顏曉晨家走得很近，應該清楚，這麼多年過去了，她和她媽媽都沒有原諒那個撞死了她爸爸的司機。我是女人，我完全能理解她們，換成我，如果有人傷害到沈侯或沈侯他爸，我也絕不會原諒，我會寧願和他們同歸於盡，也不要他們日子好過！顏曉晨和她媽媽根本不可能原諒我們！顏曉晨再和沈侯繼續下去，如果有一天她知道了真相……兩個孩子會痛不欲生！我已經對不起他們家了，不能再讓孩子受罪，我寧可做惡人，寧可毀掉沈侯的事業，讓沈侯恨我，也不能讓他們在一起！」

程致遠說：「我都明白，但已經晚了！我們可以把這個祕密永遠塵封，把曉晨和沈侯送出國，再過十年，知道當年內情的人都會退休離開。曉晨有了自己的家庭和孩子要操心，也不會想到追查過去，只要永遠別讓曉晨知道，就不會有事……」

「我已經知道了！」顏曉晨站在他們身後，輕聲說。

沈媽媽和程致遠如聞驚雷，一下子全站了起來。

沈媽媽完全沒有了女強人的冷酷強勢，眼淚嘩嘩落下，泣不成聲，她雙手伸向顏曉晨，像是要祈求，「對、對不起……」

「不用說對不起，妳已經說了，我們絕不會原諒妳！」顏曉晨說完，轉身就跑。

程致遠立即追了出來，「曉晨、曉晨……」

街道邊，一輛公車正要出站，顏曉晨沒管它是開往哪裡的，直接衝上去，公車門合攏，開出了站。

程致遠無奈地站在路邊，看著公車遠去。

這公車是開往更郊區的地方，車上沒幾個人，顏曉晨隨便找了個位置坐下。

她不在乎公車會開到哪裡去，因為她不知道該怎麼面對沈侯，不知道該怎麼面對媽媽，甚至不知道該怎麼面對她自己。她只想逃，逃得遠遠的，逃到一個不用面對這些事的地方。

她的頭抵在冰涼的玻璃窗上，看著車窗外的景物一個個退後，如果生命中所有不好的事也能像車窗外的景物一樣，當人生前進的時候，飛速退後、消失不見，那該多好。可是，人生不像列車，我們的前進永遠背負著過去。

公車走走停停，車上的人上上下下。

有人指著窗外，大聲對司機說：「司機先生，那車是不是有事？一直跟著我們。」

程致遠的黑色賓士一直跟在公車旁，車道上，別的車都開得飛快，只有它壓著速度，和公車一起慢悠悠地往前晃，公車停，它也停，公車開，它也開。

司機笑著說：「我這輛破公車有什麼好跟的？肯定是跟著車裡的人！」

「誰啊？誰啊？」大家都來了興致。

司機說：「反正不是我這個老頭子！」

大家的目光瞄來瞄去，瞄到了顏曉晨身上，一邊偷偷瞅她，一邊自顧自地議論著。

「小倆口吵架唄！」

「賓士車裡的人也很奇怪，光跟著，都不知道上車來哄哄……」

他們的話都傳進了顏曉晨的耳朵裡，她也看到了程致遠的車，可是，她的大腦就像電腦當機了，不再處理接收到的話語和畫面。

公車開過一站又一站，一直沒到終點站，顏曉晨希望它能永遠開下去，這樣她的人生就可以停留在這一刻，不必思考過去，不必面對未來。她只需坐在車上，看著風景，讓大腦停滯。

可是，每一輛車都有終點站。

車停穩後，所有人陸陸續續下了車，卻都沒走遠，好奇地看著。

司機叫：「小姐，到終點站，下車了！」

顏曉晨不肯動，司機也沒著急催，看向停在不遠處的黑色賓士車。

程致遠下車走過來，上了公車，坐在顏曉晨側前方的座位上，「不想下車嗎？」

顏曉晨不說話。

「下車吧，司機也要換班休息。」

「妳不餓嗎？我請妳吃好吃的。」

不管他說什麼，顏曉晨都只是將額頭抵在車窗上，盯著車窗外，堅決不說話，似乎這樣就可以形成一個屏障，對抗已經發生的一切。

程致遠說：「既然妳這麼喜歡這輛車，我去把這輛車買下來，好不好？妳要想坐就一直坐著好了。」他說完，起身向司機走去，竟然真打聽如何能買下這輛車。

「神經病，我又不是喜歡這輛車！」顏曉晨怒氣沖沖地站了起來。

程致遠好脾氣地說：「妳是喜歡坐公車嗎？我們可以繼續去坐公車。」

顏曉晨沒理他，走下了公車，腳踩在地上的一刻，她知道，這世界不會因為她想逃避而停止轉動，必須要面對她千瘡百孔的人生。

「回去嗎？車停在那邊。」程致遠站在她身後問。

顏曉晨沒理他，在車站茫然地站了一會兒，遲緩的大腦終於想出她該做什麼。

這是終點站，也是起點站，她可以怎麼坐車來的，就怎麼坐車回去。如果人生也可以走回頭路，她會寧願去上那個三流大學，絕不哭鬧著埋怨父母沒本事，她會寧願從沒有和沈侯開始……但人生沒有回頭路可以走，一切發生的事都不可逆轉。

顏曉晨上了回市裡的公車，程致遠也隨著她上了公車，隔著一條窄窄的走道，坐在了和她同一排的位置上。

在城市的霓虹閃爍中，公車走走停停。

天色已黑，公車裡只他們兩個人，司機開著這麼大的車只載了兩個人，真是有點浪費。從這個角度來說，人生的旅途有點像公車的路線，明明知道不對不好，卻依舊要按照既定的路線走下去。

顏曉晨的手機響了，她沒有接，歌聲在公車內歡快深情地吟唱著。手機鈴聲是沈侯上個星期剛下載的歌《嫁給我妳會幸福》[4]，都不知道他從哪裡找來的神曲。

嫁給我妳會幸福的
我是世界上最英俊的新郎
做妳的廚師和妳的提款機
我會加倍呵護妳
嫁給我妳會幸福的
妳是世界上最美麗的新娘
做我的天使和我的大寶貝
每天幸福地在我懷裡睡

第一次聽到時，顏曉晨笑得肚子疼，沈侯這傢伙怎麼能這麼自戀？她覺得這個手機鈴聲太丟人了，想要換掉，沈侯不允許，振振有辭地說：「不管任何人打電話給妳，都是替我向妳求婚，妳什麼時候和我登記了，才能換掉！」真被他說中了，每一次手機響起，聽到這首歌，顏曉晨就會想起他各種「逼婚」

的無賴小手段，忍不住笑。

可是，現在聽著這首歌，所有的歡笑都成了痛苦，顏曉晨難受得心都在顫，眼淚一下沖進眼眶，她飛快地掏出手機，想盡快結束這首歌，卻看到來電顯示是「沈侯」。

她淚眼朦朧地盯著他的名字，大學四年，這個名字曾是她的陽光，給她勇氣，讓她歡笑。誰能想到陽光的背後竟然是地獄般的黑暗？她覺得自己像個傻瓜，被命運殘酷地嘲弄。

淚珠無聲滑落的剎那，第一次，顏曉晨按了「拒絕接聽」。

沒一會兒，手機鈴聲又響了起來，「嫁給我妳會幸福的，我是世界上最英俊的新郎，做妳的廚師和妳的提款機……」

她一邊無聲地哭泣，一邊再次按了「拒絕接聽」。

手機鈴聲再次響起，她立即按了「拒絕接聽」。

手機鈴聲再響起，她關閉了鈴聲。

《嫁給我妳會幸福》的鈴聲沒有再響起，可握在掌心的手機一直在震動，一遍又一遍，雖然沒有聲音，但每一次震動都那麼清晰，就好像有無數細密的針從她的掌心進入血液，刺入她的心口，五臟六腑都在疼痛。

顏曉晨曾經那麼篤定，她一定會嫁給他，如同篤定太陽是從東邊昇起，可現在，太陽依舊會從東邊昇起，她卻絕不可能嫁給他了。她的眼淚如斷了線的珍珠般，簌簌落在手機上，將手機螢幕上的「沈侯」兩字打濕。

4《嫁給我妳會幸福》：大陸歌手饒天亮演唱的歌曲。

顏曉晨一邊淚如雨落，一邊咬著牙，用力地摁著手機的關機鍵，把手機關了。

終於，「沈侯」兩個字消失在了她的眼前，但是，面對著漆黑的手機螢幕，她沒有如釋重負，反倒像是失去生命的支撐，全身一下子沒了力氣，軟綿綿地趴在前面座位的椅背上。

過了一會兒，程致遠的手機響了，他看了眼來電顯示，遲疑一瞬，才接了電話。

「對，曉晨和我在一起……是，她沒在辦公室，臨時工作上有點事，我叫她來幫一下忙……對，我們還在外面……她的手機大概沒電了……你要和她說話？你等一下……」

程致遠捂著手機，對顏曉晨說：「沈侯的電話，妳要接嗎？」

顏曉晨把頭埋在雙臂之間，冷冷地說：「你都有權力替我決定我的人生了，難道一個電話還決定不了嗎？」

程致遠對沈侯說：「她這會兒正在談事情，還不方便接電話，晚一點讓她打給你……好、好的……再見！」

程致遠掛了電話，坐到顏曉晨的前排，對她說：「我知道妳和妳媽媽是最應該知道事實真相的人，我擅自替妳們做決定是我不對，對不起！」

顏曉晨聲音喑啞地說：「對不起如果有用，警察就該失業了。」

程致遠沉默了一會兒，說：「對不起的確沒有用，也許，對不起唯一的作用就是讓說的人能夠好過一點。」

❀ ❀ ❀

顏曉晨一直不理程致遠，程致遠也不多話打擾她，卻如影隨形地跟在她身後。

兩人一前一後走進了社區。

隔著老遠，顏曉晨就看到沈侯，他抽著煙，在樓下徘徊，顯然是在等她。他腳邊有很多煙蒂，眉頭緊鎖，心事重重的樣子，連她和程致遠走了過來，都沒察覺。

顏曉晨停住腳步，定定地看著他。

她告訴自己，他的爸媽害死了她爸爸，這個時候，就算不恨他，也應該漠視他。但是，她竟然很擔心他，想的是他為什麼會抽煙？沈侯從不主動抽煙，只偶爾在朋友聚會時抽一、兩支，與其說是抽煙，不如說抽的是氛圍。一定有什麼事讓他很難受，難怪昨天她就聞到他身上滿是煙味。

顏曉晨狠狠咬了下唇，提醒自己，顏曉晨，他如今為什麼痛苦，還和妳有關嗎？妳應該憎惡他、無視他！

顏曉晨低下頭，向著樓梯口走去。

沈侯看見了她，立即扔掉煙頭，大步向她走過來，似乎想攬她入懷，卻在看到她身後的程致遠時停住了腳步。他嘴角微揚，帶著一絲嘲諷的笑，「程致遠，你可是一個公司的老闆，小小進公司不久，職位很低，不管什麼事，都輪不到她陪你去辦吧？」不知道是不是抽多了煙，他的嗓子很沙啞低沉，透著悲傷。

沒等程致遠回答，顏曉晨說：「我們為什麼一起出去，和你無關！」

沈侯沒想到她會幫程致遠說話，愣了一愣，自嘲地笑起來。他拿出手機，點開相片，放在她和程致遠眼前，「這是我媽前天發給我的，你們能告訴我是怎麼回事嗎？」

兩張照片，同一時間、同一地點拍攝，就在顏曉晨家附近的那條河邊，時間是寒冬，因為照片裡的程致遠穿著大衣，顏曉晨穿著羽絨外套。一張是程致遠抱著顏曉晨，她伏在他肩頭，一張是程致遠擁著顏曉晨，她仰著頭，在衝他笑，兩張照片是從側面偷拍的，能看到他們的表情，卻又看不全。

顏曉晨想起來這是什麼時候的事了，媽媽欠了高利貸十六萬的賭債，沈侯回老家幫她去借錢，程致遠來拜年，家裡亂七八糟，她不好意思請程致遠進去，就和程致遠去外面走走，他們在河邊說話時，突然接到沈媽媽的電話，沈媽媽的羞辱打擊成了壓死駱駝的最後一根稻草，讓她一下子情緒失控。顏曉晨記不清楚第一張照片裡的她是什麼心情了，可第二張照片，她記得很清楚，她其實不是對程致遠笑，而是對絕望想放棄的自己笑，告訴自己一切都會好起來，想許自己一個希望，讓自己有勇氣再次上路！

可是，只看照片，不知道前因後果，也不瞭解他們談話的內容，一定會誤會。當時，跟蹤偷拍他們的人肯定不只拍了這兩張，沈侯的媽媽從頭看到尾，不見得不清楚真相，卻故意只挑了兩張最引人誤會的照片發給沈侯。難怪從昨天到今天，沈侯突然變得沉默疏離，總用審視探究的目光看她，顏曉晨還以為是因為結婚的事讓他受傷了，捨不得再讓他難受，特意今天中午去找程致遠，卻無意撞破了程致遠和沈媽媽的密會。

顏曉晨冷笑著搖搖頭，對程致遠嘲諷地調侃：「你們這些有錢人興趣愛好很相似，都喜歡雇人偷偷摸摸地跟蹤調查。」程致遠雇人調查沈侯的父母，沈侯的父母卻雇了人調查她，還真是臭味相投。

程致遠苦笑，對沈侯說：「這件事我可以解釋……」

顏曉晨打斷了程致遠的話，「沈侯，我們分手吧！」

沈侯滿面驚愕地盯著她，似乎在確認她是不是認真的。顏曉晨逼著自己直視沈侯，一遍遍告訴自己：他的爸媽害死了妳爸爸！

沈侯難以相信顏曉晨眼中的冷漠，喃喃問：「為什麼？」

顏曉晨冷冷地說：「去問你爸媽！」

「去問我爸媽？」沈侯對她晃了晃手機裡的照片，悲愴地說：「就算妳現在要分手，我也曾經是妳的男朋友，難道妳就沒一個解釋嗎？」

「你想要我解釋什麼？照片是你爸媽發給你的，你想要解釋，去問他們要！」顏曉晨神情漠然，繞過他，徑直走進樓門，按了向上的電梯按鈕。

沈侯追過來，一手抓住她的胳膊，一手抓著她的肩，逼迫她面對他，「根據照片的時間和地點判斷，那是春節前後的事，顏曉晨，妳……妳怎麼可以這樣？當時，我們……我以為我們很好！」他神色陰沉、表情痛楚，怎麼都不願相信曾經那麼美好的一切原來只是一個騙局，只有他一個人沉浸其中。

「你的以為錯了！」顏曉晨用力推他，想掙脫他的鉗制。

沈侯痛苦憤怒地盯著她，雙手越抓越用力，讓顏曉晨覺得他恨不得要把她活活捏成碎末。

顏曉晨緊咬著唇，不管再痛都不願發出一聲，視線越過他的肩膀，茫然地看著前方，一瞬間竟然有一個瘋狂的念頭，如果兩個人真能一起化成了粉末，也不是不好。

程致遠看她臉色發白，怕他們拉扯中傷到了顏曉晨，衝過來，想分開他們，「沈侯，你冷靜點，你冷靜……」

「你他媽搶了我老婆，你讓我冷靜點？我他媽很冷靜！」沈侯痛苦地吼著，一拳直衝著程致遠的臉去，程致遠正站在顏曉晨旁邊，沒有躲開，嘴角立即見了血，眼鏡也飛了出去。沈侯又是一拳砸到他胸口，程致遠踉踉蹌蹌後退，靠在了牆上。

沈侯悲憤盈胸，還要再打，顏曉晨忙將雙手張開，擋在了程致遠的身前，「你要打，連著我一塊兒打吧！」

程致遠忙拽她，想把她護到身後，「曉晨，妳別發瘋！沈侯，你千萬別衝動……」顏曉晨卻狠了心，硬是擋在程致遠身前，不管他怎麼拽，都拽不動。

沈侯看他們「妳護我我護妳，郎有情妾有意」的樣子，突然間心灰意冷，慘笑著點點頭，「倒是我成那個卑鄙無恥的小三了！」他狠狠盯了顏曉晨一眼，轉過身，腳步虛浮地衝出樓門。

顏曉晨怔怔看著他的背影，心如刀割，淚花在眼眶裡滾來滾去。

程致遠撿起眼鏡戴上，看她神情悽楚，嘆了口氣，「妳這又是何必？幾句話就能解釋清楚的事。」就算照片的事能解釋清楚，可其他的事呢？反正已經註定了要分開，怎麼分開的並不重要！顏曉晨看他半邊臉都有點腫，拿出一張衛生紙遞給他，「對不起！你別怪沈侯，算我頭上吧！」

程致遠突然有些反常，用衛生紙印了下嘴角的血，把衛生紙揉成一團，狠狠扔進垃圾桶，強硬地說：「不要對我說對不起！」

電梯門開了，顏曉晨沉默地走進電梯，程致遠也跟了進來。

到家時，顏媽媽張望了下他們身後，沒看到沈侯，奇怪地問：「沈侯呢？他說在外面等妳，妳沒見到他嗎？」

顏曉晨沒吭聲，顏媽媽看到程致遠的狼狽樣子，沒顧上再追問沈侯的去向，拿了酒精、棉球和ＯＫ

繃，幫程致遠簡單處理一下傷口。

程致遠還能打起精神和顏媽媽寒暄，顏曉晨卻已經累得一句話都不想說。顏媽媽看他們氣氛古怪，沈侯又不見了，試探地問：「沈侯說你們出去見客戶了，什麼客戶連電話都不能接？沈侯打了不少電話給妳，究竟發生了什麼事？」

程致遠看著顏曉晨，背脊不自禁地繃了。顏曉晨沉默地坐著，手緊緊地蜷成了拳頭。

顏媽媽看他們誰都不說話，狐疑地看看程致遠，又看看顏曉晨，最後目光嚴肅地盯著顏曉晨，「曉晨，究竟發生了什麼事？」

顏曉晨笑了笑，語氣輕快地說：「一個還算重要的客戶，談了一點融資的事，不是客戶不讓接電話，是手機正好沒電了。」

猶豫掙扎後，顏曉晨做了和程致遠同樣的選擇——隱瞞真相，她理解了程致遠，對他的怒氣消散了。情和理永遠難分對錯，按理，媽媽比她更有權利知道事實的真相；可按情，她卻捨不得讓媽媽知道。媽媽痛苦掙扎了那麼多年，終於，生活正一點點的變好，現在告訴她真相，正在癒合的傷口將被再次撕裂，只會比之前更痛。在情和理中，顏曉晨選擇了情，寧願媽媽永遠不知道，永遠以為事情已經結束了。

顏媽媽知道女兒在騙她，但她想到另一個方向，對程致遠立即疏遠了，禮貌地說：「很晚了，不好意思再耽誤您的時間了，您趕快回去休息吧！」

程致遠站了起來，擔憂地看著顏曉晨，可當著顏媽媽的面，他什麼都不敢說，只能隱諱地叮囑顏曉晨：「妳注意身體，不管發生什麼事，都沒有妳身體重要。」

等程致遠走了，顏媽媽問顏曉晨：「程致遠臉上的傷是沈侯打的嗎？」

顏曉晨眼前都是沈侯悲痛轉身、決然而去的身影，木然地點點頭。

顏媽媽滿臉的不贊同，語重心長地說：「沈侯這孩子很不錯，程致遠當然也不錯，但妳已經選擇了沈侯，就不能三心二意。沈侯現在是窮點，但窮不是他的錯，你們倆都年輕，只要好好努力，總會過上好日子，千萬不要學那些愛慕虛榮的女孩子，老想著享受現成的。」

顏曉晨苦笑，媽媽根本不明白，沈侯可不是她以為的身家清白的窮小子梁山伯，程致遠也不是她以為的橫刀奪愛的富家公子馬文才。不過，沈侯倒真沒說錯，媽媽是拿他當自家人，拿程致遠當客人，平時看著對沈侯不痛不癢、對程致遠更熱情周到，但一有事，親疏遠近就立即分出來了。

顏曉晨想到這裡，心口窒痛，正因為媽媽把沈侯當成家人，真心相待，如果她知道了真相，不但會恨沈侯，也會恨自己，現在對沈侯有多好，日後就會有多恨沈侯和自己。

顏媽媽仍不習慣和女兒交流，說了幾句，看顏曉晨一直低著頭，沒什麼反應，就不知道該怎麼繼續勸導她了，「反正妳記住，莫欺少年窮，程致遠再有錢，都和妳沒關係！在外面跑了一天，趕緊去休息，明天打個電話給沈侯，你們兩個晚上去看場電影、吃頓飯，就好了。」

顏曉晨走進臥室，無力地倒在床上。

媽媽以為她和沈侯的問題是小倆口床頭吵架床尾和，只需要各退一步，甜言蜜語幾句就能過去，可其實，她和他之間隔著的距離是他們根本不在同一個空間。如果她是黑夜、沈侯就是白晝，如果她是海洋、沈侯就是天空，就算黑夜和白晝日日擦肩而過，海洋和天空日日映照著對方的身影，可誰見過黑夜能握住白晝，誰又見過海洋能擁抱天空？不能在一起，就是不能在一起！

想到從今往後，沈侯和她就像兩條相交的直線，曾有相逢，卻只能交錯而過後，漸行漸遠，他娶別的女人做新娘，對別的女人好；他不會再和她說話，不會再對她笑；他過得歡樂，她不能分享，他過得痛苦，她也無力幫助；她孤單時，不能再拉他的手；她難受時，不能再依偎在他的胸膛，不管她的生命有多長，他都和她沒有一點關係……

顏曉晨摸著手上的戒指，想到他竟然會在她的生命中消失，淚流滿面，卻怕隔著一道門的媽媽聽到，緊緊地咬著唇，不敢發出一點聲音。這世上最殘酷的事情不是沒有得到，而是得到後，再失去。

她不明白這是為什麼？世界上有那麼多的男生，為什麼她偏偏喜歡上了沈侯？他又為什麼偏偏喜歡上了她？為什麼偏偏就是他們倆？

顏曉晨覺得像是有人在用鏟子挖她的心，把所有的愛、所有的歡笑，所有的勇氣和希望，一點一點都掏了出來，整個人都掏空了。從今往後，未來的每一天都沒有了期待，這具皮囊只剩下行屍走肉。

原來，痛到極致就是生無可戀，死無可懼。

Chapter 15

意外的婚禮

災禍和幸福，像沒有預料到的客人那樣來來去去。它們的規律，軌道和引力的法則，是人們所不能掌握的。

——雨果5

一夜輾轉反側，顏曉晨好像睡著了一會兒，又好像一直清醒著。

這些年，她一直刻意地封閉過去的記憶，可今夜，悲傷像一把鑰匙，打開了過去，讓所有的痛苦記憶全部湧現。

十八歲那年的悶熱夏季，是她有生以來最痛苦的記憶。所有人都告訴她，她的爸爸死了，可是她一直拒絕相信。

一個活生生的人怎麼會那麼容易就死了呢？年少稚嫩的她，還沒真正經歷過死亡，在她的感覺裡，死亡是一件驚天動地的大事，距離她很遙遠。她的爸爸一定仍在身邊的某個角落，只要她需要他時，他就會出現。

直到他們把爸爸的棺材拉去火葬場時，她才真正開始理解他們口中的「死亡」。

死亡是什麼呢？

就是曾經以為理所當然、天經地義的擁有都消失不見了，那些自從她出生就圍繞著她的點點滴滴、瑣碎關懷，她早已經習以為常，沒覺得有多了不起、多稀罕，卻煙消雲散，成為了這個世界上她永不可能再有的珍貴東西。

不會再有人下雨時背著她走過積水，寧願自己雙腿濕透，也不讓她鞋子被打濕；不會再有人寧願自己只穿三十塊錢的膠鞋，卻買三百多塊錢的運動鞋給她；不會再有人將雇主送的外國巧克力小心藏在口袋裡，特意帶給她吃；不會再有人雙手皴裂，卻永遠記得買護手霜給她；冬天的夜晚不會再有人永遠記得在她的被窩裡放一個暖水袋……

死亡不是短暫的分別，而是永久的訣別，死亡就是她這輩子，無論如何，都永永遠遠再見不到爸爸一面了！

她失去了這個世界上，不管她好與壞、美與醜，都無條件寵她、無底線為她付出的人。而他的死，是她親手造成的！如果不是她那麼心高氣傲，死活不肯接受上一所普通大學，如果不是她心比天高，埋怨父母無能，幫不到她，爸爸不會去省城，就不會發生車禍。

難道老天是為了懲罰她，才讓她遇見沈侯？

爸爸和沈侯，她生命中最重要的兩個男人，一個讓她懂得了死別之痛，一個教會了她生離之苦。

熬到天亮，顏曉晨爬了起來，準備去上班。

顏媽媽看她臉色難看，雙目浮腫，以為她是三心二意、為情所困，心中很是不滿，把一碗紅棗粥重

5維克多・雨果（Victor-Marie Hugo, 1802-1885）：法國大文豪，作品非常豐富，文體跨越詩歌、小說、劇本以及散文與各式文藝評論與政論文章，他的作品也反映十九世紀時法國社會以及政治的進展與演變。著有《鐘樓怪人》、《悲慘世界》等文學巨著。

重地放到她面前，沒好氣地說：「別吃著碗裡的，望著鍋裡的！妳以為鍋裡的更好，告訴妳，剩下的都是稀湯！」

顏曉晨一句話沒說，拿起勺子，默默地喝粥。

自從懷孕後，她就胃口大開，吃什麼都香，現在卻覺得胃裡像塞了塊石頭，明明昨天晚上連晚飯都沒吃，可剛吃了幾口，就脹得難受。

「我去上班了。」顏曉晨拿起包，準備要走。

顏媽媽叫：「週六！妳上什麼班？」

顏曉晨愣了一下，卻不想繼續面對媽媽，「加班！」她頭也不回地衝進了電梯。

走出樓門，顏曉晨卻茫然了，不知道究竟該去哪裡，這麼早，百貨公司、咖啡館都沒開門。這個世界看似很大，但有時候找個能容納憂傷的角落並不容易。

正站在林蔭道旁發呆，感覺一個人走到了她面前，顏曉晨以為是路過的行人，沒在意，可他一直站在那裡盯著她。她抬頭一看，竟然是沈侯，他依舊穿著昨天的衣服，神色憔悴，鬍子拉碴，頭髮也亂蓬蓬的，像是一夜未睡。

顏曉晨壓根兒沒想到這個時候能看到他，所有的面具都還沒來得及戴上，一下子鼻酸眼脹，淚水沖進了眼眶。她趕忙低下了頭，想要逃走。

沈侯抓住了她的手，「小小！我昨天回去後，怎麼都睡不著，半夜到妳家樓下，想要見妳，但是怕打擾妳和妳媽媽睡覺，只能在樓下等。昨天我情緒太激動，態度不好，對不起！我現在只是想和妳平心靜氣地聊一下。」

顏曉晨低著頭，沒有吭聲。他抓著她的手腕，靜靜地等著。待眼中的淚意散去一些後，顏曉晨戴著冰冷堅硬的面具說：「已經分手了，還有什麼好聊的？」

「妳就算讓我去死，也讓我做個明白鬼，行嗎？」

「我已經告訴了你，去問你爸媽！」

「我昨天晚上已經去見過他們，我媽生病住院了，我爸說是我們誤會妳了。小小，我知道我爸媽這段時間做得很過分！但我說過，他們是他們，我是我，是我要和妳共度一生，不是他們！妳是我的妻子，不代表妳一定要做他們的兒媳婦，我有孝順他們的義務，但妳沒有。而且，我爸媽已經想通了，我爸說，只要妳願意和我在一起，他們日後一定會把妳當親生女兒，竭盡所能對妳好，彌補他們犯的錯。小小，我爸媽不再反對我們了！」

「你爸媽只跟你說了這些？」

「我爸還說，請妳原諒他們。」

顏曉晨覺得十分荒謬，他們害死了她爸爸，連對兒子坦白錯誤的勇氣都沒有，卻說要拿她當親生女兒，彌補她。她不需要，她只是她爸爸的親生女兒。顏曉晨冷笑著搖搖頭，「他們不反對了嗎？可是，我反對！沈侯，我不可能和你在一起。」

沈侯剛剛燃起的希望又被澆滅，「為什麼？」

昨夜顏曉晨也問了自己無數遍這個問題，為什麼他們要相遇，為什麼他們要相戀，為什麼偏偏是他們？可是，根本不可能有答案。

沈侯看她默不作聲，輕聲說：「我不是傻子，妳對我是真心、還是假意，我感覺得到，我知道妳全心全意地喜歡過我，但我怎麼想都想不明白，我究竟做錯了什麼，讓妳不再喜歡我了。我不停地比較著我和程致遠，他比我更成熟穩重，更懂得體貼人，他有完全屬於自己的事業，不會受制於父母，能自己做主，能更好地照顧妳，我知道這些我都趕不上他，但小小，他比我大了將近十歲，不是我比他差，而是十年光陰的差距。我向妳保證，給我些時間，我一定不會比他差。他能給妳的，我也都能給妳，他能做到的，我也都能做到……」

「沈侯，別再提程致遠了，你是你，他是他，我從沒有比較過你們！」就算她和沈侯現在立場對立，顏曉晨也不能違心地說他比程致遠差。

沈侯心裡一喜，急切地說：「那就是我自己做錯了什麼，讓妳失望難過了！如果是我哪裡做得不對，妳告訴我，我可以改！小小，我不想放棄這段感情，也不想妳放棄，不管哪裡出了問題，我們都可以溝通交流，我願意改正！」

這樣低聲下氣的沈侯，顏曉晨從沒見過。從認識他的第一天起，他永遠都意氣飛揚、自信驕傲，即使被學校開除，即使被他媽媽逼得沒了工作，他依舊像是狂風大浪中的礁岩，不低頭、不退讓，可是，他為了挽回他們的感情，放下所有的自尊和驕傲，低頭退讓。

顏曉晨淚意盈胸，心好像被放在炭火上焚燒，說出的話卻冷如寒冰，「不喜歡就是不喜歡了！不管你做什麼都沒用！」

沈侯被刺得鮮血淋漓，卻還是不願放棄，哀求地說：「我們再試一次，好不好？小小，再給我一次機會。」

他緊緊地握著她的手，滿懷期許地看著她，顏曉晨忍著淚，把他的手一點一點用力拽離了她，他的眼睛漸漸變得黯淡無光。

他的手，在她掌間滾燙，無數次，他們十指交纏，以為他們的人生就像交握的手一樣，永永遠遠糾纏在一起，沒有人能分開。

但是，顏曉晨自己都沒有想到，是她先選擇了放手。

沈侯抓住她的手指，不顧自尊和驕傲，仍想挽留，「小小，妳說過只要我不離開妳，妳永遠不會離開我。」

「對不起，我不記得了！」

顏曉晨從他指間抽出手。他的手空落落地伸著，面如死灰，定定地看著她，本該神采飛揚的雙眸，沒有了一絲神采。

顏曉晨狠著心，轉過了身，一步步往前走，走出他的世界。

她挺直背脊，讓它顯得冷酷堅決，眼淚卻再不受控制，紛紛落下。

街上行人來來往往，她的眼前卻只有他最後的眼神，像一個廢墟，沒有生氣、沒有希望。在他的眼睛裡，她看到了自己的未來，天上人間，銀漢難通，心字成灰。

顏曉晨渾渾噩噩、踉踉蹌蹌地走著，一個個看不清面容的人影從她身邊匆匆掠過，眼前的世界好像在慢慢變黑，她和一個人撞到一起，在對方的驚叫聲中，她像一塊骨牌一般倒了下去。

在失去意識前的最後一刻，她的腦海裡竟然是一幅小時候的畫面。

夏日的下午，她貪玩地爬到樹上，卻不敢下去，爸爸站在樹下伸出雙手，讓她跳下去。陽光那麼燦爛，他的笑容也是那麼燦爛，她跳下去，被穩穩地接住。但她知道，這一次，她摔下了懸崖，卻沒有人會接住她。

＊ ＊ ＊

沈侯看著顏曉晨的背影，目送著她一步步走出他的世界。

他曾真真切切地感受到她給他的深情，他不明白，為什麼那麼深的感情可以說不喜歡就不喜歡了。一段感情的開始，需要兩個人同意，可一段感情的結束，只要一個人決定，她毫不留戀地轉身離去，他卻仍在原地徘徊，期待著她的回心轉意。但是，直到她的身影消失在茫茫人海，她都沒有回過身，看他一眼，她已經完完全全不關心他了！

沈侯終於也轉過身，朝著截然不同的方向，走出已經只剩他一人的世界。

他覺得十分疲憊，好像一夕之間就老了。他像個流浪漢一般隨意地坐在路邊，點了支煙，一邊抽著煙，一邊冷眼看著這萬丈紅塵繼續繁華熱鬧。

他告訴自己，只是失去了她而已，這個世界仍然是原來的那個世界，仍然和以前一樣精采，但不管理智怎麼分析，他心裡都很清楚，就是不一樣了。她對這個世界而言，也許無關輕重，可對他而言，失去了她，整個世界都變了樣，就好像精美的菜餚沒有放鹽，不管一切看上去多麼美好，都失去了味道。

手機鈴聲突然響了，曾經，每次鈴聲響起時，他都會立即查看，因為有可能是她打來的，但現在，他並不期待電話那頭還能有驚喜。

他吸著煙，沒有理會，手機鈴聲停了一瞬，立即又響了起來，提醒著他有人迫切地想找到他。

沈侯懶洋洋地拿出手機，掃了眼來電顯示，「小小的媽媽」。雖然顏曉晨已經清清楚楚地表明他們沒有關係了，但一時半會兒間，他仍沒有辦法放棄關心她的習慣。他立即扔了煙，接了電話，「喂？」

顏媽媽的聲音很急促，帶著哭音，「沈侯，你在哪裡？有人打電話給我，說曉晨暈倒在大街上，被人送到了醫院，他們讓我去醫院……」顏媽媽一輩子沒離開過家鄉，脾氣又急躁，一遇到大事就容易慌了神。

沈侯立即站了起來，一邊招手攔計程車，一邊沉著地安撫顏媽媽：「阿姨，妳別著急，我立即過來找妳。妳現在帶好身份證，鎖好門，到社區門口等我，我這邊距離妳很近，很快就能到。」

❀ ❀ ❀

沈侯在社區門口接上顏媽媽，一起趕往醫院。

走進急診病房，沈侯看到顏曉晨躺在病床上昏睡，胳膊上插著針管在打點滴，整個人顯得很憔悴可憐，他著急地問：「她怎麼了？」

護士說：「低血壓引起的昏厥，應該沒什麼大問題，她是不是為了減肥不吃飯，也沒好好休息？具體的化驗結果，醫生會告訴你們，你們等一下吧！」

護士把顏曉晨的私人物品交給他們，「為了盡快聯繫到她的親人，醫院查看了一下她的身分證和手機，別的東西都沒動過。」

沈侯接過包，放到椅子上，「謝謝你們。」

他們等了一會兒，一個三十歲出頭的女醫生走進來，例行公事地先詢問他們和病人的關係。

顏媽媽用口音濃重的普通話說：「我是她媽媽。」

女醫生問：「她老公呢？」

「我女兒還沒結婚……」顏媽媽指著沈侯說：「我女兒的男朋友。」

沈侯張了張嘴，沒有吭聲。

女醫生上下打量了一下沈侯，雲淡風輕地說：「病人沒什麼問題，就是懷孕了，沒注意飲食和休息，導致昏迷。」

顏媽媽啊一聲驚呼，看醫生看她，忙雙手緊緊地捂住嘴，臉漲得通紅。

女醫生想起了遠在家鄉的母親，和善地笑了笑，寬慰顏媽媽，「大城市裡這種事很平常，沒什麼大不了，妳不用緊張，我看妳女兒手上戴了戒指，應該也是馬上要結婚了。」

沈侯表情十分困惑，「妳說小小懷孕了？」

女醫生對沈侯卻有點不客氣，冷冷地說：「自己做的事都不知道？你女朋友也不知道嗎？」

沈侯迷茫地搖頭，「沒聽她說起過，我們前段時間才在商量結婚的事。」

女醫生無奈地嘆氣，「已經兩個多月了，等她清醒後，你們就可以出院了。盡快去婦產科做產檢。」

女醫生說完就離開了。

沈侯暈了一會兒，真正理解接受了這個消息，一下子狂喜地笑了，是不是老天也不願他和曉晨分開，才突然給了他們一個最深的牽絆？沈侯猶如枯木逢春，一下子變得精神百倍。

顏媽媽卻畢竟思想傳統，對女兒未婚先孕有點難受，問沈侯：「你們打算什麼時候結婚？」準備著但凡這個臭小子有一絲猶豫，她就和他拚命。

沈侯笑著說：「明天就可以……哦，不行，明天是星期天，後天，後天是星期一，我們星期一就去註冊登記結婚。」

顏媽媽放心了，雖然還是有點難受，但事情已經這樣了，她只能接受，「沈侯，你在這裡陪著曉晨，我先回家去了。我想去一趟菜市場，買一隻活雞，曉晨得好好補補。」

沈侯怕顏媽媽不認路，把她送到醫院門口，送她坐上計程車才回來。

沈侯坐在病床前，握著顏曉晨的手，凝視著她。她的臉頰蒼白瘦削，手指冰涼纖細，一點都不像是要做媽媽的人。

沈侯忍不住把手輕輕地放在她的腹部，平坦如往昔，感覺不出任何異樣，可這裡竟然孕育著一個和他血脈相連的小東西。生命是多麼奇妙，又多麼美妙的事！

沈侯憐惜地摸著顏曉晨的手，他送給她的小小戒指依舊被她戴在指上，如果她不愛他了，真要和他分手，為什麼不摘掉這個戒指？女人可是最在意細節的，怎麼能容忍一個不相干的男人時刻宣示自己的所有權？

十指交纏，兩枚大小不同，款式卻一模一樣的戒指交相輝映，沈侯俯下身，親吻著顏曉晨的手指，在這一刻，他滿懷柔情，滿心甜蜜，對未來充滿了信心。

顏曉晨迷迷糊糊中，不知置身何地，只覺得滿心悽楚難受，整個人惶恐無依，她掙扎著動了下手，立即感覺到有一個溫暖的手掌包住了她的手，雖然只是一個小小的動作，但溫柔的照顧、小心的呵護，她全部感受到了，讓她剎那心安了。

她緩緩睜開眼睛，看到沈侯正低著頭，幫她調整點滴，她愣了下，想起了意識昏迷前的情景，「我在醫院？你怎麼在這裡？」

沈侯微笑著說：「妳突然昏迷過去，醫院透過妳的手機打電話通知了妳媽媽，阿姨對上海不熟，叫我一起過來。妳知不知道妳為什麼會暈倒在大街上？」

顏曉晨心裡一緊，希望她醒來的及時，還沒來得及做檢查，「因為我沒吃早飯，血糖低？」

沈侯笑著搖搖頭，握著她的手，溫柔地說：「妳懷孕了。」

顏曉晨呆呆地看著沈侯，她一直不肯面對的問題以最直接的方式擺在了面前，她大腦一片空白，不知道該對沈侯說什麼。

沈侯卻誤會了她的反應，握著她的手，放在她的腹部，「是不是難以相信？如果不是醫生親口告訴我，我也不敢相信。小小，我知道我有很多地方做得不好，但我會努力，努力做個好老公、好爸爸，我們一家一定會幸福。」

沈侯輕輕地抱住顏曉晨，顏曉晨告訴自己應該推開他，可她是如此貪戀他的柔情，眷戀他的懷抱，竟然情不自禁地閉上眼睛，汲取著他的溫暖。

沈侯感受到了她的依戀，心如同被蜜浸，微微側過頭，在她鬢邊愛憐地輕輕吻著，「等打完點滴後，我們就回家，阿姨給妳燉了雞湯。哦，對了，妳媽也已經知道妳懷孕的事情了，我答應她後天就去登記結婚。」

猶如兜頭一盆涼水，顏曉晨一下子清醒了，她推開沈侯，閉上了眼睛。

沈侯以為她覺得累，體貼地幫她蓋好被子，調整好胳膊的姿勢，「妳再睡一會兒，打完點滴後，我會叫妳。」

顏曉晨閉著眼睛，不停地問自己該怎麼辦？

如果她想報復，可以利用這個孩子，折磨沈侯。她沒有辦法讓沈侯的爸媽以命償命，但她能讓他們嘗到至親至愛的人受到傷害的痛苦。但是，她做不到，她恨沈侯的爸媽，無法原諒他們，卻沒有辦法傷害沈侯。

既然她絕對不會原諒沈侯爸媽，她和沈侯唯一能走的路就是分開，永永遠遠都不要再有關係。

不管出於什麼原因，沈侯的爸媽選擇了不告訴沈侯真相，有意無意間，顏曉晨也做了同樣的選擇，像保護媽媽一樣，保護著沈侯。她知道自己這一生永不可能擺脫過去，她也做好了背負過往，戴著鐐銬痛苦前行的準備，可是沈侯和她不一樣，只要遠離了她，他的世界可以陽光燦爛，他可以繼續他的人生路，恣意享受生活的絢麗。

但是，意外到來的孩子把沈侯和她牢牢地繫在一起。顏曉晨很瞭解他，她的冷酷變心，能讓沈侯遠離她，但絕不可能讓沈侯遠離他的孩子，可是，他們永不可能成為一家人！

她該怎麼辦？該怎麼辦……

顏曉晨包裡的手機震動了幾下，沈侯看顏曉晨閉著眼睛，一動不動，不想驚擾她休息，輕手輕腳地打開包，拿出手機。

以前兩人住一個屋子時，常會幫對方接電話和查看訊息，沈侯沒有多想，直接查看了消息內容，是程致遠發來的問候：「在家裡休息嗎？身體如何？有時間見面嗎？我想和妳聊聊。」

不是急事，不用著急回覆，等曉晨回家後再處理吧！沈侯想把手機放回包裡，可鬼使神差，他滑一下手機螢幕，看到了顏曉晨和程致遠幾天前的微信聊天。

一行行仔細讀過去，句句如毒藥，焚心蝕骨，沈侯難以克制自己的憤怒、悲傷、噁心，太陽穴突突直跳，手上青筋暴起，整個身體都在輕顫，「啪」一聲，手機掉到了地上。

顏曉晨聽到響動，睜開了眼睛，看到沈侯臉色怪異，眼冒凶光，狠狠地盯著她，就好像蒙受了什麼奇恥大辱，想要殺了她一般。

「你怎麼了？」明明告訴自己不要再關心他的事，顏曉晨卻依舊忍不住關切地問。

沈侯的手緊握成拳頭，咬牙切齒地說：「妳什麼時候知道自己懷孕了？應該不是今天吧？卻裝得好像今天才剛知道！」

顏曉晨不明白他什麼意思，沒有吭聲。

沈侯鐵青著臉，撿起了地上的手機，「這是我送妳的手機，妳竟然用它……妳真是連最起碼的羞恥心都沒有。」

顏曉晨還是不明白究竟發生了什麼事情，讓沈侯突然之間變了個人，用鄙夷噁心、痛恨悲傷的目光看她。

沈侯把手機扔到了她面前，「妳可真會裝！還想把我當傻子嗎？」

顏曉晨拿起手機，看到了她和程致遠的微信對話，她不解，除了說明她早知道自己懷孕以外，還有什麼問題嗎？

程致遠：「妳懷孕了嗎？」

顏曉晨：「今天早上剛買的驗孕棒，還沒來得及檢查。」

程致遠：「有多大的可能性？」

顏曉晨：「我不知道，檢測完就知道結果了。」

程致遠：「這事先不要告訴沈侯和妳媽媽。我們先商量一下，再決定怎麼辦。」

顏曉晨：「好！」

程致遠：「結果還沒出來，也許是我們瞎緊張了。」

顏曉晨：「有可能，也許只是內分泌紊亂。」

程致遠：「我剛上網查了，驗孕棒隨時都可以檢查。現在就檢查，妳來我的辦公室。」

顏曉晨一句句對話仔細讀完，終於明白了沈侯態度突變的原因。如果不知道前因，她和程致遠的對話的確滿是姦情，再加上沈侯媽媽發的照片，她又態度詭異、提出分手，沈侯不誤會都不正常。

顏曉晨呵呵地笑起來，她正不知道該如何解決孩子的事，沒想到這就解決了！這個世界是不是很荒謬？明明是沈侯的爸媽害死了她爸爸，現在卻是沈侯像看殺父仇人一樣憤怒悲痛地看著她。

顏曉晨笑著說：「我並沒有騙你，是你一廂情願地以為孩子是你的。」

沈侯沒想到顏曉晨不以為恥，反而滿臉無所謂的譏笑。眼前的女人真是他愛過的那個女孩嗎？他握著拳頭，恨不得一拳打碎顏曉晨臉上的笑容，但這樣一個女人，打了她，他還嫌髒！所有念念不忘的美好過往都變成了令人作嘔的記憶，所有的一往情深都變成了最嘲諷的笑話，他的心澈底冷了。

「顏曉晨，我能接受妳移情別戀，愛上別人。但妳這樣，真讓我噁心！妳怎麼能同時和兩個男人……我他媽的真是瞎了眼，被豬油蒙了心！」他用力摘下中指上的戒指，依舊記得那一日碧海藍天，晚霞緋豔，他跪在心愛的女孩面前，把自己的心捧給她，請她一生一世戴在指間，也心甘情願戴上了戒指，把自己許諾給她。但是，他錯了，也許是他愛錯了人；也許那個女孩從來就沒有存在過，一直只是他的一廂情願。

「把妳手上的戒指摘下來！」沈侯不僅迫不及待地想消除顏曉晨給他的印記，還想消除他留給顏曉晨的印記。

顏曉晨握住了手指上的戒指，卻沒有動。

沈侯怒吼，「摘下來！我們已經沒有關係，妳留著那東西想噁心誰？」

顏曉晨一邊笑，一邊慢慢地摘下了戒指，笑著笑著，猝不及防間，她的眼淚掉了下來。沈侯的眼眶發紅，似乎也要落淚，可他一直唇角微挑，保持著一個嘲諷的古怪笑容。

有多深的情，就有多深的傷；有多少辜負，就有多少痛恨；有多濃烈的付出，就有多濃烈的決絕。沈侯看著顏曉晨的目光，越來越冷漠，就像在看一個從來不認識的陌生人，他伸出了手，冷冷地說：「給我！」

顏曉晨哭著把戒指放在了他手掌上。兩枚戒指，一大一小，在他掌心熠熠生輝。

沈侯嫌棄地看了一眼，一揚手，毫不留情地把戒指扔進垃圾桶，也把他們的一切都扔進垃圾桶。

他轉過身，頭也不回地離開了病房。

顏曉晨知道，這一次他是真正地離開了她。

不僅是肉身的遠離，還把她整個人從心上清除，連回憶都不會有。所有關於她的一切，對於他都是噁心醜陋的，從今往後，她就是他的陌生人，不管她哭她笑，他都不會皺一下眉頭。

這不就是她想要的結果嗎？兩個人再沒有關係，他在他的世界絢爛璀璨，她在她的世界發霉腐爛。但為什麼她的心會這麼痛，她的淚水一直落個不停？

護士來給顏曉晨拔針頭，看見她的男朋友不見了，她又一直哭個不停，以為是司空見慣的女友懷孕、男人不願負責的戲碼，隨意安慰了她幾句，就讓她簽字出院。

❀ ❀ ❀

顏曉晨站在家門前，卻遲遲不敢開門。她該怎麼向媽媽解釋她不可能和沈侯結婚的事？總不能也栽贓陷害給程致遠吧？沈侯會因為這事決然離開她，媽媽卻會因為這事去砍了程致遠。

顏曉晨還沒想好說辭，門打開了。

顏媽媽站在門口，臉色鐵青地瞪著她。

顏曉晨怯生生叫了聲，「媽媽！」

「啪」一聲，顏媽媽重重一巴掌搧到了她臉上，顏曉晨被媽媽打怕了，下意識地立即護著肚子，躲到牆角。本來顏媽媽餘怒未消，還想再打，可看到她這樣，心裡一痛，再下不了手。

顏媽媽抹著眼淚，哽咽著說：「我和妳爸爸都不是這樣的人，妳怎麼就變成了這樣？剛才打電話給沈侯問你們什麼時候回來，我還擺著丈母娘的架子，教訓他好好照顧妳，沒想到妳……竟然做出這種傷風敗俗的事！妳的孩子根本不是沈侯的！我這張老臉都臊得沒地方擱，妳怎麼就做得出來？」

顏曉晨低著頭，不吭聲。

「叫程致遠來見我，你們今天不給我個交代，就不要進門！我沒妳這麼不要臉的女兒！」顏媽媽說完，砰一聲，關上了門。

程致遠什麼都沒做，她怎麼可能讓程致遠給媽媽交代？

顏曉晨下了樓，卻沒地方去，坐在了社區的花壇邊上。

她身心俱疲、疲憊不堪，只想找個安靜的地方，躺下來睡死過去，卻有家歸不得。她不知道該如何面對肚子裡的小東西，也不知道該如何面對媽媽，不知不覺，眼淚又掉了下來。她知道哭泣沒有任何意義，但她沒有辦法控制自己，就是覺得傷心難過，止不住地流眼淚。

她正一個人低著頭，無聲地掉眼淚，突然感覺到有人坐在旁邊。

「曉晨。」程致遠的聲音。

顏曉晨匆匆抹了把眼淚，焦急抱歉地問：「我媽打電話給你，叫你來的？」

程致遠有點困惑，「沒有，是我打了好幾通電話給妳，一直沒有人接，我不放心，就過來看看，沒想到正好碰到妳在樓下。」

顏曉晨鬆了口氣，從包裡拿出手機，果然有好幾個未接來電。

「對不起，我沒聽到手機響。」

程致遠說：「沒事。」她哭得兩隻眼睛紅腫，明顯情緒不穩，能聽到手機響才奇怪。

四月天，乍暖還寒，白天還算暖和，傍晚的氣溫卻降得很迅速，程致遠怕顏曉晨著涼，說：「回家吧，妳一直待在外面，阿姨也不會放心。」

顏曉晨低聲說：「我媽不讓我進門。」

程致遠知道肯定又有事發生了，他先脫下外套，披到她身上，才關切地問：「怎麼了？」

「他們知道我懷孕了，對不起！我沒有解釋……」

「解釋什麼？」

顏曉晨打開了微信，把手機遞給程致遠，「沈侯看到了我們聊天的內容。」顏曉晨想起沈侯離開時的決絕冷漠，眼淚又簌簌而落。

程致遠一行行迅速看完，琢磨一下，才明白沈侯誤會了什麼，一貫從容鎮靜的他也完全沒預料到竟然會這樣，十分吃驚，一時間都不知道該說什麼。

「對不起，我不能讓沈侯知道孩子是他的，我們必須分手，他正好看到了微信，我就將錯就錯……對不起！」

程致遠回過神來，忙說：「沒有關係，我不介意，真的沒有關係。妳說阿姨不許妳回家，是不是阿姨也以為……孩子是我的？」

顏曉晨用手掩著眼睛，胡亂地點了點頭。

「妳真的不能和沈侯在一起嗎？」

顏曉晨搖搖頭，嗚咽著說：「不可能！事情雖然是沈侯爸媽做的，可他們是為了沈侯。如果不是沈侯搶了我上大學的名額，我爸根本不會去省城，也不會碰到車禍。」

程致遠沉默良久，深吸口氣，似乎決定了什麼。他把面紙遞給顏曉晨，「別哭了，我們上去見妳媽媽吧。」

顏曉晨搖搖頭，「不用，我自己會解決。我現在就是腦子不清楚，等我冷靜一下，我會搞定我媽，你不用管了。」她用面紙把眼淚擦去，努力控制住，不要再哭泣。

「天都要黑了，妳不回去，阿姨也不會好受，我們先上去。聽話！」程致遠一手拿起顏曉晨的包，一手拽著她的手，拖著她走向大樓。

程致遠和顏曉晨剛走出電梯，顏媽媽就打開了門，顯然一直坐臥不安地等著。她狠狠瞪了顏曉晨一眼，「讓妳叫個人，怎麼那麼久？」

程致遠一邊脫鞋，一邊說：「是我耽擱了。」

顏曉晨以為媽媽會對程致遠勃然大怒，沒想到媽媽面對程致遠時，竟然沒瞪眼、沒發火，反倒挺熱情，「吃過晚飯了嗎？沒吃過，就一起吃吧！」

程致遠說：「還沒有吃，麻煩阿姨了。」

程致遠熟門熟路地走進洗手間，洗乾淨手，去幫顏媽媽端菜。顏曉晨想幫忙，被程致遠打發走了，「妳好好坐著。」

顏媽媽盛了兩碗雞湯，一碗端給顏曉晨，一碗放在了程致遠面前，「你嘗嘗，下午剛殺的活雞，很新鮮。」

顏曉晨越發覺得奇怪，以媽媽的火爆脾氣，難道不是應該把這碗雞湯扣到程致遠頭上嗎？

顏媽媽看到顏曉晨面容憔悴、兩眼浮腫，又恨又氣又心疼，對她硬邦邦地說：「把雞湯趁熱喝了。」轉頭，顏媽媽就換了張臉，殷勤地夾了一筷子菜給程致遠，溫柔地說：「曉晨懷孕的事，你應該知道了，你……是什麼想法？」

顏曉晨終於明白媽媽為什麼對程致遠的態度這麼古怪，周到熱情，甚至帶著一點小心翼翼的討好，原因不過是可憐天下父母心，在媽媽的觀念裡，她相當於已經被人拆開包裝、試穿過的衣服，不但標籤沒了，還染上汙漬，媽媽唯恐程致遠退貨不買。

顏曉晨很難受，「媽媽，妳……」

程致遠的手放在了她手上，對顏媽媽說：「阿姨，到我這個年紀，父母和家裡長輩一直催著我結婚，我自己也想早點安定下來，幾次和曉晨提起結婚的事，可曉晨年紀還小，她的想法肯定和我不太一樣，一直沒答應我。」

程致遠一席話把自己放到塵埃裡，一副他才是滯銷品，想清倉大拍賣還被人嫌棄的樣子，讓顏媽媽瞬間自尊回歸，又找到了丈母娘的感覺，她點點頭，「你的年紀是有些大了，曉晨的確還小，不著急結婚……」她噎了一下，「不過，你們現在這情形，還是盡快把事情辦了。」

程致遠說：「我也是這麼想，盡快和曉晨結婚，謝謝阿姨能同意曉晨嫁給我。我爸媽要知道我能結婚了，肯定高興得要謝謝曉晨和阿姨。」

顏曉晨吃驚地看程致遠，「你……」

程致遠重重捏了一下她的手說，「多喝點湯，妳身體不大好，就不要再操心了，我和阿姨會安排好一切。」

顏媽媽得到了程致遠會負責的承諾，如釋重負，又看程致遠對曉晨很殷勤體貼，也算不幸中的萬幸，不滿意中的滿意。她側過頭悄悄拭了下眼角的淚，笑著對顏曉晨說：「妳好好養身體就行，從現在開始，妳的任務就是照顧好自己和孩子，別的事情我和致遠會打理好。」

顏曉晨看到媽媽的樣子，心下一酸，低下了頭，把所有的話都吞回肚子裡。

顏媽媽和程致遠商量婚禮和登記結婚的事，顏媽媽比較迷信，雖然想盡快辦婚禮，卻還是堅持要請大師看一下日子，程致遠完全同意；顏媽媽對註冊登記的日子卻不太挑，只要是雙日就好，言下之意，竟然打算星期一，也就是後天就去民政局登記註冊。

顏曉晨再扮不了啞巴，「不行。」

顏媽媽瞪她，「為什麼不行？」

顏曉晨支支吾吾，「太著急了，畢竟是結婚大事……」

「哪裡著急了？」顏媽媽氣得暗罵傻女，她也不想著急，她也想端著丈母娘的架子慢慢來啊，可是妳的肚子能慢嗎？

程致遠幫顏曉晨解圍，對顏媽媽說：「雖然只是登記一下，但總要拍結婚照，要不然就再等一個星期吧？」

顏媽媽想想，結婚證[6]上的照片是要用一輩子的，總得買件好衣服，找個好照相館，「行，就推遲一個星期吧！」

所有的事情都商量定了，顏媽媽總算安心了，臉上的笑自然了，一邊監督著顏曉晨吃飯，一邊和程致遠聊天。

等吃完飯，顏媽媽暗示程致遠可以告辭了。

顏曉晨總算逮到機會可以和程致遠單獨說話，對媽媽說：「我送一下他。」

顏媽媽說：「送進電梯就回來，醫生讓妳好好休息。」

顏曉晨虛掩了門，陪著程致遠等電梯，看媽媽不在門口，她小聲對程致遠說：「今晚謝謝你幫我解圍，我會想辦法把事情解決了。」

程致遠看著電梯上跳躍的數字，沒有吭聲。

電梯門開了，他走進電梯，「我走了，妳好好休息。」

＊　＊　＊

週日，顏曉晨被媽媽勒令在家好好休息。她也是真覺得累，不想動，不想說話，一直躺在床上，要麼睡覺，要麼看書。

程致遠大概猜到，突然面對這麼多事，顏曉晨身心俱疲，他沒有來看她，也沒有打電話給她，但是卻一天打了三次電話給顏媽媽。顏媽媽對程致遠「早報到、中請示、晚彙報」的端正態度十分滿意，本來對他又氣憤又討好的微妙態度漸漸消融。

顏媽媽買了活魚，給顏曉晨煲了魚湯，本來還擔心顏曉晨吃不了，問她聞到魚味有沒有噁心的感覺，顏曉晨說沒有任何感覺。

顏曉晨也覺得奇怪，看電視上懷孕的人總會孕吐，但迄今為止，她沒任何懷孕的異樣感覺，唯一不同的地方就是比以前容易餓，飯量大增，可這幾天，連餓的感覺都沒有了，肚子裡的小傢伙似乎也察覺出了大事，靜悄悄地藏了起來，不敢打攪她。

但是，不是他藏起來了，一切就可以當作不存在。

站在臥室窗戶前，能看到街道對面看板林立，在五顏六色的廣告中，有一個長方的無痛流產廣告，醫生護士微笑著，顯得很真誠可靠。這樣的廣告，充斥著城市的每個角落，以各種方式出現，顏曉晨曾看到過無數次，卻從來不覺得它會和她有任何關係。

但現在，她一邊喝著魚湯，一邊盯著那個廣告看了很久。

---

6 結婚證：在中華人民共和國，結婚證是婚姻登記管理機關簽發的證明婚姻關係有效成立的法律文書，正本一式兩份，男女雙方各持一份，其式樣由民政部統一制定，須貼男女雙方照片，並加蓋婚姻登記專用鋼印。

星期一，顏曉晨如常去上班。

開會時，見到了程致遠。會議室裡坐了二十多個人，他坐在最前面，和項目負責人討論投資策略，顏曉晨坐在最後面，做會議記錄。一個小時的會議，他們沒有機會面對面，也根本不需要交流。

走出會議室時，顏曉晨感覺到程致遠的目光落在她身上，她裝作不知道，匆匆離開了。

生活還要繼續，她還要給媽媽養老送終，不管多麼傷心，她都只能用一層層外殼把自己包好，若無其事地活下去。

中午，趁著午休時間，顏曉晨去了廣告上的私人醫院。

她發現環境不是想像中的那麼恐怖，很乾淨明亮，牆上掛著叫不出名字的暖色系油畫，護士穿著淺粉色的制服，顯得很溫馨友善。

顏曉晨前面已經有人在諮詢，她正好旁聽。

「你們這裡好貴！我以前做的只要兩千多塊。」

「我們這裡都是大醫院的醫生，儀器都是德國進口的，價格是比較貴，但一分價錢一分貨。您應該也看過新聞，不少人貪便宜，選擇了不正規的醫院，不出事算幸運，出事就是一輩子的事。」

諮詢的女子又問了幾句醫生來自哪個醫院，從業多久。仔細看完醫生的履歷資料後，她爽快地做了決定。

輪到顏曉晨時，接待的年輕女醫生例行公事地問：「第一次懷孕？」

顏曉晨嗓子發乾，點點頭。

「結婚了嗎？」

顏曉晨搖搖頭。

「有人陪同嗎？」

顏曉晨搖搖頭。

大概對她這樣的情形，醫生早已經司空見慣，依舊保持著甜美的微笑，「我們這裡都是最好的醫生、最好的技術、最好的藥物，整個過程安全無痛，一個人也完全沒問題。麻醉師做了麻醉後，三十秒內進入睡眠狀態，只需要三到五分鐘，醫生就會完成手術。等麻醉過後，再觀察一個小時，沒有問題的話，可以自己離開。整個過程就像是打了個盹，完全不會有知覺，只不過打完盹之後，所有麻煩就解決了而已。」

顏曉晨的手放在腹部，他是她的麻煩嗎？打個盹就能解決麻煩？

私人醫院收費是貴，但服務態度也是真好，醫生讓她發了會兒呆，才和藹地問：「小姐，您還有什麼疑問嗎？都可以問的，事關您的身體，我們也希望能充分溝通，確保您手術後百分之百恢復健康。」

「我要請幾天假休息？」

「因人而異，因工作而異，有人體質好，工作又不大累，手術當天休息一下，只要注意一點，第二天繼續上班也沒有什麼問題。當然，如果條件允許的話，我們建議最好能休息一個星期。很多人都會把手術安排在星期五，正好可以休息一個週末，星期一就能如常上班。這個星期五還有空位，需要我幫您預約嗎？」

顏曉晨低聲說：「我想越快越好。」那些想身體恢復如常的女孩，是希望把不快樂的這一頁埋葬後，仍能獲得幸福，和某個人白頭到老，而她的未來不需要這些。

醫生查看了一下電腦說：「明天下午，可以嗎？」

「好。」

「要麻煩您填一下表，去那邊繳錢，做一些檢查。記住，手術前四個小時不要吃東西。」

顏曉晨拿過筆和表格，「謝謝。」

❋　❋　❋

下午，等到她的直屬主管李徵的辦公室沒人時，顏曉晨去向他請假。

根據公司的規定，三天以內的假，直屬主管就可以批准；三天以上，十天以下，需要通知人力資源部；十天以上則需要公司的合夥人同意。

李徵性子隨和，這種半天假，他一般都准，連原因都不會多問，可沒想到顏曉晨說明天下午要請半天假時，他竟然很嚴肅地追問她是病假還是事假。顏曉晨說事假。

李徵說：「最近公司事情很多，我要考慮一下，再告訴妳能否批准。」

顏曉晨只能乖乖地走出他的辦公室，等著他考慮批准。

幸虧他考慮的時間不算長，半個小時後，就打電話通知顏曉晨，准了她的假。

下班後，顏曉晨走出辦公大樓，正打算去坐公車，程致遠的車停在了她面前。

李司機打開車門，請她上車，顏曉晨不想再麻煩程致遠，卻又害怕被同事看到，趕緊溜上了車，

「到公車站放我下去吧，我自己坐車回去。」

程致遠說：「阿姨讓我去吃晚飯，我們同一個公司上班，不可能分開回去。」

顏曉晨沒想到媽媽會打電話給程致遠，不好意思地說：「你那麼忙，卻還要抽時間幫我一起做戲哄騙我媽，我都不知道以後該怎麼報答你。」

「再忙也需要吃飯，阿姨廚藝很好，去吃飯，我很開心。我們週六去買衣服，好嗎？」

「買什麼衣服？」

「結婚登記時，需要雙人照，我約了週日去照相。週六去買衣服應該來得及。」程致遠平靜地款款道來，像是真在準備婚事。

顏曉晨急忙說：「不用、不用，我會盡快把這件事解決了，你要有時間，打電話哄一下我媽就行了，別的真的不用麻煩你了。」

程致遠沉默了一會兒說：「不麻煩。」

顏曉晨的一隻手放在腹部，低聲說：「我會盡快解決所有事，讓生活回歸正軌。」她盡力振作起精神，笑看著程致遠說：「把錢借給我這種三天兩頭有事的人，是不是很沒安全感？不過，別擔心，我會好好工作，努力賺錢，爭取早日把錢都還給你。」

程致遠輕拍了下她的手，說：「我現在的身分，不是妳的債主，今天晚上，我們是男女朋友，未婚夫妻。」

顏曉晨愣了下，不知道該說什麼，沒有吭聲。

❀ ❀ ❀

星期二下午，顏曉晨按照約定時間趕到醫院。

繳完錢，換上護士發給她的衣服，做完幾個例行檢查，就是靜靜地等待了。

護士看顏曉晨一直默不作聲，緊張地絞著手，對她說：「還要等一會兒，想看雜誌嗎？」

「不用。」

「妳可以玩會兒手機。」

顏曉晨隔壁床的女生正在玩手機，看上去她只是在等候地鐵，而不是在等待一個手術。顏曉晨盡力讓自己也顯得輕鬆一點，努力笑了笑，「我想讓眼睛休息會兒，謝謝。」

護士也笑了笑，「不要緊張，妳只是糾正一個錯誤，一切都會過去。」

顏曉晨沉默著沒有說話。

「時間到了，我會來叫妳。妳休息會兒。」護士幫她拉上了簾子。

顏曉晨雙手交叉放在小腹上，凝視著牆壁上的鐘。

秒針一格格轉得飛快，一會兒就一個圈，再轉五個圈，時間就到了。她告訴自己，這是最好的做法，她沒有經濟能力再養活一個小孩，她沒有辦法給他一個父親，沒有辦法給他一個家庭，甚至她都不知道能不能給他一個能照顧好他的母親，既然明知道帶他來這個世界是受苦，她這麼做是對的。

顏曉晨像催眠一般，一遍遍對自己說：我是對的！我是對的！我是對的……

護士拉開簾子，示意手術時間到了。

她推著顏曉晨的床，出了病房，走向手術室。

顏曉晨平躺在病床上，眼前的世界只剩下屋頂，日光燈一個接一個，白晃晃，很刺眼，也許是因為床一直在移動，她覺得整個世界都在搖晃，晃得頭暈。

有人衝到了病床邊，急切地說：「曉晨，妳不能這樣做。」

顏曉晨微微抬起頭，才看清楚是程致遠，她驚訝地說：「你怎麼知道我在這裡？」

護士想拉開他，「喂，喂！你這人怎麼回事？」

程致遠粗暴地推開了護士，「曉晨，這事妳不能倉促做決定，必須考慮清楚。」

「我已經考慮得很清楚。」

「曉晨，不要做會讓自己後悔的事。」程致遠不知道該怎麼勸顏曉晨，只能緊緊地抓住病床，不讓它移動，似乎這樣就能阻止她進行手術。

顏曉晨無奈地說：「我是個心智正常的成年人，知道自己在做什麼。程致遠，放手！」

「我不能讓妳這麼對自己！」程致遠清晰地記得那一日顏曉晨對他說「我懷孕了」的表情，眉眼怡然，盈盈而笑，每個細微表情都述說著她喜歡這個孩子，那幾日她帶著新生命的祕密總是悄悄而笑，正因為看出她的愛，他才擅自做了決定，塵封過去。如果顏曉晨親手終結了她那麼喜歡和期待的孩子，她這一輩子都不可能再走出過去的陰影，她剩下的人生不過是在害死父親的愧疚自責中再加上殺死了自己孩子的悲傷痛苦。

顏曉晨嘆口氣，想要拽開程致遠的手，「我考慮得很清楚了，這是對所有人最好的決定。」

兩人正在拉扯，護士突然微笑著問程致遠：「先生，您是她的親人嗎？」

「不是。」

「您是她現在的男朋友嗎？」

「不是。」

「您是她體內受精卵的精子提供者嗎？」

程致遠和顏曉晨都愣了一愣，沒有立即反應過來。

護士說：「通俗點說，就是您是孩子的生物學父親嗎？」

程致遠說：「不是。」

「那——您以什麼資格站在這裡發表意見呢？」

程致遠無言以對，他的確沒有任何資格干涉顏曉晨的決定。

「既然您不能對她的人生負責，就不要再對她的決定指手畫腳！」護士對服勤員招了下手，「快到時間了，我們快點！」

護士和服勤員推著病床，進了手術區，程致遠只能看著兩扇鐵門在他眼前合攏。

護士把顏曉晨交給另外一個男護士，他推著她進了手術室。

手術室裡的溫度比外面又低了一、兩度，擺放著不知名器械的寬敞空間裡，有三、四個不知道是護士還是醫生的人穿著深綠色的衣服，一邊聊天一邊在洗手。

不一會兒，他們走了進來，一邊說說笑笑，一邊準備開始手術。顏曉晨雖然從沒做過手術，但看過美劇《實習醫生》，知道不要說她這樣的小手術，就是性命攸關的大手術，醫生依舊會談笑如常，因為緊張的情緒對手術沒有任何幫助，他們必須學會放鬆。但不知道為什麼，她突然覺得沒有辦法接受這一切，沒有辦法在談笑聲中把一個生命終結。

麻醉師正要給顏曉晨注射麻醉藥，她卻突然直挺挺地坐了起來。

程致遠一動不動，死死地盯著手術區外冰冷的大門。

剛才把顏曉晨送進去的護士正巧走了出來，她從他身邊經過時，程致遠突然說：「我能對她的人生負責！」

「啊？」護士不解驚訝地看著他。

程致遠說：「我不是她的親人，不是她的男友，也不是她孩子的父親，但我願意用我的整個人生對她的人生負責，我現在就要去干涉她的決定！如果妳要報警，可以去打電話了！」

在護士、服勤員的驚叫聲中，程致遠身手敏捷地衝進禁止外人進入的手術區，用力拍打著手術室的門，「顏曉晨！顏曉晨……」

一群人都想把程致遠趕出去，但他鐵了心要阻止手術，怎麼拉他都拉不走。

就在最混亂時，手術室的門開了，身穿深綠色手術服的醫生走出來。在他身後，護士推著顏曉晨的病床。

醫生沉著臉，對程致遠說：「病人放棄手術，你可以出去了嗎？我們還要準備進行下一個手術。」

程致遠立即安靜了，瞬間變回社會菁英，整整西裝，彎下身，對手術室外的所有醫生和護士深深鞠了一躬，「抱歉，打擾你們了！損壞的東西，我會加倍賠償。」

他緊跟著顏曉晨的病床，走出了手術區，「曉晨，妳怎麼樣？」

顏曉晨不吭聲，她完全沒有心情說話。明明已經想得很清楚，也知道這是對所有人都好的決定，可為什麼，最後一刻，她竟然會後悔？

護士把顏曉晨送進病房，拿了衣物給她，對程致遠說：「她要換衣服。」
程致遠立即去了外面，護士拉好簾子。
顏曉晨換好衣服，走出病房。
程致遠微笑地看著她，眼中都是喜悅。
他的表情也算是一種安慰和鼓勵，顏曉晨強笑了笑，說：「我不知道這個決定究竟是對還是錯，但他已經來了，沒有做錯任何事，我沒有辦法終結他的生命。我給不了他應該擁有的一切，不管他將來會不會恨我，我只能盡力。」
程致遠伸出手，輕握著她的肩膀，柔聲說：「不要擔心，一切都會好起來！」

＊＊＊

回到家，顏媽媽正在做飯，看他們提前到家，也沒多想，反倒因為看到小倆口一起回來，很是高興，樂呵呵地說：「你們休息一會兒，晚飯好了，我叫你們。」
顏曉晨看著媽媽的笑臉，心中酸澀難言。自從爸爸去世後，媽媽總是一種生無可戀的消沉樣子，渾渾噩噩地過日子，就算笑，也是麻木冷漠地嘲笑、冷笑，但是現在，因為一個新生命的孕育，媽媽整天忙得不可開交，還要王阿姨帶她去買棉布和毛線，說什麼小孩子的衣服要親手做的才舒服。
顏曉晨真不知道該如何對媽媽解釋一切，她走進臥室，無力地躺在床上。
程致遠站在門口，看了她一會兒，幫她關上了門。
他脫掉外套，挽起袖子，進廚房幫顏媽媽幹活。

顏媽媽用家鄉話對程致遠嘮叨：「不知道你要來，菜做少了，得再加一個菜。昨天晚上你走後，曉晨讓我別老打電話給你，說公司很多事，你經常要和客戶吃飯，我還以為你今天不來吃飯了。」

程致遠一邊洗菜，一邊笑著說：「以前老在外面吃是因為反正一個人，在哪裡吃、和誰一起吃，都無所謂，如果成家了，當然要盡量回家吃了。」

顏媽媽滿意地笑，「就是，就是！家裡做的乾淨、健康。」

顏媽媽盛紅燒排骨時，想起了沈侯，那孩子最愛吃她燒的排骨。她心裡暗嘆口氣，剛開始不是不生程致遠的氣，但曉晨連孩子都有了，她只能接受。相處下來後，她發現自己也喜歡上程致遠這個新女婿了，畢竟不管是誰，只要真心對她女兒好，就是好女婿。

吃過飯，顏媽媽主動說：「致遠，你陪曉晨去樓下走一走，整天坐辦公室，對身體不好，運動一下，對大人、孩子都好。」

顏曉晨忙說：「時間不早了，程致遠還要……」

程致遠打斷了顏曉晨的話，笑著對顏媽媽說：「阿姨，那我們走了。」

他把顏曉晨的外套遞給她，笑吟吟地看著她，在媽媽的殷勤目光下，顏曉晨只能乖乖地穿上外套，隨著他出了門。

走進電梯後，顏曉晨說：「不好意思，一再麻煩你哄著我媽媽。」

程致遠說：「不是哄妳媽媽，我是真想飯後散一下步，而且，正好有點事，我想和妳商量一下。」

「什麼事？」

「不著急，待會兒再說。」

兩人都滿懷心事，沉默地走出社區，沿著行人稀少的綠蔭街道走著。

顏曉晨租住的房子是學校老師的房子，距離學校很近，走了二十來分鐘，沒想到竟然走到了她的學校附近。

顏曉晨不自禁地停住腳步，望著校門口進進出出的學生。

程致遠也停下腳步，看了眼校門，不動聲色地看著顏曉晨。顏曉晨呆呆地凝望一會兒，居然穿過了不寬的馬路，向著學校走去，程致遠安靜地跟在她身後。

學校裡的綠蔭比外面好很多，又沒有車流，是個很適合悠閒散步的地方。天色已黑，來來往往的學生中，有不少成雙成對的年輕戀人，顏曉晨的目光從他們身上掠過時，總是藏著難言的痛楚。

顏曉晨走到學校的大操場，才想起身旁還有個程致遠，她輕聲問：「坐一會兒，休息一下嗎？」

「好！」程致遠微笑著，就好像置身在一個普通的公園，而不是一個對顏曉晨有特殊意義的地方。

顏曉晨坐在階梯式的臺階上，看著操場上的人鍛鍊得熱火朝天。

顏曉晨不記得究竟是從什麼時候起，習慣於每次心情不好時，就到這裡來坐一坐，但她清楚地記得她為什麼會經常來這裡閒坐。沈侯喜歡運動，即使是最沉迷遊戲的大一，都會時不時到操場上跑個五千公尺。顏曉晨知道他這個習慣後，經常背著書包，繞到這裡坐一會兒，遠遠地看著沈侯在操場上跑步。有時候，覺得很疲憊、很難受，可看著他，就像看著一道美麗的風景，會暫時忘記一切。

那麼美好甜蜜的記憶，已經鐫刻在每個細胞中，現在想起，即使隔著時光，依舊嗅得到當年的芬芳，但是，理智又會很快提醒她，一切是多麼諷刺！她痛苦的根源是什麼？她竟然看著導致她痛苦的根源，緩解著她的痛苦？

她沒有辦法更改已經發生的美好記憶，更沒有辦法更改殘酷的事實，只能任由痛苦侵染所有的甜蜜，讓她的回憶中再無天堂。

夜色越來越深，操場上，運動的人越來越少，漸漸地，整個操場都空了。

顏曉晨站起，對程致遠說：「我們回去吧！」

兩人走到臺階拐角處，顏曉晨下意識地最後一眼看向操場，突然看到一個熟悉的人影。她想都沒想，一把抓住程致遠，一下子蹲了下去。等藏在陰影中，她才覺得自己好奇怪，窘迫地看了眼程致遠，又站了起來，拽著程致遠，匆匆想離開。

程致遠看著把外套隨意扔到地上，開始在操場上跑步的沈侯，沒有像以往一樣順從顏曉晨的舉動，他強拉著顏曉晨坐到角落，「陪我再坐一會兒！」

顏曉晨想掙開他的手，「我想回家了。」

程致遠的動作很堅決，絲毫沒有鬆手，聲音卻很柔和，「他看不到我們。我陪了妳一晚上，現在就算是妳回報我，陪我一會兒。」

顏曉晨也不知道是他的第一句話起了作用，還是第二句話起了作用，她不再想逃走，而是安靜地隱匿在黑暗中，定定地看著操場上奔跑的身影。

沈侯一圈又一圈地奔跑著，速度奇快，完全不像運動，更像是發洩。

他不停地跑著，已經不知道跑了幾個五千公尺，卻完全沒有停下的跡象，顏曉晨忍不住擔心，卻只能表情木然，靜坐不動，看著他一個人奔跑於黑暗中。

忽然，他腳下一軟，精疲力竭地跌倒在地上，像是累得再動不了，沒有立刻爬起來，以跪趴的姿勢，低垂著頭，一直伏在地上。

昏暗的燈光映照在空蕩蕩的操場上，他孤零零跪趴的身影顯得十分悲傷孤獨、痛苦無助。

顏曉晨緊緊地咬著唇，眼中淚光浮動。第一次，她發現，沈侯不再是飛揚自信的天之驕子，他原來和她一樣，跌倒時，都不會有人伸手來扶；痛苦時，都只能獨自藏在黑夜中落淚。

終於，沈侯慢慢地爬了起來，他站在跑道中央，面朝著看臺，正好和顏曉晨面對面，就好像隔著一層層看臺在凝望著她。

顏曉晨理智上完全清楚，他看不到她。操場上的燈亮著，看臺上沒有開燈，他們一個在明、一個在暗，一個站在正中間，一個躲在最角落，但是，她依舊緊張得全身緊繃，覺得他正看著她。

隔著黑暗的鴻溝，沈侯一動不動地「凝望」著顏曉晨，顏曉晨也一直盯著沈侯。

突然，他對著看臺大叫：「顏——曉——晨——」

顏曉晨的眼淚唰一下，落了下來。

她知道，他叫的並不是她，他叫的是曾經坐在看臺上，心懷單純的歡喜，偷偷看他的那個顏曉晨。

「顏曉晨！顏曉晨……」沈侯叫得聲嘶力竭，但是，那個顏曉晨已經不見了，他再也找不到她了。

他凝望著黑漆漆、空蕩蕩的看臺，像是看著一隻詭祕的怪獸，曾經那麼真實的存在，卻像是被什麼東西吞噬掉了，變得如同完全沒有存在過。

也許，一切本來就沒有存在過，只是他一廂情願的夢幻，夢醒後，什麼都沒有了，只留下了悲傷和痛苦。

沈俣轉過了身，撿起衣服，拖著步子，搖搖晃晃地離開操場。

顏曉晨再難以克制自己，彎下身子，捂著嘴，痛哭了起來。

程致遠伸出手，想安慰她，卻在剛碰到她顫抖的肩膀時，又縮回了手。

程致遠說：「現在去追他，還來得及！」

顏曉晨哭著搖頭，不可能！

程致遠不再吭聲，雙手插在風衣口袋裡，安靜地看著她掩面痛哭。

黑夜包圍在她周身，將她壓得完全直不起腰，但程致遠和她都清楚，哭泣過後，她必須要站起來。

＊　＊　＊

程致遠陪著顏曉晨回到社區。

這麼多年，顏曉晨已經習慣掩藏痛苦，這會兒，她的表情除了有些木然呆滯，已經看不出內心的真實情緒。

顏媽媽打電話來問她怎麼這麼晚還沒回去時，她竟然還能語聲輕快地說：「我和程致遠邊走路邊說話，不知不覺走得有點遠了，找了個地方休息一會兒，現在已經到社區了，馬上就回來。」

「我和阿姨說幾句話。」程致遠從顏曉晨手裡拿過手機，對顏媽媽說：「阿姨，我們就在樓下，我和曉晨商量一下結婚的事，過一會兒就上去，您別擔心。」

顏媽媽忙說：「好，好！」

顏曉晨以為程致遠只是找個藉口，也沒在意，跟著程致遠走到花壇邊，抱歉地說：「出門時，你就說有事和我商量，我卻給忘了，不好意思。」

程致遠說：「妳再仔細考慮一下，妳真的不可能和沈侯在一起嗎？」

顏曉晨眼中盡是痛楚，卻搖搖頭，決然地說：「我們絕不可能在一起！」

「妳考慮過怎麼撫養孩子嗎？」

顏曉晨強笑了笑，努力讓自己顯得輕鬆一點，「做單身媽媽了！」

程致遠說：「中國不是美國，單身媽媽很不好做，有許多現實的問題要解決，沒有結婚證，怎麼開准生證？沒有准生證，小孩根本沒有辦法報戶口。沒有戶口，連好一點的幼稚園都上不了，更不要說小學、中學、大學……」

顏曉晨聽得頭疼，她還根本沒有考慮這些問題，「生孩子還需要准生證？要政府批准？」

「是的。就算不考慮這些，妳也要考慮所有人的眼光，不說別人，就是妳媽媽都難以接受妳做未婚單身媽媽。如果一家人整天愁眉苦臉、吵架哭泣，孩子的成長環境很不好。小孩子略微懂事後，還要承受各種異樣的眼光，對孩子的性格培養很不利。」

顏曉晨的手放在小腹上，一句話都說不出來。她知道程致遠說的全是事實，所以她才想過墮胎，但是，她竟然做不到。

程致遠說：「咱們結婚吧！只要我們結婚，所有問題都不會再是問題。」

顏曉晨匪夷所思地看著程致遠，「你沒病吧？」

「妳就當我有病好了！」

「為什麼？」顏曉晨完全不能理解，程致遠要財有財，要貌有貌，只要他說一句想結婚，大把女人由他挑，他幹嗎這麼想不開，竟然想娶她這個一身麻煩、心有所屬的女人？

「妳現在不需要關心為什麼，只需要思考願不願意。」

「我當然要關心了，我是能從結婚中得到很多好處，可是你呢？你是生意人，應該明白，一件事總要雙方都得到好處，才能有效進行吧！」

「如果我說，妳願意讓我照顧妳，就是我得到的最大好處，妳相信嗎？」

「不相信！」

程致遠笑著輕嘆了口氣，「好吧！那我們講講條件！妳需要婚姻，可以養育孩子，可以給母親和其他人交代。我也需要婚姻，給父母和其他人交代，讓我不必整天被逼婚。還有一個重要條件！我們的婚姻，開始由妳決定，但結束由我決定，也就是說，只有我可以提出離婚！等到合適的時機，或者我遇到合適的人，想要離婚時，妳必須無條件同意。到那時，妳不會像很多女人一樣，提條件反對，也不會給我製造麻煩，對嗎？」

「我不會。」

程致遠笑了笑說：「妳看，這就是我為什麼選擇妳的原因，我們結婚對雙方都是一件好事。」

「但是……我總覺得像是在占你便宜。」

「妳認為我比妳笨？」

「當然不是。」

7准生證：是為了控管人口激增、提倡計劃生育，而產生的制度，也就是計劃《生育證》，中華人民共和國夫婦生育前須申請此證，小孩須有此證才是合法人口、才能上學。

「既然妳同意妳比我笨，就不要做這種笨蛋替聰明人操心的傻事了！妳需要擔心的是，我有沒有占妳便宜，而不是妳會占我便宜。」

從邏輯上完全講得通，沒有人逼著程致遠和她結婚，每個人都是天生的利己主義者，如果程致遠做這個選擇，一定有他這麼做的動機和原因，但是……她還是覺得很古怪。

「曉晨，我不是濫好人，絕不是因為同情妳，或者一時衝動。我是真想和妳結婚。」程致遠盯著她的眼睛，輕聲央求：「請說妳同意！」

顏曉晨遲疑猶豫，可面對程致遠堅定的目光，她漸漸明白，他是經過認真思索後的決定，他很清楚自己在做什麼，終於，她點了點頭，「我同意。」

「謝謝！」

「呃……不用謝。」顏曉晨覺得很暈，似乎程致遠又搶了她的臺詞。

程致遠雲淡風輕地說：「明天去做產檢，如果妳的身體沒有問題，星期六我們去買衣服，星期日拍結婚證件照，下週二註冊登記，週四試婚紗、禮服，五月八號舉行婚禮。」

顏曉晨呆愣了一會兒，喃喃說：「好的。」

16 Chapter

假面

人最真實的一面不是他所展示給你的，而是他不願展示給你看到的那一面。
你若想理解他，不僅要聽他說過的話，還要聽他從未開口述說的話。

——卡里．紀伯倫[8]

顏曉晨覺得，她好像突然之間變成了不解世事的小孩子，不用思索，不用操心，不用計畫安排，只需要聽從大人的指令安排，做好該做的事就好了。

一切的事情，程致遠都安排好了，每一件事都顯得輕巧無比、一蹴而就，讓顏曉晨根本沒機會質疑他們結婚的決定。

去買衣服，商店已經按照她的尺碼，提前準備好三套衣服，她只需試穿一下，選一套就好；去拍照，攝影師專門清場留了時間給他們，從走進去，到出來，總共花了十分鐘；雙方父母見面，顏曉晨叫過「伯伯、伯母」後再沒機會開口，程致遠的爸爸熱情健談、媽媽溫柔和藹，用家鄉話和顏媽媽聊得十分投機，讓顏媽媽對這門婚事澈底放了心；去註冊結婚，風和日麗的清晨，程致遠像散步一樣，帶著顏

8 卡里．紀伯倫（Khalil Gibran, 1883-1931）：黎巴嫩詩人，受阿拉伯與西方教育洗禮，年少時曾到巴黎學畫，師從藝術家羅丹；後轉而對文學有興趣，《先知》為其代表作，詩句充滿哲思、膾炙人口。

曉晨走進民政局，他遞交資料、填寫表格，同時把自己的手機遞給她，讓她幫他回覆一份商業信件，顏曉晨的緊張心神立即被正事吸引住，中途他打斷她，讓她簽了個名，等她幫他回覆完信件，他們就離開了，回辦公室上班，她完全沒反應過來他們已經註冊結婚。直到傍晚回到家，程致遠改口叫顏媽媽「媽媽」，顏媽媽給程致遠改口紅包時，顏曉晨才意識到他們在法律上已經是合法夫妻。

雖然時間緊張，但在程致遠的安排下，一切都妥帖順暢，絲毫沒讓人覺得倉促慌亂。最後，經過雙方父母的商量，程致遠拍板決定，婚禮不在上海舉行，選在了省城郊區的一個五星級度假酒店，住宿、酒宴、休閒娛樂全部解決。

＊　＊　＊

酒店房間內，魏彤和劉欣暉穿著伴娘的禮服，在鏡子前照來照去，劉欣暉說：「真沒想到，曉晨竟然是咱們宿舍第一個結婚的人。」

魏彤笑，「是啊，我以為肯定是妳。」

「妳說沈侯……」

「欣暉！」魏彤的手放在唇前，做了個閉嘴的手勢，示意劉欣暉某些話題要禁言。

劉欣暉小聲說：「沒有別人了，只是私下說說而已。」但也不再提那個名字，「曉晨邀請別的同學了嗎？」

「就咱們同宿舍的。」

「倩倩呢？怎麼沒見她？自從畢業後，我們的關係就越來越疏遠。剛開始發訊息給她還會回，後來卻再沒有回覆過。」

「她的工作好像不太順利，妳知道的，她很好強，又死要面子，混得不如意，自然不會想和老同學聯繫。」

劉欣暉大驚：「為什麼？她不是在MG工作嗎？」

「好像是MG的試用期沒過就被解聘了，憑她的能力，第二份工作找得也很好，但古怪的是試用期沒到，又被解聘了。兩份工作都這樣，履歷自然不會好看，後面找工作就好像一直不如意，具體情形我也不太清楚，她和所有同學都不聯繫，我也是道聽塗說。」

「她會來參加曉晨的婚禮嗎？」

「不知道。我給她寫過電子郵件、發過微信，告訴她曉晨只請了咱們宿舍的同學，妳已經答應會請假趕來，希望她也能來，正好同宿舍聚一聚，但一直沒收到她的回信。」

劉欣暉嘆氣，「真不知道她糾結什麼？比慘，曉晨連學位都沒有；比遠，我要千里迢迢趕來。她在上海，坐高鐵只一個多小時就到了，卻還要缺席。」

「行了，走吧，去看看我們的美麗新娘！」

推開總統套房的門，劉欣暉和魏彤看到顏曉晨穿著婚紗，坐在客廳的沙發上。不像別的新娘子總是濃妝，她只化了很清新的淡妝，面容皎潔，潔白的婚紗襯得她像一個落入凡間的天使。

「曉晨，怎麼就妳一個人？」

顏曉晨回過神來，笑了笑說：「我媽剛下去，他們都在下面迎接賓客。程致遠讓我休息，說我只要掐著時間出去就行了。」

魏彤擔憂地看著她，話裡有話地問：「今天開心嗎？」

劉欣暉羨慕地摸著婚紗，咬牙切齒地說：「Vera Wang[9]的婚紗，她要敢不開心，全世界的女生都會想殺了她！」

魏彤輕佻地在她屁股上用力拍了下，「女人，妳要再表現得這麼虛榮淺薄，我會羞於承認和妳是朋友關係！」

顏曉晨問：「這個婚紗很貴嗎？」

劉欣暉翻白眼，「姐姐，妳這婚結得可真是不操一點心！妳知不知道？靠我那份四平八穩的工作，想穿Vera Wang這個款式的婚紗，只能等下輩子。」

顏曉晨蹙眉看著婚紗，沉默不語。魏彤忙說：「婚禮的排場事關男人的面子，程致遠的面子怎麼也比一件婚紗值錢吧？今天，妳打扮得越高貴越漂亮，才是真為他好！」

顏曉晨釋然了，對魏彤和劉欣暉說：「餓嗎？廚房有吃的，自己隨便拿。」

劉欣暉和魏彤走進廚房，看到琳琅滿目的中式、西式糕點小吃，立即歡呼一聲，拿了一堆東西，坐到沙發上，和顏曉晨一邊吃東西，一邊聊天。

快十二點時，程致遠來找顏曉晨。他敲敲門，走了進來，笑跟魏彤和劉欣暉打了個招呼，伸出手，對顏曉晨說：「客人都入席了，我們下去吧！」

顏曉晨搭著他的手站起來，走到他身旁。

劉欣暉看到並肩而立的程致遠和顏曉晨，不禁眼前一亮。程致遠身高腿長，穿著三排扣的古典款黑西裝，風度翩翩、斯文儒雅。顏曉晨是經典的雙肩蓬蓬裙蕾絲婚紗，頭髮簡單盤起，漆黑的劉海，細長的脖子，有幾分奧黛麗赫本的清麗，還有幾分東方人特有的柔和。

劉欣暉讚道：「古人說的一對璧人應該就是說你們了！不過……」她硬生生地擠到了程致遠和顏曉晨中間，很有經驗地拿出娘家人的架勢，笑咪咪地對程致遠說：「你這人太狡猾了，打著西式婚禮的幌子，把迎娶和鬧洞房都省了！如果讓你這麼容易把曉晨帶走，我們這些娘家人的面子擱哪裡？」

程致遠笑笑，變戲法一般拿出兩個紅包，遞給劉欣暉和魏彤，「真不是想省事，只是不想讓曉晨太累了。」

「一生累一次而已。」劉欣暉興致盎然，沒打算放手。

魏彤也說：「我的表姐和堂姐都說，舉行婚禮的時候覺得又累又鬧騰，可經歷過後，都是很好玩的回憶。」

程致遠想著還要靠她們照顧曉晨，不能讓她們不知輕重地鬧，「曉晨不能累著，醫生叮囑她要多休息，煙酒都不能碰。」

「喝點紅酒沒有關係吧？我們難得聚會一次。」

顏曉晨說：「我懷孕了。」這種事瞞不住，她也沒打算瞞，索性坦然告訴兩個好朋友。

劉欣暉和魏彤都大吃一驚，愣了一愣，擠眉弄眼、眉飛色舞地笑起來，對顏曉晨和程致遠作揖，「雙喜臨門，恭喜！恭喜！」

顏曉晨很尷尬，程致遠卻神情自若，笑著說：「謝謝。」

---

9 Vera Wang：王薇薇，美國紐約的華裔時裝設計師，以設計結婚禮服著稱。王薇薇的禮服打破了舊式婚紗的繁複和華麗，以簡約、時尚、現代的設計在美國時尚界擁有了自己的地位。

劉欣暉和魏彤接過紅包，爽快地說：「新郎官，放心吧，你不在時，我們一定寸步不離，保證曉晨的安全。我們先下去了，你們慢慢來！」

顏曉晨挽著程致遠的胳膊，走進電梯。

程致遠說：「請客喝酒這種事，請了甲，就不好意思不請乙，客人比較多，有的連我都不熟，待會兒妳高興就說兩句，不高興就不用說話。累了和我說，今天妳是主人，別為了客人累著自己。」

顏曉晨悄悄看他，他眉清目潤、唇角含笑，看上去還真有點像辦喜事的新郎官。

「怎麼了？」程致遠很敏感，立即察覺了她的偷瞄。

顏曉晨不好意思地低下了頭，「沒什麼，只是覺得……委屈了你。」

程致遠瞅了她一眼，「妳啊……別想太多。子固非魚也，子之不知魚之樂。」

已經出了電梯，不少人看著他們，兩人不再說話，走到花道盡頭，專心等待婚禮的開始。

度假酒店依山傍湖、風景優美，酒店內有好幾個人工湖，一樓的餐廳是半露天設計的四十多坪長方形大露臺，一面和餐廳相連，一面臨湖，四周是廊柱，種著紫藤。這個季節正是紫藤開花的季節，紫色的花累累串串，猶如天然的綴飾。露臺下是低矮的薔薇花叢，粉色、白色的花開得密密匝匝，陽光一照，香氣浮動。婚禮策畫公司考慮到已經五月，天氣暖和，又是個西式婚禮，婚宴就設計成了半露天，把長輩親戚們的酒席安排在餐廳內，年輕客人們就安排在綠蔭環繞、藤蔓攀緣的臨湖大露臺上。

雖然賓客很多，但專業的婚禮策畫師把現場控制得井井有條，所有布置也美輪美奐。酒店外，天高雲淡、綠草如茵、繁花似錦，一條長長的花道，從酒店側門前的草地通到露臺，花道兩側擺滿了半人高的白色鮮花，在花道的盡頭，是精心裝飾過的雕花拱門，白紗輕拂、紫藤飄香、薔薇絢爛，一切都很完美，讓顏曉晨覺得像是走進了電影場景中。

魏彤不知道從哪裡躥了出來，把一束鮮花塞到顏曉晨手裡，「欣暉說一定要拋給她！」

顏曉晨還沒來得及答應，婚禮進行曲響起，程致遠對顏曉晨笑了笑，便帶著顏曉晨沿著花道走向喜宴廳。

手中的花束散發著清幽的香氣，正午的陽光分外明媚，顏曉晨覺得頭有點暈，腳下的草地有點絆腳，幸虧程致遠的臂彎強壯有力，否則她肯定會摔倒。

顏曉晨剛走上露臺，就看到了媽媽，她坐在餐廳裡面最前面的宴席上，穿著嶄新的銀灰色旗袍，圍著條繡花披肩，頭髮盤了起來，滿面笑容，像是年輕了十歲。

在顏曉晨的記憶裡，上一次媽媽這麼高興，是爸爸還在時，自從爸爸去世後，媽媽再沒有精心裝扮過自己，顏曉晨鼻頭發酸，頭往程致遠肩頭靠了靠，輕聲說：「謝謝！」

程致遠低聲說：「我說了，永不要對我說謝謝。」

程致遠的青梅竹馬兼公司合夥人喬羽，做婚禮致辭，他也是顏曉晨的老闆，兩人雖沒說過話，但也算熟人。

喬羽選了十來張程致遠從小到大的照片，以調侃的方式爆料了程致遠的各種糗事。

不管多玉樹臨風的人，小時候都肯定有幾張不堪入目的照片；不管多英明神武的人，年輕時都肯定幹過不少腦殘混帳事，在喬羽的毒蛇解說下，所有賓客被逗得哈哈大笑。

顏曉晨新鮮地看著那些照片，並沒有覺得喬羽很過分，卻感覺到程致遠身子僵硬、胳膊緊繃，似乎非常緊張。顏曉晨開玩笑地低聲說：「放心，不會有人因為這些照片嫌棄你的。」

程致遠對她笑了笑。

最後幾張照片是顏曉晨和程致遠的合影，有他們在辦公室時的照片，也有他們的結婚證件照和生活照，喬羽朝顏曉晨鞠躬，開玩笑地說：「我代表祖國和人民感謝妳肯收了致遠這個禍害。」他很西式地抱了下程致遠，對大家說：「今天是我的好朋友，好兄弟，好戰友的婚禮，祝他們百年好合、白頭偕老！」

在司儀的主持下，程致遠和顏曉晨交換婚戒，到這一刻，顏曉晨才真正感受到她和程致遠要結婚了，突然之間，她變得很緊張，無法再像個旁觀者一樣置身事外地觀看。程致遠幫她戴戒指時，她總覺得有一道異樣的目光盯著她，伸出手時，視線一掃，竟然看到了沈侯，他西裝革履、衣冠楚楚地坐在宴席上，冷眼看著她。霎時，顏曉晨心裡驚濤駭浪，下意識地就要縮手，卻被程致遠穩穩地握住了。程致遠鎮靜地看著她，安撫地微微一笑，顏曉晨想起了，他們已經是法律認可的合法夫妻，她放鬆了手指，任由程致遠幫她戴上戒指。她不敢抬頭，卻清晰地感覺到沈侯的視線像火一般，一直炙烤著她。

顏曉晨像個複讀機般，跟著司儀讀完誓言，司儀宣布新娘給新郎戴戒指，伴娘劉欣暉忙盡職地把戒指遞給顏曉晨。

顏曉晨拿著戒指，腦海裡浮現的竟然是三亞海灘邊，沈侯拿著戒指向她求婚的一幕。她曾那麼篤定，這輩子如果結婚，只可能是和沈侯結婚，怎麼都不會料到，她的婚禮，他會是來賓。顏曉晨的手輕輕地顫著，戴了兩次都沒戴上，司儀調侃說「新娘子太激動了」，顏曉晨越發緊張，程致遠握住她的手，和她一起把戒指戴好。

之後，切蛋糕、喝交杯酒、拋花束，顏曉晨一直心神恍惚，所幸有程致遠在，還有個八面玲瓏的萬能司儀，倒是一點差錯都沒出。

等儀式結束，程致遠對顏曉晨說：「妳上去休息吧！」

顏曉晨搖搖頭，打起精神說：「我不累，關係遠的就算了，關係近的還是得打個招呼。」程致遠已經夠照顧她了，她也得考慮一下程致遠和他爸媽的面子。

程致遠笑著握了握她的手，「好的，但別勉強自己。妳家親戚少，我們先去妳家那邊敬酒。」

顏曉晨的兩個姨媽、姨夫，幾個表兄妹，程致遠早上已經見過，也不用顏曉晨費神再介紹。等給女方親戚敬完酒，程致遠帶著顏曉晨去給男方的長輩親朋敬酒。顏曉晨剛開始還能集中精神，聽對方的名字輩分，笑著打招呼，可人太多，漸漸地，她就糊塗了，只能保持著笑臉，跟著程致遠。反正程致遠叫叔叔，她就笑著說您好，程致遠說好久不見，她就笑著說你好。

敬了三桌酒，程致遠說：「行了！妳去休息，剩下的我來應付。」他把顏曉晨帶到魏彤和劉欣暉身旁，對她們說：「妳們帶曉晨回房間休息，累了就睡一覺，有事我會去找妳們。」

魏彤和劉欣暉立即陪著顏曉晨回了樓上的總統套房。

走進房間，顏曉晨再撐不住，軟坐到了沙發上，其實身體上沒多累，但精神一直繃著，幸虧親戚們都坐在餐廳裡面，沈侯坐在外面的露臺上，她不用直接面對他。

魏彤看了下錶，已經兩點多，她說：「曉晨，妳把婚紗脫掉，躺一會兒。待會兒要下去時，再穿上就行了。」

「好。」

當初挑選婚紗時，程致遠考慮到顏曉晨的身體，選的就是行動方便、容易穿脫的。顏曉晨在魏彤和劉欣暉的幫助下，把婚紗脫了，穿了件寬鬆的浴袍，躺在沙發上休息。

劉欣暉憋了一會兒，沒憋住，輕聲問：「曉晨，妳請沈侯來參加婚禮了？」

「沒有。」

「難道是妳家那位？程致遠沒這麼變態吧？我去打聽打聽！」劉欣暉說完，一溜煙跑掉了。

魏彤搖頭，這姑娘還是老樣子啊！她剛才看到了倩倩，本來還想讓欣暉去跟倩倩打個招呼。

半晌後，劉欣暉回來了，怒氣沖沖地說：「程致遠也沒邀請沈侯，氣死我了，是吳倩倩！」

魏彤不解，「怎麼回事？」

「每個受邀的賓客都可以帶自己的戀人出席婚宴，沈侯是以吳倩倩男朋友的身分來的。」

魏彤鬱悶得直瞪劉欣暉：姐姐，妳嘴還能再快一點嗎？

劉欣暉吐吐舌頭，「沒什麼吧？他們擺明來給曉晨添堵，讓曉晨早點知道，才有防備啊！」

顏曉晨睜開了眼睛，「我沒事。」

魏彤覺得劉欣暉說的也不無道理，不再阻攔劉欣暉八卦。

劉欣暉說：「妳們猜，吳倩倩現在在哪裡工作？她竟然在沈侯家的公司工作，還是沈侯的助理！」

魏彤看了眼顏曉晨，笑著說：「吳倩倩畢業後一直過得很不順，大家同學一場，沈侯幫她安排工作也很正常。」

「切！正常什麼？」劉欣暉嗤笑，「那麼大個公司，安排什麼工作不行？非要安排成自己的助理，日日相對？」

門鈴響了，魏彤去打開門，兩個服務生禮貌地說：「程先生吩咐送的午餐。」服務生把一道道熱氣騰騰的菜餚在餐桌上放好，恭敬地說：「用餐愉快！」

魏彤早餓了，但沒指望能正兒八經吃上熱飯，打算吃點糕點墊下肚子算了，沒想到程致遠想得這麼周到。

三人坐到餐桌前吃飯，劉欣暉一邊吃，一邊對顏曉晨說：「曉晨，妳這老公二十四孝，沒得挑！」

魏彤嗤笑，「貪吃鬼，幾盤菜就被收買了！」

劉欣暉笑咪咪地說：「我們家那邊有一句土話，說『嫁漢嫁漢，穿衣吃飯』！這個社會，能照顧好老婆吃飯穿衣的男人已經很稀少了。」

顏曉晨問劉欣暉，「婚宴什麼時候結束？」

劉欣暉說：「你們只辦一天，最隆重的是今天中午的酒宴，大部分客人只吃中午這頓酒席，下午三四點就會告辭，關係親近的朋友會留下，晚上還有一頓酒席，等吃完酒，就隨便了，打麻將、鬧洞房、唱歌、跳舞都可以。等大家鬧盡興了，回房間睡覺，明天就坐火車的坐火車，趕飛機的趕飛機，各自回自個家。」

吃完飯，魏彤和劉欣暉都讓顏曉晨小睡一會兒，顏曉晨從善如流，進臥室休息。

她翻來覆去，一直沒睡著。其實，本來就沒多累，已經休息夠了，但程致遠沒來叫她，顏曉晨也不想再看見沈侯，索性就賴在房間裡休息了。

快五點時，顏曉晨給打電話程致遠，問他要不要她下去。程致遠說如果她不累，就下來見見朋友。

兩人正說著話，顏曉晨就聽到電話那頭一片起鬨聲，叫著「要見新娘子」。顏曉晨忙說：「我穿好衣服就下來。」

劉欣暉聽到可以下去玩了，興奮地嗷嗷叫了兩聲，立即拉開衣櫃，幫顏曉晨拿婚紗。

在魏彤和劉欣暉的幫助下，顏曉晨穿上了婚紗。正犯愁頭髮亂了，婚紗公司的化妝師也趕來了，幫顏曉晨梳頭補妝，順便把魏彤和劉欣暉也打扮得美美的。

收拾妥當後，三個人一起下了樓。

經過餐廳時，裡面已經空了，服務生正在打掃。露臺上卻依舊很熱鬧，三三兩兩的人，有的坐在桌子邊喝酒，有的靠著欄杆賞景說話，還有的在湖邊散步。

程致遠隔著落地玻璃窗看到顏曉晨，快步走過來接她，魏彤和劉欣暉擠眉弄眼地把顏曉晨推給程致遠，「有人來認領，我們撤了。」

看魏彤和劉欣暉走了，顏曉晨醞釀了一下，才問：「爸爸媽媽，還有親戚都去哪裡了？」

聽到她的「爸爸媽媽」前沒有「你」字，程致遠禁不住笑了笑，「有的回房間休息了，有的回房間去打麻將了。」

顏曉晨聽到麻將，一下子緊張了，「我媽……」

「我私下跟姨媽打過招呼了，她們會盯著媽媽，不會讓她碰的，這會兒三姐妹正在房間裡聊天，我剛才上去悄悄看了眼，看三個人都在抹眼淚，就沒打擾她們。」

顏曉晨鬆了口氣，「我媽和我姨媽好幾年沒來往了，肯定有很多話要說，謝謝你！」她想著只是形式，一直反對舉行婚禮，可如果沒有這場婚禮，媽媽根本沒機會和姐妹重聚。只為了這點，都值得舉行婚禮，幸虧程致遠堅持了。

「我說了，不要再對我說謝謝，都是我樂意做，也應該做的。」

兩人剛走到露臺上，立即有人笑著鼓掌，「老程終於肯讓新娘子見我們了！」

顏曉晨知道留下的人都是程致遠的好友，忙露了一個大笑臉。程致遠拉著顏曉晨的手，一一介紹，大部分人顏曉晨從沒見過，只能笑著說你好。

「章瑄。」

顏曉晨握手，「你好。」

「陸勵成。」

顏曉晨遲疑著伸出手，覺得名字熟，人看上去也有點面熟，想了想，終於想起來了，驚訝地說：「Elloitt Lu！您、您……怎麼在這裡？」她本來伸出去要握手的手，突然轉向，改成了拽著程致遠的胳膊，激動地對程致遠說：「他是Elloitt Lu，MG大中華區的總裁，我見過他的照片！」

周圍的人全笑噴了，程致遠無力地撫額，顏曉晨終於反應過來，程致遠剛介紹給她的人，怎麼可能自己不認識？她尷尬地紅了臉，忙補救地對陸勵成說：「我大學時，在MG的上海分公司實習過，我在公司的主頁上看到過您的照片和資料，剛才好像是突然見到大老闆，一時激動，失態了，不好意思。」

陸勵成微笑著說：「沒關係，恭喜妳和致遠！」

喬羽拍拍程致遠的肩膀，幸災樂禍地說：「兩個都是老闆，待遇可真天差地別！小遠子，你被比下去了！」他朝攝影師招招手，搭著陸勵成的肩膀，細聲細氣、肉麻地說：「勵哥哥，賞光和新娘子合個影唄！」

陸勵成拍開喬羽的爪子，淡淡說：「看樣子，你的婚禮是不打算邀請我們參加了。」

喬羽一愣，沒反應過來陸勵成的意思，程致遠笑著說：「喬大爺，你還沒結婚呢，別犯眾怒，收斂一點！」

喬羽這才反應過來他們警告他現在鬧騰得太歡，等到他婚禮時，他們也會下重手。喬羽嬉皮笑臉地說：「今朝有酒今朝醉，明日事來明日愁！」

正好攝影師來了，喬羽拉著陸勵成，站到顏曉晨身旁，三人一起拍了兩張。喬羽對程致遠勾勾手指，「來來，你們兩個老闆和新娘子拍一張。」他還硬要顏曉晨站在中間，陸勵成和程致遠一左一右站在兩側。

拍完照後，喬羽笑著對攝影師說：「OK了！謝謝！」

攝影師正要離開，有人突然說：「能幫我和曉晨、陸總拍一張嗎？」

攝影師禮貌地說：「可以。」婚紗公司雇他來就是讓他在婚禮上提供拍照服務。

顏曉晨看挽著沈侯手臂的吳倩倩，笑容有點僵，她以為他們已經離去了，沒想到他們還在。

吳倩倩走到陸勵成身旁，伸出手，笑著說：「我叫吳倩倩，曾在MG的上海分公司工作過，可惜，試用期還沒結束，公司就解雇了我。我一直想不通為什麼，現在，我明白了……」她掃了眼程致遠、喬羽，目光又落回陸勵成身上，「我曾以為MG的企業文化是給所有人公平競爭的機會。」

陸勵成淡淡說：「MG也一直注重忠誠、正直。」他沒有和吳倩倩握手，也沒有拍照，對程致遠和喬羽說：「你們聊，我去抽支煙。」他走下臺階，點了支煙，到湖邊去抽煙。

吳倩倩臉漲得通紅，硬是沒縮回手，而是走了幾步，從桌上端起杯酒，喝了起來，就好像她伸出手，本來就是為了拿酒。

攝影師看氣氛不對，想要離開。沈侯攔住了他，「麻煩你幫我和新娘子拍張照。」他還特意開玩笑地問程致遠：「和新娘子單獨拍照，新郎官不會吃醋介意吧？」惹得露臺上的人哈哈大笑。

顏曉晨看著沈侯一身黑西裝，微笑著走向她，四周白紗飄拂、鮮花怒放，空氣中滿是香檳酒和百合花的甜膩香味，而她穿著潔白的婚紗，緊張地等著他。恍惚中，就好像是她想像過的婚禮，只要他牽起她的手，並肩站在一起，就能百年好合、天長地久。

沈侯站到她身邊，用只有他們倆能聽見的聲音說：「今天的婚禮很美，和我想像過的一模一樣，不過，在我想像中，那個新郎是我。」

顏曉晨掌心冒汗，想要逃得遠遠的，可周圍都是程致遠的朋友，目光灼灼地看著她，她只能全身僵硬地站著。

沈侯低聲說：「如果妳都能獲得幸福，世間的真情實意該怎麼辦呢？我衷心祝妳過得不快樂、不幸福！早日再次劈腿離婚！」

攝影師叫：「看鏡頭！」

顏曉晨對著鏡頭微笑，沈侯盯了她一眼，也對著鏡頭微笑。

攝影師端著相機，為他們拍了一張，覺得兩人的表情看似輕鬆愉悅，卻總覺得奇怪，還想讓他們調整下姿勢，再拍一張，程致遠走過去，攬住顏曉晨的肩，笑著說：「那邊還有些朋友想見妳，我們過去打個招呼。」

「好的。」顏曉晨匆匆逃離了露臺。

程致遠感覺到他掌下的身體一直在輕顫，輕聲問：「沈侯對妳說了什麼？」

顏曉晨笑著搖搖頭，「什麼都沒說。」

程致遠心裡暗嘆了口氣，說：「要我送妳回房間嗎？」

「不用！我不累，今天就中午站了一會兒，別的時候都在休息，還沒平時上班累。」雖然面對沈侯很痛苦，可她依舊想留下來，她要是一見沈侯就逃，只會讓人覺得她餘情未了。

「那我們去湖邊走走。」

兩人沿著湖邊慢慢地走，顏曉晨看到在湖邊抽煙的陸勵成，下意識地看向吳倩倩，卻看到她正端著杯酒，姿勢親密地倚著沈侯說話，她心裡抽痛，像是被人狠狠揪了下心尖，忙收回了目光。

「怎麼了？」程致遠感覺到她步子踉蹌了下，關切地問。

顏曉晨定了定神，說：「吳倩倩為什麼會被MG解雇？」

「妳是不是已經猜到了？」

「我只猜到了是她寫的匿名信揭發我考試作弊。」

「她自以為做得很隱祕，但她太心急了，如果她沒寫第二封匿名電子郵件，還不好猜，可她發了第二封匿名郵件給MG的高層，目的顯然是想讓妳丟掉工作，我們稍微分析了一下妳丟掉工作後誰有可能得益，就推測出是她。」

「我們？你和陸總？」

「對，他要開除妳，總得跟我打個招呼，從時間上來說，我應該是第一個知道MG會開除妳的人。Elliott說必須按公司規定處理，讓我包涵，我跟他隨便分析了下是誰寫的匿名信，得出結論是吳倩倩。」

顏曉晨鬱悶了，「你有沒有干涉我進MG？」

「沒有，絕對沒有！那時，妳已經在MG實習了，我去北京出差，和Elliott、Lawrence一起吃飯，

Lawrence是MG的另一個高級主管，Elliott的臂膀，今天也來了。我對他們隨口提了一下，說有個很好的朋友在他們手底下做事。」

顏曉晨的自信心被保全了，把話題拉了回來，「吳倩倩寫匿名信，並沒有侵犯公司利益，陸總為什麼要把她踢出公司？是你要求他這麼做的嗎？」

「我沒有！不過……我清楚Elliott的性子，他這人在某些事情上黑白分明，其中就包括朋友，如果吳倩倩和妳關係交惡，她這麼做，Elliott應該會很賞識她，能抓到對手的弱點是她的本事，但吳倩倩是妳的朋友。」

顏曉晨明白了，「忠誠！陸總不喜歡背叛朋友的人。」

程致遠笑，「大概Elliott被人在背後捅刀捅得太多了，他很厭惡吳倩倩這種插朋友兩刀的人。妳也別多想，我和Elliott並不是因為妳才這樣對吳倩倩。像吳倩倩這種人，第一次做這種事時，還會良心不安、難受一陣，可如果這次讓她成功了，嘗到了甜頭，下一次仍會為了利益做同樣的選擇。現在她看似吃了苦頭，卻避免將來她害了別人，也害了自己。」

顏曉晨低聲說：「你是借刀殺人。」其實，她當時就猜到有可能是吳倩倩，畢竟和她關係要好的同學很少，最有可能知道她幫沈侯代考的人就是宿舍的室友。如果是平時交惡的同學，想報復早就揭發了，沒必要等半年，匿名者在半年後才揭發，只能說明之前沒有利益衝突，那個時段卻有了利益衝突。吳倩倩完全符合這兩個條件，再加上她在出事後的一些古怪行為，顏曉晨能感覺出來，她也很痛苦糾結，吳倩倩並不是壞人，只是太渴望成功。當年，顏曉晨沒精力去求證，也沒時間去報復。報復吳倩倩並不能化解她面臨的危機，她犯的錯，必須自己去面對，所以當吳倩倩疏遠她後，她也毫不遲疑地斷了和吳倩倩的聯繫。今天之前，她還以為吳倩倩過得很好，沒想到她也被失業困擾著。

顏曉晨說：「一切都已經過去了，不管是我，還是吳倩倩，都為我們的錯誤付出了代價，你說過『everyone deserves a second chance』，請不要再為難吳倩倩了。」

「我雖然很生氣，可畢竟一把年紀了，為難一個小姑娘勝之不武，唯一的為難就是讓她失去了MG的工作，之後她找工作一直不順利，和我無關。」程致遠不動聲色地掃了眼薔薇花叢中的沈侯，這個他眼中曾經的青澀少年已經完全蛻變成成熟的男人，他紳士周到地照顧著吳倩倩，從他的表情絲毫看不出他內心真實的想法。

快要七點了，晚上的酒宴就要開始，程致遠帶著顏曉晨朝餐廳走去。

賓客少了一大半，餐廳裡十分空蕩，分成了涇渭分明的兩撥賓客，餐廳裡是四桌親戚，服務生上的是中式菜餚，餐廳外的露臺上是四桌同學朋友，服務生上的是西餐，大家各吃各的，互不干擾，比中午的氣氛更輕鬆。

程致遠和顏曉晨去裡面給長輩們打了個招呼，就到露臺上和朋友一起用餐。

不用像中午一樣挨桌敬酒，大家都很隨意，猶如老朋友聚會，說說笑笑。有些難得一見的朋友湊在一塊兒，你敬我一杯，我敬你一杯，聊著工作生活上的事，已經完全忘記是婚宴了，全當是私人聚會。

雖然因為沈侯，顏曉晨一直很緊張，但她努力克制著，讓自己表現如常，到現在為止，她也一直做得很好。

溫馨的氣氛中，吳倩倩突然醉醺醺地站了起來，舉起酒杯說：「曉晨，我敬妳一杯！」

在場眾人隱約知道她們是同宿舍的同學，都沒在意，笑咪咪地看著。顏曉晨端著杯子站了起來，

「謝謝！」

她剛要喝，吳倩倩說：「太沒誠意了，我是酒，妳卻是白開水。」

今天一天，不管是喝交杯酒，還是敬酒，顏曉晨的酒杯裡都是白開水，沒有人留意，也沒有人關心，可這會兒突然被吳倩倩叫破，就有點尷尬了。

魏彤忙說：「曉晨不能喝酒，以水代酒，心意一樣！」

吳倩倩嗤笑，「我和曉晨住了四年，第一次知道她不能喝酒，我記得那次她和沈侯約會回來，妳看到她身上的吻痕，以為她和沈侯做愛了，還拿酒出來要慶祝她告別處女生涯。」

劉欣暉已經對吳倩倩憋了一天的氣，再忍不住，一拍桌子，站了起來，「吳倩倩，妳還好意思說同宿舍住了四年？哪次考試，妳沒影印過曉晨的筆記？大二時，妳半夜發高燒，大雪天是曉晨和我用自行車把妳推去醫院！曉晨哪裡對不起妳了，妳還趕著來給她婚禮添堵？就算曉晨和沈侯談過戀愛又怎麼樣？現在什麼年代了，誰沒個前男友、前女友？比前男友，曉晨大學四年可只交了一個男朋友，妳呢？光我知道的，就有三個！比噁心人，好啊！誰不知道誰底細……」

魏彤急得使勁把劉欣暉按到座位上，這種場合可不適合明刀明槍、快意恩仇，而是要打太極，大事化小、小事化了。

程致遠端起一杯酒，對吳倩倩說：「這杯酒我替曉晨喝了。」他一仰頭，把酒喝了。對沈侯微笑著說：「沈侯，你女朋友喝醉了，照顧好她！」

沈侯笑笑，懶洋洋地靠著椅背，喝著紅酒，一言不發，擺明要袖手旁觀看笑話。

吳倩倩又羞窘又傷心，眼淚潸然而下，沒理會程致遠給她的梯子，對劉欣暉和魏彤嚷，「一個宿舍，妳們卻幫她，不幫我！不就是因為她現在比我混得好嘛！我是交過好幾個男朋友，可顏曉晨做過什麼？妳們敢說出來，她為什麼不敢喝酒嗎？她什麼時候和沈侯分的手嗎？她什麼時候和程致遠在一起……」

隔著衣香鬢影，顏曉晨盯著沈侯，吳倩倩做什麼，她都不在乎，但她想看清楚沈侯究竟想做什麼。沈侯也盯著她，端著酒杯，一邊啜著酒，一邊漫不經心地笑著。

隨著吳倩倩的話語，沈侯依舊喝著酒、無所謂地笑著，就好像他壓根兒和吳倩倩口中不斷提到的沈侯沒有絲毫關係，顏曉晨的臉色漸漸蒼白，眼中也漸漸有了一層淚光。因為她不應該獲得快樂、幸福，所以沈侯就要毀掉她的一切嗎？他根本不明白，她並不在乎快樂幸福，她在乎的只是對她做這一切的人是他。

顏曉晨覺得，如果她再多看一秒沈侯的冷酷微笑，就會立即崩潰。她低下了頭，在眼淚剛剛滑落時，迅速地用手拭去。

沈侯以為他已經完全不在乎，可是沒有想到，當看到她垂下了頭，淚珠悄悄滴落的剎那，他竟然呼吸一窒。

吳倩倩說：「顏曉晨春節就和程致遠鬼混在一起，四月初……」沈侯猛地擱下酒杯，站了起來，一下子捂住吳倩倩的嘴，吳倩倩掙扎著還想說話，「……才和沈侯分手，懷孕……」但沈侯笑著對大家說：「抱歉，我女朋友喝醉了，我帶她先走一步。」他的說話聲蓋住了吳倩倩含糊不清的話。

沈侯非常有風度地向眾人道歉後，不顧吳倩倩反對，強行帶著吳倩倩離開了。

顏曉晨抬起頭，怔怔看著他們的身影匆匆消失在夜色中。

不知道在座的賓客根據吳倩倩的話猜到了多少，反正所有人都知道不是什麼好事，剛才愉悅輕鬆的氣氛蕩然無存，人人都面無表情，尷尬沉默地坐著。

顏曉晨抱歉地看著程致遠，囁嚅著想說「對不起」，但對不起能挽回他的顏面嗎？

程致遠安撫地握住她的手，笑著對所有人說：「不好意思，讓你們看了一場鬧劇。」

一片寂靜中，喬羽突然笑著鼓起掌來，引得所有人都看他，他笑嘻嘻地對程致遠說：「行啊，老程！沒想到你能從那麼帥的小夥子手裡橫刀奪愛！」

陸勵成手搭在桌上，食指和中指間夾著根沒點的煙，有一下沒一下地輕點著桌子，「那小夥子可不光是臉帥，他是侯月珍和沈昭文的獨生子。」

幾張桌上的賓客不是政法部門的要員，就是商界精英，都是見多識廣的人精，立即有人問：「難道是ＢＺ集團的侯月珍？」

陸勵成笑笑，輕描淡寫地問：「除了她，中國還有第二個值得我們記住的侯月珍嗎？」

眾人都笑起來，對陸勵成舉重若輕的傲慢與有榮焉，有人笑著說：「我敬新郎官一杯。」

一群人又說說笑笑地喝起酒來，好像什麼事都沒有發生過。的確如劉欣暉所說，現在這年代誰沒個前男友、前女友，尤其這幫人，有的人的前女友要用卡車拉，但被吳倩倩一鬧，事情就有點怪了。他們倒不覺得程致遠奪人所愛有什麼問題，情場如商場，各憑手段、勝者為王，但大張旗鼓地娶個衝著錢去的拜金老婆總是有點膈應人。陸勵成三言兩語就把所有的尷尬化解了，不僅幫程致遠挽回面子，還讓所有人高看了顏曉晨兩分，覺得她是真愛程致遠，連身家萬貫的太子爺都不要。

等大家吃得差不多了，程致遠對顏曉晨說：「妳先回房間休息吧，如果我回去晚了，不用等我，妳先睡。」

顏曉晨說：「你小心身體，別喝太多。」

等顏曉晨和魏彤、劉欣暉離開了，程致遠右手拎著一瓶酒，左手拿著一個酒杯，走到在露臺角落裡吸煙的陸勵成身邊，給自己倒了一滿杯酒，衝陸勵成舉了一下杯，一言未發地一飲而盡。

喬羽壓著聲音，惱火地說：「程致遠，你到底在玩什麼？我怎麼什麼都不知道？那個女人到底怎麼回事？」幸虧陸勵成知道沈侯的身分，要不然婚禮真要變成笑話。

程致遠說：「我不要求你記住她的名字，但下次請用程太太稱呼她。」

陸勵成徐徐吐出一口煙，對喬羽說，「做為朋友，只需知道程先生很在乎程太太就足夠了。」

喬羽的火氣淡了，拿了杯酒，喝起酒來。

❋　❋　❋

顏曉晨躺在床上，卻一直睡不著。

她不明白沈侯是什麼意思，難道真像劉欣暉說的一樣，就是來給她和程致遠添堵的？還有他和吳倩倩是怎麼回事？只是做戲，還是真的……在一起了？

顏曉晨告訴自己，不管怎麼樣，都和她沒有關係，但白天的一幕幕就像放電影一樣，總是浮現在腦海裡，揮之不去。

顏曉晨聽到關門的聲音，知道程致遠回來了。這間總統套房總共有四個臥室，在程致遠的堅持下，顏曉晨睡的是主臥室，程致遠睡在另一間小臥室。

過了一會兒，程致遠輕輕敲了一下她的門，她裝睡沒有應答，門被輕輕地推開了。她聽到衣帽間裡傳來窸窸窣窣聲，知道他是在拿衣服。為了不讓父母懷疑，他的個人物品都放在主臥室。

他取好衣服，關上衣帽間的門，卻沒有離開，而是坐在了沙發上。

黑暗中，他好像累了，一動不動地坐著，顏曉晨不敢動，卻又實在摸不著頭腦他想做什麼，睜開眼睛悄悄觀察著他，看不到他的表情，只能看到一個黑黝黝的影子，像是個塑像一般，凝固在那裡。但是，這個連眉眼都沒有的影子卻讓顏曉晨清晰地感覺到悲傷、渴望、壓抑、痛苦的強烈情緒，是一個和白日截然不同的程致遠。白天的他，笑意不斷，體貼周到，讓人如沐春風，自信從容得就好像什麼都掌握在他手裡，可此刻黑暗中的他，卻顯得那麼無助悲傷，就好像他的身體變成了戰場，同時被希望和絕望兩種最極端的情緒絞殺。

顏曉晨屏息靜氣，不敢發出一聲，她意識到，這才是真正的程致遠，他絕不會願意讓外人看到的程致遠。雖然這一刻，她十分希望自己能對他說點什麼，就像很多次她在希望和絕望的戰場上苦苦掙扎時，他給她的安慰和幫助一般，但她知道，現在的程致遠只接受黑夜的陪伴。

顏曉晨終於明白了，為什麼她總覺得程致遠能輕而易舉地理解她，因為他和她根本就是同一類人，都是身體內有一個戰場的人。是不是這就是他願意幫助她的原因？沒有人會不憐憫自己。他的絕望是什麼，希望又是什麼？他給了她一條出路，誰能給他一條出路呢？

良久後，程致遠輕輕地吁了口氣，站了起來，他看著床上沉沉而睡的身影，喃喃說：「曉晨，晚安！」他輕手輕腳地離開了，就好像他剛才在黑暗裡坐了那麼久，只是為了說一聲「晚安」。

＊　＊　＊

等門徹底關攏後，顏曉晨低聲說：「晚安。」

顏曉晨睡醒時，已經快十二點。

她看清楚時間的那一刻，鬱悶地敲了頭兩下，迅速起身。

程致遠坐在吧檯前，正對著筆記型電腦工作，看到顏曉晨像小旋風般急匆匆地衝進廚房，笑起來，「妳著急什麼？」

顏曉晨聽到他的聲音，所有動作瞬間凝固，這麼平靜愉悅的聲音，和昨夜的那個身影完全無法聯繫到一起。她的身體靜止了一瞬，才恢復如常，端著一杯水走出廚房，懊惱地說：「已經十二點了，我本來打算去送欣暉和魏彤，不知道還來不來得及。」

「妳不用著急，她們已經都走了。」

顏曉晨癱坐在沙發上，「你應該叫我的。」

「魏彤和劉欣暉不會計較這些，我送她們兩個下樓的，考慮到我們倆的法定關係，我也算代表妳了。」程致遠熱了杯牛奶，遞給顏曉晨，「中飯想吃什麼？」

「爸媽他們想吃什麼？」

「所有人都走了，妳媽媽也被我爸媽帶走了，我爸媽要去普陀山燒香，妳媽很有興趣，他們就熱情邀請妳媽媽一塊兒去了。」

程致遠的爸爸睿智穩重，媽媽溫和善良，把媽媽交給他們完全可以放心，而且程致遠的媽媽是虔誠的佛教徒，顏媽媽很能聽得進她說的話。顏曉晨對虛無縹緲的佛祖不相信，也不質疑，但她不反對媽媽去瞭解和相信，從某個角度來說，信仰像是心靈的藥劑，如果佛祖能替代麻將和煙酒，她樂見其成。

顏曉晨一邊喝著牛奶，一邊瞅著程致遠發呆。程致遠被看得莫名其妙，上下打量了一下自己，笑問：「我好像沒有扣錯扣子，哪裡有問題嗎？」

「你說，你是不是上輩子欠了我的？要不然明明是兩個毫無關係的陌生人，你卻對我這麼好，不但對我好，還對我媽媽也好。如果不這麼解釋，我自己都沒有辦法相信，為什麼是我，我有什麼地方值得你對我好？」

程致遠笑笑，淡淡說：「也許是我這輩子欠了妳的。」

顏曉晨做了個鬼臉，好像在開玩笑，實際卻話裡有話地說：「雖然我們的婚姻只是形式，但我也會盡力對你好，孝順你的爸媽。如果……我只是說如果，如果你遇到什麼問題或者麻煩，我會盡百分之百的努力幫你。我能力有限，也許不能真幫到你什麼，但至少可以聽你說說話、陪你聊聊天的。」

程致遠盯著顏曉晨，唇畔的笑意有點僵，總是優雅完美的面具有了裂痕，就好似有什麼東西即將掙脫掩飾、破繭而出。顏曉晨有點心虛，怕他察覺她昨晚偷窺他，忙乾笑幾聲，嬉皮笑臉地說：「不過，我最希望的還是你早日碰到那個能讓你心如鹿撞、亂了方寸的人，我會很開心地和你離婚……哈哈……我們不見得有個快樂的婚禮，卻一定會有個快樂的離婚。」

程致遠的面具恢復，他笑著說：「不管妳想什麼，反正我很享受我們的婚禮，我很快樂。」

顏曉晨聳聳肩，不予置評。如果她沒有看到昨夜的他，不見得能理解他的話，但現在，顏曉晨覺得他就是世界上的另一個自己，他們都很善於自我欺騙。對有些人而言，生命是五彩繽紛的花園，一切的美好，猶如花園中長著花一般天經地義；可對他們而言，生命只是一個人在漆黑時光中的荒蕪旅途，但他們必須告訴自己，堅持住，只要堅持，也許總有一段旅途，會看到星辰璀璨，也許在時光盡頭，總會有個人等著他們。

程致遠把菜單放到顏曉晨面前，「想吃什麼？」

顏曉晨把菜單推回給他，「你點吧，我沒有忌口，什麼都愛吃。」

程致遠拿起電話，一邊翻看菜單，一邊點好了他們的午餐。

放下電話，程致遠說：「我們有一週的婚假，想過去哪裡玩嗎？」

顏曉晨搖搖頭，「沒有，你呢？」

「我想去山裡住幾天，不過沒什麼娛樂，妳也許會覺得無聊。」

顏曉晨說：「帶上一本唐詩做為旅遊攻略，只要體力好，山裡一點都不無聊！『萬壑樹參天，千山響杜鵑』[10]、『坐看紅樹不知遠，行盡青溪不見人』[11]、『明月松間照，清泉石上流』[12]，這些我都沒問題，不過『會當凌絕頂，一覽眾山小』[13]你就自己去吧，給我弄根魚竿，我去『垂竿弄清風』[14]。」

程致遠被逗得大笑，第一次知道唐詩原來是教人如何遊玩的旅遊攻略。

顏曉晨唇角含笑，侃侃而談，平時的老成穩重蕩然無存，十分活潑俏皮：「古詩詞裡不光有教人玩的，還有琳琅滿目的吃的、喝的呢！『夜雨剪春韭，新炊間黃粱』[15]、『長江繞郭知魚美，好竹連山覺筍香』[16]、『山暖已無梅可折，江清獨有蟹堪持』[17]、『桃花流水鱖魚肥』[18]，真要照著這些吃吃喝喝玩下來，那就是驢友[19]中的徐霞客[20]，吃貨[21]中的蘇東坡，隨隨便便混個微博大神，一個不小心就青史留名了。」

程致遠不禁想，如果顏曉晨的爸爸沒有出事，她現在應該正在恣意揮霍著青春，而不是循規蹈矩、小心謹慎地應付生活。

顏曉晨看程致遠一直不吭聲，笑說：「我是不是太囉唆了？你想去山裡住，就去吧！我沒問題。」

程致遠說：「那就這麼定了，喬羽在雁蕩山[22]有一棟別墅，我們去住幾天。」

＊＊＊

顏曉晨和程致遠在山裡住了五天後，返回上海。

這五天，他們過得很平淡寧靜。

每天清晨，誰先起來誰就做一點簡單的早餐，等另一人起來，兩個人一起吃完早餐，休息一會兒，背上行囊，就去爬山。

顏曉晨方向感不好，一出門就東西南北完全不分，程致遠負責看地圖、制定路線。兩人沿著前人修

10引自唐．王維《送梓州李使君》。

11引自唐．王維《桃源行》。

12引自唐．王維《山居秋暝》。

13引自唐．杜甫《望岳》。

14引自明．吳廷翰《釣魚臺》。

15引自唐．杜甫《贈衛八處士》。

16引自宋．蘇軾《初到黃州》。

17引自唐．陸游《冬日》。

18引自唐．張志和《漁歌子》。

19驢友：大陸人稱背包客為驢友，是對徒步旅遊、自助旅行愛好者的尊稱，意指像驢子般能馱能走、刻苦耐勞。

20徐霞客：明代著名的地理學家和旅行家，足跡遍及大陸十六省，著有《徐霞客遊記》。

21吃貨：指特別能吃、特別愛吃的人，與貪吃鬼雷同。

22雁蕩山：坐落於浙江省溫州市，中國十大名山之一。

好的石路小徑，不疾不徐地走，沒有一定要到的地方，也沒有一定要看的景點，一切隨心所欲，只領略眼前的一切。有時候，能碰到美景，乍然出現的溪流瀑布，不知名的山鳥，正是杜鵑花開的季節，經常能看到一大片杜鵑怒放在山崖；有時候，除了曲折的小路，再無其他，但對城市人而言，只這山裡的空氣已經足夠美好。

山裡有不少裝潢精緻的飯莊，程致遠和顏曉晨也去吃過，但大部分時候，他們都是自給自足。顏曉晨是窮人家的孩子，家務做得很順溜，江南的家常小菜都會煮，雖然廚藝不那麼出類拔萃，但架不住山裡的食材好，筍是清晨剛挖的，蔬菜是喬羽家的親戚種的，魚更不用說，是顏曉晨和程致遠自己去釣的，只要烹飪手法不出錯，隨便放點鹽調味，已經很鮮美。

程致遠獨自一人在海外生活多年，雖不能說廚藝多麼好，但有幾道私房菜非常拿得出手，平時工作忙，沒時間也沒心情下廚，現在，正好可以把做飯當成一種藝術，靜下心來慢慢做。一道西式橘汁烤鴨讓顏曉晨讚不絕口。

湯足飯飽後，兩人常常坐在廊下看山景，顏曉晨捧一杯熱牛奶，程致遠端一杯紅酒，山裡的月亮顯得特別大，給人一種錯覺，似乎一伸手就能搆到。兩人都不看電視、不用電腦、不上網，剛過九點就會各自回房，上床睡覺。因為睡得早，一般早上五、六點就會自然醒，可以欣賞著山間的晨曦，呼吸著略帶清冷的新鮮空氣，開始新的一天。

五天的山間隱居生活，一晃而過。

婚禮前，顏曉晨一直有些忐忑不安，不知道如何去過「婚姻生活」。和心愛的人在一起，一顆心繫在對方身上，喜怒哀樂都與他休戚相關，肯定會恨不得朝朝暮暮相對，不管幹什麼，都會很有意思。可是她和程致遠，雖然還算關係相熟的朋友，但十天半月不見，她也絕對不會惦記，實在沒辦法想像兩人如何同居一室、朝夕相對。

婚禮後，兩人真過起「婚姻生活」，顏曉晨發現，並不像她想像中那麼艱難，甚至應該說很輕鬆。相處之道，有琴瑟和鳴、如膠似漆，也有高山流水、相敬如賓，她和程致遠應該就是後者，程致遠非常尊重她，她也非常尊重他，兩個人像朋友一般，和和氣氣、有商有量。其實，生活就是一段旅途，人都是群居動物，沒有人願意一個人走，都想找個人相依相伴，如果不能找到傾心相愛的戀人，那麼有個志同道合的朋友也算不錯的選擇。

❀ ❀ ❀

回到上海，顏曉晨正式搬進程致遠的家，就是以前她來過的那間透天公寓。約四十多坪大，樓下是廚房、客廳、餐廳、客房，樓上是兩間臥室、一個大書房。

程致遠依舊住他之前住的臥室，顏曉晨住另一間臥室，當然，兩人的「分居」都是偷偷摸摸的，在顏媽媽面前，他們一直扮演著恩愛夫妻。

顏媽媽住在樓下的客房，因為怕撞到少兒不宜的畫面，她從不上樓，有事都是站在樓梯口大聲叫。顏媽媽自尊心很強，當著程致遠爸媽的面，特意說明她不會經常和女兒、女婿住，只不過現在女兒懷孕了，為了方便照顧女兒，她就先和女兒、女婿一起住，等孩子大一點，她肯定要回家鄉。顏曉晨覺得自己一切良好，連著爬兩個小時的山，一點異樣感覺都沒有，而且日常的做飯打掃都有王阿姨，並不需要媽媽照顧，但考慮到戒賭就和戒毒一樣，最怕反覆，她覺得還是把媽媽留在上海比較好，畢竟時間越長，媽媽遺忘得越澈底。

吃過晚飯後，顏媽媽在廚房洗碗，程致遠和顏曉晨坐在客廳的沙發上，一個用筆記型電腦收發郵件，一個在看電視，

顏曉晨拿著遙控器一連轉了幾臺，都沒看到什麼好看的節目，正好有臺在放股票分析的財經類節目，她放下了遙控器，一邊看電視，一邊剝柳丁。

突然，一條新聞不僅讓顏曉晨抬起了頭，專注地盯著電視，也讓程致遠停下了手頭的工作，聚精會神地聽著。

BZ集團董事長兼執行長侯月珍因病休養，暫時無法處理公司日常業務，由獨生子沈侯出任代理執行長，負責公司的日常營運管理。因為侯月珍得的什麼病、何時康復都沒有人知道，沈侯又太過年輕，讓機構投資者對公司的未來很懷疑，引發了公司股價跌停。

新聞很短，甚至沒有沈侯的圖片，只有三十秒鐘侯月珍以前出席會議的影片。當主持人和嘉賓開始分析股票的具體走勢時，顏曉晨拿起遙控器轉臺，低著頭繼續剝柳丁。

程致遠說：「外人總覺得股票升才是好事，可對莊家而言，股票一直漲，並不是好事。只要莊家清楚公司的實際盈利，對未來的持續經營有信心，利用大跌，莊家能回購股票，等利多消息公布，股票大漲時，再適時拋出，就能馬上套利。沈侯媽媽的病不至於無法管理公司，她應該只是對沈侯心懷愧疚，想用事業彌補兒子的愛情，提早權力交接，她依舊會在幕後輔助沈侯，保證公司穩定營運。」

顏曉晨把剝好的柳丁分了一半給程致遠，淡淡說：「和我無關！」沈侯已經開始了他的新生活，就算曾有傷痛，他所得到的一切，必將讓他遺忘掉所有的不快，在他的璀璨生活中，所有關於她的記憶會不值一提。從此以後，也許唯一知道他消息的管道就是看財經新聞了。

17 Chapter

選擇

人生的遭遇難以控制，有些事情不是你的錯，也不是你可以阻止的。你能選擇的不是放棄，而是繼續努力爭取更好的生活。

——力克．胡哲[23]

六月分，懷孕四個月了，開始顯懷。顏曉晨穿上貼身點的衣服，小腹會微微隆起，但還不算明顯，因為臉仍然很瘦，大部分人都以為她是最近吃得多，坐辦公室不運動，肉全長肚子上了。

程致遠有點事要處理，必須去一趟北京，見一下證監會的長官。這是婚後第一次出差，早已經習慣全球飛的他，卻覺得有點不適應，如果不是非去不可，他真想取消行程。

顏曉晨倒是沒有任何感覺，只是去北京，五星級酒店裡什麼都有，也不會孤單，有的是熟人朋友陪伴，說得自私點，她還有點開心，不用當著媽媽的面時刻注意扮演恩愛夫妻，不得不說很輕鬆啊！

臨走前，程致遠千叮萬囑，不但叮囑了王阿姨他不在的時候多費點心，還叮囑喬羽幫他照顧一下曉晨，最後在喬羽不耐煩的嘲笑中，程致遠離開了上海。

23力克．胡哲（Nick Vujicic, 1982-）：澳洲暢銷作家、演說家，出生時因罹患海豹肢症，沒有四肢，十歲以後開始轉換態度，積極體驗人生，並到世界各地演說激勵他人，著有《人生不設限》等勵志書。

因為程致遠不在家，吃過晚飯，顏媽媽拉著顏曉晨一起去公園散步，竟然碰到了沈侯的爸媽。沈媽媽和沈爸爸穿著休閒服和跑步鞋，顯然也是在散步運動。

不寬的林蔭小道上，他們迎面相逢，想假裝看不見都不行。

雙方的表情都很古怪，顯然誰都沒有想到茫茫人海中會「狹路相逢」。沈媽媽擠出了個和善的笑，主動跟顏曉晨打招呼，「曉晨，來運動？」

顏曉晨卻冷著臉，一言不發，拉著顏媽媽就走。

顏媽媽不高興了，中國人的禮儀，伸手不打笑臉人，何況還是一個看著和藹可親的長輩。她拽住顏曉晨，對沈媽媽抱歉地說：「您別介意，這丫頭是和我鬧脾氣呢！我是曉晨的媽媽，您是……」

沈媽媽看著顏媽媽，笑得很僵硬，不知道是激動還是恐懼，竟然說不出一句話，還是沈爸爸鎮靜一點，忙自我介紹說：「我們是沈侯的爸媽。」

「啊？」顏媽媽既是驚訝又是驚喜。

顏曉晨用力拽顏媽媽：「媽，我想回去了。」

顏媽媽不理她，顏媽媽至今還對沈侯十分愧疚，一聽是沈侯的爸媽，立即覺得心生親近。她堆著笑，不安地說：「原來你們是沈侯的父母，之前還和沈侯說過要見面，可是一直沒機會……你們家沈侯真是個好孩子，是個好孩子！曉晨，快叫人！」

顏曉晨撇過臉，裝沒聽見。顏媽媽氣得簡直想給曉晨兩耳光，「妳這丫頭怎麼回事？連叫人都不會了？一點禮貌沒有……」

沈爸爸和沈媽媽忙說：「沒有關係，沒有關係！」

顏媽媽愧疚不安，心想難怪沈侯不錯，都是他爸媽教得好，她關心地問：「沈侯找到工作了嗎？」

「找到了。」

「在什麼公司？規模大嗎？」

「一家做衣服、賣衣服的公司，應該還算不錯吧！」

「老闆對沈侯好嗎？之前沈侯好像也在一家賣衣服的公司，那家公司老闆可壞得很，明明孩子做得挺好，就因為老闆私人喜好，把沈侯給解雇了！」

沈爸爸輕輕咳嗽了一聲說：「老闆對沈侯不錯。」

「那就好！我還一直擔心沈侯的工作，可又實在不好意思打電話給他。你們來上海玩嗎？」

「對，來玩幾天。」

「什麼時候有空，我想請你們吃頓飯……」

沈爸爸、沈媽媽和顏媽媽都懷著不安討好的心情，談話進行得十分順利，簡直越說越熱絡，這時沈侯大步跑了過來，「爸、媽……」剛開始沒在意，等跑近了，才看到是顏媽媽。他愣了一下，微笑著說：「阿姨，您也來運動？」視線忍不住往旁邊掃，看到顏曉晨站在一旁，氣鼓鼓的樣子。

顏媽媽搡了一下顏曉晨，意思是妳看看人家孩子的禮貌。她笑著說：「是啊，你陪你爸媽運動？」

「嗯。」沈侯看顏曉晨，可顏曉晨一直扭著頭，不拿正臉看他們，眉眼冰冷，顯然沒絲毫興趣和他們寒暄。

「阿姨，妳繼續運動吧，我們先走了！」沈侯脾氣也上來了，拖著爸媽就走。

看他們走遠了，顏媽媽狠狠地戳了顏曉晨的額頭一下，「妳什麼德行？電視上不是老說什麼分手後仍然是朋友嗎？妳和沈侯還是大學同學，又在一個城市工作，以後見面機會多著呢，妳個年輕人還不如我們這些老傢伙。」看顏曉晨冷著臉不說話，她嘆了口氣，「沈侯這孩子真不錯！他爸媽也不錯！妳實在……」想想程致遠也不錯，程致遠爸媽也不錯，顏媽媽把已經到嘴邊的話吞了回去。

❀ ❀ ❀

沈侯一直沉默地走著，沈爸爸和沈媽媽也默不作聲，三個人都心事重重，氣氛有些壓抑。

沈爸爸看兒子和老婆都神色凝重，打起精神說：「我看曉晨比照片上胖了些，應該過得挺好，人都已經結婚了，過得也不錯，你們……」

沈媽媽突然說：「不對！她那不是胖了，我怎麼看著像懷孕了？可是這才結婚一個月，就算懷孕了，也不可能顯懷啊，難道是雙胞胎……」

沈侯含著一絲譏笑，若無其事地說：「已經四個月了。」

沈媽媽和沈爸爸大吃一驚，「什麼？」、「你怎麼知道？」

沈媽媽和沈爸爸交換了一個眼神，沈媽媽試探地說：「四個月的話，那時……你和曉晨應該還在一起吧？」

沈侯自嘲地笑笑，「不是我的孩子！要不是知道這事，我還狠不下心和她斷。」

沈媽媽和沈爸爸神色變幻，又交換了一個眼神，沈媽媽強笑著說：「你怎麼知道不是你的孩子？」

沈侯嗤笑，「顏曉晨自己親口承認了，總不可能明明是我的孩子，卻非要說成是程致遠的孩子吧？她圖什麼？就算顏曉晨肯，程致遠也不會答應戴這頂綠帽子啊！」

沈媽媽還想再試探點消息出來，沈侯卻已經不願意談這個話題，他說：「你們運動完，自己回去吧！我約了朋友，去酒吧坐一會兒。」

「哎！你……少喝點酒，早點回來！」

看著沈侯走遠了，沈媽媽越想心越亂，「老沈，你說怎麼辦？如果曉晨已經懷孕四個月了，那就是春節前後懷上的。去年春節，沈侯可沒在家過，是和曉晨一起過的，還和我們嚷嚷他一定要娶曉晨。」

沈爸爸眉頭緊皺，顯然也是心事重重，「必須查清楚！」

❀ ❀ ❀

早上，顏曉晨正上班，櫃臺打電話來說有位姓侯的女士找她。

顏曉晨說不見。

沒過一會兒，櫃臺又打電話給她，「那位侯女士說，如果妳不見她，她會一直在辦公大樓外等，她還說只占用妳幾分鐘時間。」

顏曉晨說：「告訴她，我不會見她，讓她走。」

一會兒後，顏曉晨的手機響了，是個陌生的電話號碼。顏曉晨猶豫了下，怕是公事，接了電話，一聽聲音，竟然真是沈媽媽，顏曉晨立即要掛電話，沈媽媽忙說：「關於沈侯的事，很重要。」

顏曉晨沉默了一瞬，問：「沈侯怎麼了？」

「事情很重要，當面說比較好，妳出來一下，我就在辦公大樓外。」

顏曉晨一走出辦公大樓，就看到了沈侯的媽媽。

「曉晨！」沈媽媽賠著笑，走到顏曉晨面前。

顏曉晨不想引起同事們的注意，一言未發，向著辦公大樓旁邊的小公園走去，沈媽媽跟在她身後。說是小公園，其實不算真正的公園，不過是幾棟大樓間正好有一小片草地，種了些樹和花，又放了兩、三條長椅，供人休息。中午時分，人還挺多，這會兒是辦公時間，沒什麼人。

顏曉晨走到幾株樹後，停住了腳步，冷冷地看著沈媽媽，「給妳三分鐘，說吧！」

沈媽媽努力笑了笑，「我知道我的出現就是對妳的打擾。」

顏曉晨冷嘲，「知道還出現？妳也夠厚顏無恥的！沈侯怎麼了？」

沈媽媽說：「自從妳和沈侯分手，沈侯就一直不對勁，但我這次來不是因為他，而是因為妳肚子裡的孩子。」

顏曉晨的手下意識地放在了腹部，又立即縮回，提步就走，「和妳無關！」

沈媽媽笑了笑，說話的聲音聽起來十分從容自信，「沈侯是孩子的爸爸，怎麼會和我無關？」

顏曉晨猛地停住了步子，本以為隨著婚禮，一切已經結束，所有的祕密都被埋葬了，可沒想到竟然又被翻了出來。她覺得耳邊好像有飛機飛過，一陣陣轟鳴，讓她頭暈腳軟，幾乎站都站不穩。

她緩緩轉過身，臉色蒼白，盯著沈媽媽，聲音都變了調，「妳怎麼知道的？沈侯知道嗎？」

沈媽媽也是臉色發白，聲音在不自禁地輕顫，「我只是猜測，覺得妳不是那種和沈侯談著戀愛，還會和別的男人來往的人，如果妳是那樣的女人，早接受了我的利誘和逼迫。但我也不敢確定，剛才的話只是想試探一下，沒想到竟然是真的……沈侯還什麼都不知道。」

「妳……妳太過分了！」顏曉晨又憤怒又懊惱，還有被觸動心事的悲傷。連沈侯的媽媽都相信她不是那樣的人，沈侯卻因為一段微信、兩張照片就相信了一切，但她不就是盼著他相信嗎？為什麼又會因為他相信而難過？

沈媽媽急切地抓住顏曉晨的手，「曉晨，妳這樣做只會讓自己痛苦，也讓沈侯痛苦，將來還會讓孩子痛苦！妳告訴我，我們要怎麼做，妳才能原諒我們？我們什麼都願意做！妳不要再折磨自己了！」

顏曉晨的眼睛裡浮起隱隱一層淚光，但她盯著沈媽媽的眼神，讓那細碎的淚光像淬毒的鋼針一般，刺得沈媽媽畏懼地放開了她。

顏曉晨說：「妳聽著，這個孩子和你們沒有任何關係！和沈侯也沒有關係！我不想再看到妳！」

顏曉晨轉過身，向著辦公大樓走去。沈媽媽不死心，一邊跟著她疾步走，一邊不停地說：「曉晨，妳聽我說，孩子是沈侯的，不可能和我們沒有關係……」

顏曉晨霍然停步，冰冷地質問：「侯月珍，妳還記得我爸爸嗎？那個老實巴交、連普通話都說不流利的農民工。他蹲在教育局門口傻乎乎等長官討個說法時，妳有沒有去看過他？妳有沒有雇人去打過他、哄趕過他？有沒有看著他下跪磕頭，求人聽他的話，覺得這人真是鼻涕蟲，軟弱討厭？妳看著他三伏盛夏，連一瓶水都捨不得買來喝，只知道咧著嘴傻傻賠笑，是不是覺得他就應該是隻微不足道的螞蟻，活該被妳捏死？」

沈媽媽心頭巨震，停住了腳步。隨著顏曉晨的話語，她好像被什麼東西扼住了咽喉，嘴唇輕顫、一翕一合，卻一句話都說不出來，表情十分扭曲。

「妳都記得，對嗎？那妳應該比誰都清楚——」顏曉晨把手放在腹部，對沈媽媽一字字說：「這個孩子會姓顏，他永遠和妳沒有任何關係！」

沈媽媽的淚水滾滾而落，無力地看著顏曉晨走進辦公大樓。

年輕時，還相信人定勝天，但隨著年紀越大，看得越多，卻越來越相信天網恢恢、疏而不漏，因果循環、報應不爽，只是為什麼要報應到她的兒孫身上？

沈媽媽失魂落魄地回到家裡。

沈爸爸看她表情，已經猜到結果，卻因為事關重大，仍然要問清楚，「孩子是我們家沈侯的？」

沈媽媽雙目無神，沉重地點了下頭，「曉晨說孩子姓顏，和我們沒關係。」

沈爸爸重重嘆了口氣，扶著沈媽媽坐下，拿了兩丸中藥給她。自從遇見顏曉晨，沈媽媽就開始心神不寧、難以入睡，找老中醫開了中藥，一直丸藥、湯藥吃著，但藥只能治身，不能治心，吃了半年藥了，治療效果並不理想。

沈媽媽吃完藥，喃喃問：「老沈，你說該怎麼辦？曉晨說孩子和我們沒關係，但怎麼可能沒有關係呢？」這一生，不管再艱難時，她都知道該怎麼辦。雖然在外面，她一直非常尊重沈侯的爸爸，凡事都要問他，可其實不管公司裡的人，還是公司外面的人都知道，真正做決策的人是她。但平生第一次，她不知道該怎麼辦了。如果按照顏曉晨的要求，保持沉默，當那個孩子不存在，是可以讓顏曉晨和她媽媽維持現在的平靜生活，但孩子呢？沈侯呢？程致遠也許是好人，會對孩子視若己出，但「己出」前面加了兩個字「視若」，再視若己出的父親也比不上親生的父親。可是不理會顏曉晨的要求，去爭取孩子嗎？他們已經做了太多對不起顏曉晨和她媽媽的事，不管他們再想要孩子，也做不出傷害她們的事。

沈爸爸在沙發上沉默地坐了一會兒，做了決定，「孩子可以和我們沒有關係，但不能和沈侯沒有關係！」

沈媽媽沒明白，「什麼意思？」

「我們必須把所有事情都告訴沈侯，孩子是沈侯和曉晨兩個人的，不管怎麼做，都應該讓他們兩人一起決定。」

沈媽媽斷然否決，「不行！沒有想出妥善的解決辦法前，不能告訴沈侯！沈侯沒有做錯任何事，他不應該承受這些痛苦！是我造下的孽，不管多苦多痛，都應該我去背……」

「曉晨呢？她做錯了什麼，要承受現在的一切？曉晨和沈侯同歲，妳光想著兒子痛苦，曉晨現在不痛苦嗎？」

沈媽媽被問得啞口無言，眼中湧出了淚水。

沈爸爸忙說：「我不是那個意思，沒有責怪妳……我只是想說，曉晨也很無辜，不應該只讓她一個人承受一切。」

「我明白。」

「我也心疼兒子，但這事超出我們的能力，我們解決不了！我們不能再瞞著沈侯，必須告訴他。」

沈媽媽帶著哭音問：「沈侯就能解決嗎？」

沈爸爸抹了把臉，覺得憋得難受，站起來找上次老劉送的煙，「應該也解決不了！」

「那告訴他有什麼意義？除了多一個人痛苦？」

沈爸爸拆開嶄新的煙，點了一支抽起來。在警務單位工作的男人沒有煙癮不大的，當年他的煙癮也很大，可第一個孩子流產之後，為了老婆和孩子的健康，他就把煙戒了，幾十年都沒再抽，這段時間卻好像又有煙癮了。

沈爸爸吸著煙說：「沈侯現在不痛苦嗎？昨天老劉拿來的是四條煙，現在櫃子裡只剩下兩條了，另外兩條都被妳兒子拿去抽了，還有他臥室裡的酒，妳肯定也看到了。」

沈媽媽擦著眼淚，默不作聲。沈侯自從和曉晨分手，狀態一直不對。一邊瘋狂工作，著急地想要證明自己，一邊酗酒抽煙、遊戲人間。他像是完全變了一個人，沒有一絲過去的陽光開朗，滿身陰暗抑鬱。本來沈媽媽還不太能理解，但現在她完全能理解了，男人和女人的愛情表達方式截然不同，但愛裡的信任、快樂、希望都一樣，顏曉晨的「懷孕式」分手背叛了最親密的信任，譏嘲了最甜蜜的快樂，打碎了最真摯的希望。看似只是一段感情的背叛結束，可其實是毀滅了沈侯心裡最美好的一切。沈媽媽突然想，也許，讓沈侯知道真相，不見得是一件壞事，雖然會面對另一種絕望、痛苦，但至少他會清楚，一切的錯誤都是因為他的父母，而不是他，他心裡曾相信和珍視的美好依舊存在。

沈爸爸說：「妳是個母親，不想兒子痛苦很正常，但是，沈侯現在已經是父親了，有些事他只能去面對。我是個男人，也是個父親，我肯定，沈侯一定寧願面對痛苦，也不願意被我們當傻子一樣保護。小月，我們現在不是保護，是欺騙！如果有一天他知道了，他會恨我們！恨我們的人已經太多了，我不想再加上我們的兒子！」

沈媽媽苦笑，「我們告訴他一切，他就不會恨我們嗎？」

沈爸爸無力地吁了口氣，所有父母都希望在孩子心裡保持住「正面」的形象，但他們必須親手把自己打成碎末，「沈侯會怨怪我們，會對我們很失望，但他遲早會理解，我們是一對望子成龍的自私父母，但我們從不是殺人犯！」

聽到「殺人犯」三個字，沈媽媽一下子失聲痛哭起來。這些年，背負著一條人命，良心上的煎熬從沒有放過她。

沈爸爸也眼睛發紅，他抱著沈媽媽，拍著她的背說：「曉晨對我們只有恨，可她對沈侯不一樣，至少，她會願意聽他說話。」

沈媽媽哭著點了點頭，「打電話給沈侯，叫他立即回來。」

❋ ❋ ❋

自從那天和沈侯的媽媽談完話，顏曉晨一直忐忑不安。

雖然理智上分析，就算沈媽媽知道孩子是沈侯的，也不會有勇氣告訴沈侯，畢竟，他們之前什麼都不敢告訴沈侯，如果現在他們告訴了沈侯孩子的真相，勢必會牽扯出過去的事，但顏曉晨總是不安，總覺得有什麼東西潛伏在暗處，悄無聲息地看著她。

如果程致遠在家，她還能和他商量一下，可他現在人在北京，她只能一個人胡思亂想。

戰戰兢兢過了一個星期，什麼都沒發生，沈侯的爸媽也沒有再出現，顏曉晨漸漸放心了。如果要發生什麼，應該早發生了，既然一個星期都沒有發生，證明一切都過去了，沈侯的爸媽選擇了把一切塵封起來。

她不再緊張，卻開始悲傷，她不知道自己在悲傷什麼，也不想知道，對現在的她而言，她完全不在乎內裡是否千瘡百孔，她只想維持外表的平靜生活。

週末，顏媽媽拖著顏曉晨出去運動。

顏曉晨懶洋洋的不想動，顏媽媽卻生龍活虎、精力充沛。一群經常一起運動的老太太叫顏媽媽去跳舞，顏媽媽有點心動，又掛慮女兒。顏曉晨說：「妳去玩妳的，我自己一個人慢慢溜達，大白天的，用不著妳陪。」

「那妳小心點，有事打電話給我。」顏媽媽跟著一群老太太高高興興地走了。

顏曉晨沿著林蔭小路溜達，她不喜歡嘈雜，專找曲徑通幽、人少安靜的地方走，綠意盎然、空氣也好。走得時間長了，倒像是把筋骨活動開了，人沒有剛出來時那麼懶，精神也好了許多。

顏曉晨越走越有興頭，從一條小路出來，下青石臺階，打算再走完另一條小路，就回去找媽媽。沒想到下臺階時，一個閃神，腳下打滑，整個人向前跌去，顏曉晨沒有任何辦法制止一切，眼睜睜地看著自己的整個身體重重摔下，滿心驚懼地想著，完了！

電光石火間，一個人像猿猴一般敏捷地躥出，不顧自己有可能受傷，硬是從高高的臺階上一下子跳下，伸出手，從下方接住了她。

兩個人重心不穩，一起跌在地上，可他一直盡力扶著顏曉晨，又用自己的身體幫她做了靠墊，顏曉晨除了被他雙手牢牢卡住的兩肋有些疼，別的地方沒什麼不適的感覺。

從摔倒到被救，看似發生了很多事，時間上不過是短短一剎那，顏曉晨甚至沒來得及看清楚救她的人。她覺得簡直是絕處逢生，想到這一跤如果摔實的後果，她心有餘悸，手腳發軟、動彈不得。救她的人也沒有動，扶在她兩肋的手竟然還抱住了她，把她攬在懷裡。

顏曉晨從滿懷感激變成了滿腔怒氣，抬起身子，想掙脫對方。一個照面，四目交投，看清楚是沈侯，她一下愣住了。被他胳膊上稍稍使了點力，整個人又趴回他胸前。

四周林木幽幽，青石小徑上沒有一個行人，讓人好像置身在另一個空間，靠在熟悉又陌生的懷抱裡，顏曉晨很茫然，喃喃問：「你……你怎麼在這裡？」

沈侯瞇著眼說：「妳真是能把人活活嚇死！」

顏曉晨清醒了，掙脫沈侯，坐了起來。沈侯依舊躺在地上，太陽透過樹蔭，在他臉上映照出斑駁的光影。

顏曉晨看著沈侯，沈侯也看著她，沈侯笑了笑，顏曉晨卻沒笑。

沈侯去握她的手，她用力甩開了，站起身就要離開，沈侯抓住她的手腕，「妳別走，我不碰妳。」

他說話的聲音帶著顫抖，顏曉晨納悶地看了一眼，發現他隨著她的動作，直起了身子，臉色發白，額頭冒著冷汗，顯然是哪裡受傷了。

顏曉晨不敢再亂動，立即坐回了地上，「你哪裡疼？要不要送你去醫院？」

「要！妳打１１９吧。別擔心，應該只是肌肉拉傷，一時動不了。」

顏曉晨拿出手機打電話，說有一個摔傷的病人，請他們派救護車過來。１１９問清楚地址和傷勢後，讓她等一會兒。沈侯一直盯著她手中的手機，眼中有隱隱的光芒閃爍。

以上海的路況，恐怕這個「等一會兒」需要二、三十分鐘。顏曉晨不可能丟下沈侯一個人在這裡等，只能沉默地坐在旁邊。

沈侯說：「小小，對不起！」

顏曉晨扭著臉，看著別處，不吭聲。

沈侯說：「小小，和我說句話，看在我躺在地上一動不能動的分兒上。」

「你知道多少了？」

「全部，我爸爸全部告訴我了。」

顏曉晨嘲諷地笑笑，「既然已經全知道了，你覺得一句對不起有用嗎？」

「沒用！我剛才的對不起不是為我爸媽做的事，而是為我自己做的事，我竟然只因為一段微信、兩張照片就把妳想成了截然不同的一個人！」

顏曉晨嘴裡冷冰冰地說：「你愛想什麼就想什麼，我根本不在乎！」鼻頭卻發酸，覺得說不出的委屈難過。

「我爸說因為我太在乎、太緊張了，反倒不能理智地看清楚一切，那段時間，我正在失業，因為爸媽作梗，一直都找不到工作，程致遠又實在太給人壓迫感，妳每次有事，我都幫不上忙，我……」

「我說了，我不在乎！你別廢話了！」

「我只是想說，我很混帳！對不起！」

顏曉晨直接轉了個身，用背對著沈侯，表明自己真的沒興趣聽他說話，請他閉嘴。

沈侯看著她的背影，輕聲說：「那天，我爸打電話來叫我回家，當時，我正在代我媽主持一個重要會議，他們都知道絕對不能缺席，我怕他們是忘了，還特意提醒了一聲，可我爸讓我立即回去，說他們有重要的事告訴我。我有點被嚇著了，以為是我媽身體出了問題，她這段日子一直精神不好，不停地跑醫院。我開著車往家趕時，胡思亂想了很多，還告訴自己一定要鎮定，不管什麼病，都要鼓勵媽媽配合醫生，好好醫治。回到家，媽媽和爸爸並排坐在沙發上，像是開會一樣，指著對面的位置，讓我也坐。我老實地坐下，結果爸爸剛開口叫了聲我的名字，媽媽就哭了起來，我再憋不住，主動問『媽媽是什麼病』，爸爸說『不是你媽生病了，是你有孩子了，曉晨懷的孩子是你的，不是程致遠的』。我被氣笑了，說『你們比我還清楚？要是我的孩子，顏曉晨為什麼不承認？她得要多恨我，才能幹這麼缺德的事？』爸爸眼睛發紅，說『她不是恨你，是恨我們！』媽媽一邊哭，一邊告訴了我所有的事……」

直到現在，沈侯依舊難以相信他上大學的代價是曉晨爸爸的生命。在媽媽的哭泣聲中，他好像被鋸子一點點鋸成了兩個人：一個在溫暖的夏日午後，呆滯地坐在媽媽對面，茫然無措地聽著媽媽的講述；

一個在寒冷的冬夜，坐在曉晨的身旁，憐惜難受地聽著曉晨的講述。他的眼前像是有一幀幀放大的慢鏡頭，曉晨的媽媽揮動著竹竿，瘋了一樣抽打曉晨，連致命的要害都不手軟，可是曉晨沒有一絲反抗，她蹲在媽媽面前，抱著頭，沉默地承受一切。不是她沒有力量反抗，而是她一直痛恨自己，就算那一刻真被打死了，她也心甘情願。

在瘋狂的抽打中，兩個他把兩個截然不同角度的講述像拼圖一樣完整地拼接到一起，他終於明白了所有的因緣際會！陰寒的冷意像鋼針一般從心裡散入四肢百骸，全身上下都又痛又冷，每個關節、每個毛孔似乎都在流血，可是那麼的痛苦絕望中，在心裡一個隱祕的小角落裡，他竟然還有一絲欣喜若狂，孩子是他的！曉晨仍然是愛他的！

「知道一切後，我當天晚上就去找過妳，看到妳和妳媽媽散步，但是我沒有勇氣和妳說話。這幾天，我一直不知道該怎麼辦，每次見到妳，就忍不住想接近妳，恨不得一直待在妳身邊，可我又不敢見妳。今天又是這樣，從早上妳們出門，我就跟著妳們，但一直沒有勇氣現身，如果不是妳剛才突然摔倒，我想我大概又會像前幾天一樣，悄悄跟著妳一路，最後卻什麼都不敢做，默默回家。」

顏曉晨怔怔地盯著一叢草發呆，這幾天她一直覺得有人藏匿在暗處看她，原來真的有人。

沈侯渴望地看著顏曉晨的背影，伸出手，卻沒敢碰她，只是輕輕拽住了她的衣服，「小小，我現在依舊不知道該怎麼辦，已經發生的事情，我沒有辦法改變，不管做什麼，都不可能彌補妳和妳媽媽，但剛才抱住妳時，我無比肯定，我想和妳在一起，我想和妳，還有孩子在一起。不管多麼困難，只要我不放棄，總有辦法實現。」

「我不想和你在一起！」顏曉晨站了起來，那片被沈侯拽住的衣角從他手裡滑出。

「小小……」

顏曉晨轉過身，居高臨下地看著平躺在地上的沈侯，冷冷地說：「你可以叫我顏小姐，或者程太太，小小這個稱呼，是我爸爸叫的，你！絕對不行！」

沈侯面若死灰，低聲說：「對不起！」

顏曉晨扭過頭，從臺階上到另一條路。她不再理會沈侯，一邊踱步，一邊張望。一會兒後，她看到穿著醫療制服的人抬著擔架匆匆而來，她揮著手叫了一聲：「在這裡！」說完立即轉身就走。

沈侯躺在地上，對著顏曉晨的背影叫：「曉晨，走慢點，仔細看路！」

❀ ❀ ❀

回到家裡，顏曉晨心亂如麻、坐臥不安。

之前，她就想像過會有這樣的結果，那畢竟是一個孩子，不可能藏在箱子裡，永遠不讓人發現，沈侯他們遲早會知道，所以，她曾想放棄這個孩子，避免和他們的牽絆。但是，她做不到！本來她以為在程致遠的幫助下，一切被完美地隱藏起來，可她竟然被沈侯媽媽的幾句話就詐出了真相。

她不知道沈侯究竟想怎麼樣，也揣摩不透沈侯的爸媽想做什麼，他們為什麼要讓沈侯知道這件事？難道他們不明白，就算沈侯知道了一切，除了多一個人痛苦，根本於事無補，她不可能原諒他們！也絕不可能把孩子給他們！

顏曉晨一面心煩意亂於以後該怎麼辦，一面又有點擔憂沈侯，畢竟當時他一動就全身冒冷汗，也不知道究竟傷到了哪裡，但她絕不願主動去問他。

正煩躁，悅耳的手機提示音響了，顏曉晨以為是程致遠，打開手機，卻發現是沈侯。

「已經做完全身檢查，連腦部都做了CT，不用擔心，只是肌肉拉傷，物理治療後，已經能正常走路了，短時間內不能運動、不能過度消耗體力，過一個月應該就能完全好。」

顏曉晨盯著螢幕，冷笑了一聲，「誰擔心你？我只是害怕要付你醫藥費！」剛把手機扔下，提示音又響了。

「我知道妳不會回覆我，也許，妳早就把我拉進黑名單封鎖了我的消息，根本看不到我說的這些話，但即使妳不會回覆，甚至壓根兒看不到，也無所謂，因為我太想和妳說話了，我就全當妳都聽到了我想說的話。」

顏曉晨對微信只是最簡單的使用，她的人際關係又一直很簡單，從來沒有要封鎖誰的需求，壓根兒不知道微信有黑名單功能，而且當時是沈侯棄她如敝屣，是他主動斷了一切和她的聯繫，顏曉晨根本再收不到他的消息，封不封鎖黑名單沒區別，只是他們都沒想到，兩個月後，竟然是沈侯主動發消息給她。

在沈侯的提醒下，顏曉晨在微信裡按來按去，正研究著如何使用黑名單功能，想把沈侯封鎖，又收到了一則消息：「科幻小說裡寫網路是另一個空間，也許在另一個空間，我只是愛著妳的猴子，妳只是愛著我的小小，我們可以像我們曾經以為的那樣簡單地在一起。」

顏曉晨鼻頭一酸，忍著眼淚，放下了手機。

晚上，程致遠打電話給她，顏曉晨問：「你什麼時候回來？」

這是程致遠出差這麼多天，第一次聽到曉晨詢問他的歸期，他禁不住笑了，「妳想見我？」

「我……」顏曉晨不知道即使告訴了程致遠這件事，程致遠又能做什麼。

程致遠沒有為難顏曉晨，立即說：「我馬上就到家了，這會兒剛出機場，在李司機的車上。」

「啊？你吃晚飯了嗎？要給你做點吃的嗎？」

「在機場吃過了，妳跟媽媽說一聲。過會兒見。」

「好，過會兒見。」

顏曉晨想要放下手機，卻又盯著手機發起了呆，三星的手機，不知不覺，已經用一年多了，邊邊角角都有磨損。

自從和沈侯分手後，很多次，她都下定決心要扔掉它，但是，總是有各種各樣的原因：買新手機要花錢，只是一個破手機而已；這幾天太忙了，等買了新手機就扔；等下個月發薪資……她一次次做決定扔掉，又一次次因為各種原因暫時保留，竟然一直用到了現在。

顏曉晨聽到媽媽和程致遠的說話聲，忙拉開門，走到樓梯口，看到程致遠和媽媽說完話，正好抬頭往樓上看，看到她站在樓梯上，一下子笑意加深。

程致遠提著行李上了樓。兩人走進臥室，他一邊打開行李箱，一邊問：「這幾天身體如何？」

「挺好的。」

「妳下班後都做了什麼？」

「晚飯後會在樓下走走，和媽媽一起去了幾次公園……」顏曉晨遲疑著，不知道該如何敘述自己的蠢笨。

程致遠轉身，將一個禮物遞給她。

「給我的？」顏曉晨一手拿著禮物，一手指著自己的臉，吃驚地問。

程致遠笑著點了下頭。

顏曉晨拆開包裝紙，是三星的最新款手機，比她用的更輕薄時尚，她愣了下說：「怎麼去北京買了個手機回來？上海又不是買不到？」

程致遠不在意地說：「酒店附近有一家手機專賣店，用久了蘋果，突然想換個不一樣的，我自己買了一個，也順便買了一個給妳。」說完，他轉身又去收拾行李。

顏曉晨拿著手機呆呆站了一會兒，說：「謝謝！你要泡澡嗎？我去幫你放熱水。」

「好！」

顏曉晨隨手把手機放到櫃檯上，去浴室放水。

程致遠聽到嘩嘩的水聲，抬起頭，透過浴室半開的門，看到曉晨側身坐在浴缸邊，正探手試水溫，她頭低垂著，被髮夾挽起的頭髮有點鬆，絲絲縷縷垂在耳畔臉側。他微笑地凝視了一會兒，拿起髒衣服，準備丟到洗衣房的洗衣籃裡，起身時一掃眼，看到了儲物櫃上曉晨的新手機，不遠處是他進門時隨手放在櫃檯上的錢包和手機。他禁不住笑意加深，下意識地伸手整理了一下，把錢包移到一旁，把自己的手機和曉晨的手機並排放在一起，像兩個並排而坐的戀人。他笑了笑，抱著髒衣服轉身離去，都已經走出了臥室，卻又立即回身，迅速把檯面恢復成原來的樣子，甚至還刻意把自己的手機放得更遠一點。他看了眼浴室，看曉晨仍在裡面，才放心地離開。

❀ ❀ ❀

星期一清晨，顏曉晨和程致遠一起出門上班，顏曉晨有點心神不寧，上車時往四周看，程致遠問：「怎麼了？」

著，看不到裡面。

顏曉晨笑了笑，「沒什麼。」上了車。

程致遠心中有事，沒留意到顏曉晨短暫的異樣，他看了眼顏曉晨放在車座上的包，拉鍊緊緊地拉

到公司後，像往常一樣，兩人還是故意分開、各走各的，雖然公司的人都知道他們的關係，但某些必要的姿態還是要做的，傳遞的是他們的態度。

有工作要忙，顏曉晨暫時放下了心事，畢竟上有老、下有小了，再重要的事都比不過養家糊口，必須努力工作。

開完例會，程致遠跟著李徵走進他辦公室，說著專案上的事，視線卻透過玻璃窗，看著外面的大辦公室。顏曉晨正盯著電腦工作，桌面上只有文件。

說完事，程致遠走出辦公室，已經快要離開辦公區，突然聽到熟悉的手機鈴聲響起，他立即回頭，看是另外一個同事匆匆掏出手機，接了電話，顏曉晨目不斜視地坐在辦公桌前，認真工作。

程致遠自嘲地笑笑，轉身大步走向電梯。

正常忙碌的一天，晚上下班時，兩人約好時間，各自走，在車上會合。

程致遠問：「累嗎？」

「不累。」顏曉晨說著不累，精神卻顯然沒有早上好，人有點呆呆的樣子。

程致遠說：「妳閉上眼睛休息一會兒，省得看著堵車心煩。」

顏曉晨笑了笑，真閉上眼睛，靠著椅背假寐。

手機鈴聲響了，顏曉晨拿起包，拉開拉鍊，掏出手機，「喂？」

程致遠直勾勾地看著她手裡的舊三星手機，顏曉晨以為他好奇是誰打來的，小聲說：「魏彤。」

程致遠笑了笑，忙移開視線。

「妳個狗耳朵……嗯……他在我旁邊，好的……」她對程致遠笑著說：「魏彤讓我跟你問好。」

顏曉晨嘰嘰咕咕聊了將近二十分鐘，才掛了電話，看到程致遠閉著眼睛假寐，似乎很少看他這樣，程致遠是個典型的工作狂，不到深夜，不會有休息欲望，她小聲問：「你累了？」

程致遠睜開眼睛，淡淡說：「有一點。魏彤和妳說什麼？」

顏曉晨笑起來，「魏彤寫了一篇論文，請我幫忙做了一些資料收集和分析，馬上就要發表了。她還說要做寶寶的乾媽。」

回到家時，王阿姨已經燒好晚飯，正準備離開。她把一個快遞信件拿給顏曉晨，「下午快遞送來的，我幫妳代收了。」

信封上沒有發件地址，也沒有寄件者，可是一看到那俐落漂亮的字跡，顏曉晨就明白是誰發的了。她心驚肉跳，看了眼媽媽，媽媽正一邊端菜，一邊和程致遠說話，壓根兒沒留意她。她忙把東西拿了過去，藉著要換衣服，匆匆上了樓，把信件塞進櫃子裡。

吃完飯，幫著媽媽收拾了碗筷，又在客廳看了會兒電視，才像往常一樣上了樓。

顏曉晨鑽進自己的臥室，拿出信件，不知道是該打開，還是該扔進垃圾桶。

猶豫了很久，她還是撕開信封，屏息靜氣地抽出東西，正要細看，敲門聲傳來。

顏曉晨嚇了一跳，手忙腳亂地把所有東西塞進抽屜，「進來。」

程致遠推開門，笑著說：「突然想起，新手機使用前，最好連續充二十四小時電，妳充了嗎？」
「哦……好的，我知道了。」
「要出去走一會兒嗎？」
「不用了，今天有點累，我想早點休息，白天我在公司有運動。」
她的表情明顯沒有繼續交談的意願，程致遠說：「那……妳忙，我去沖澡。」
等程致遠關上門，顏曉晨吁了口氣，拉開抽屜，拿出信件。
一個白色的小信封裡裝著兩張照片，第一張照片是一個孫悟空的木雕，孫悟空的金箍棒上掛了一張從筆記本上撕下的紙張，上面寫著三個歪歪扭扭、很醜的字：我愛你。照片的背面，寫著三個行雲流水、力透照片的字：我愛妳。
顏曉晨定定看了一瞬，抽出第二張照片，十分美麗的畫面，她穿著潔白的婚紗，沈侯穿著黑色的西裝，兩人並肩站在紫藤花下，衝著鏡頭微笑，藍天如洗、香花似海、五月的陽光在他們肩頭閃耀。
顏曉晨記得這張照片，後來她翻看攝影師給的婚禮照片時，還特意找過，但是沒有找到，她以為是因為照得不好，被攝影師刪掉了，沒想到竟然被沈侯拿去了。
顏曉晨翻過照片，映入眼簾的是幾行工工整整、無乖無戾、不燥不潤的小字。毫無疑問，寫這些字的人是在一種清醒理智、堅定平靜的心態中——
我會等著，等著冰雪消融，等著春暖花開，等著黎明降臨，等著幸福的那一天到來。如果沒有那一天，也沒有關係，至少我可以愛妳一生，這是誰都無法阻止的。

「胡說八道！」顏曉晨狠狠地把照片和信封一股腦都扔進了垃圾桶。

但是，過了一會兒，她又忍不住回頭看向垃圾桶。

萬一扔垃圾時，被王阿姨和媽媽看見了呢？顏曉晨從垃圾桶裡把照片撿了出來，雙手各捏一端，想要撕碎，可看著照片裡並肩而立於紫藤花下的兩個人，竟然狠不下心下手。她發了一會兒呆，把照片裝回白色的信封。

顏曉晨打量了一圈屋子，走到書架旁，把信封夾在一本最不起眼的英文書裡，插放在書架上的一堆書中間。王阿姨和媽媽都不懂英文，即使打掃，也不可能翻查這些英文書。

顏曉晨走回床邊坐下時，看到了床頭櫃上的舊手機，她咬了咬唇，把新手機和充電器都拿出來，插到插座上，給新手機充電。

Chapter 18

破碎的夢境

我曾有個似夢非夢的夢境，明亮的太陽熄滅，
而星星在黯淡的永恆虛空中失所流離。

——拜倫

早上，顏媽媽和王阿姨從菜市場回來，王阿姨看做中飯的時間還早，開始打掃，先打掃樓上，再打掃樓下。

顏媽媽打掃完自己住的客房，看王阿姨仍在樓上忙碌，空蕩蕩的一樓就她一人，她有點悶，就上樓去看王阿姨。王阿姨正在打掃副臥室的洗手間，顏媽媽不好意思閒站著，一邊和王阿姨用家鄉話聊著家常，一邊幫忙整理臥室。王阿姨客氣了幾句，見顏媽媽執意要幫忙，知道她的性子，也就隨她去了。

顏媽媽整理床鋪時，覺得不像是空著的房間，猜是曉晨和致遠偶爾用了這個臥室，也沒多想。她站在凳子上，擦拭櫃子時，為了把角落裡的灰塵也擦一擦，手臂使勁向裡探，結果一個不小心竟然把架子上的書都碰翻在地。顏媽媽趕忙蹲下去撿書，一個白色的信封從一本書裡掉了出來。顏媽媽雖然知道不能隨便進年輕人的房間，現在的年輕人都很開放，一個不小心就會撞見少兒不宜的畫面，但她畢竟沒受過什麼教育，沒有要尊重他人隱私的觀念，撿起信封後，下意識地就打開了，想看看裡面是什麼東西。

兩張照片出現在她面前，孫悟空那張照片，她看得莫名其妙，沈侯穿著西裝和曉晨穿著婚紗合影的照片卻嚇了她一大跳，再看看照片背後的字，她被嚇得一屁股軟坐在了地上。

什麼叫「至少我可以愛妳一生，這是誰都無法阻止的」？是說程致遠也沒有辦法阻止嗎？還有這什麼「冰雪消融、黎明降臨」，是說等著曉晨和程致遠離婚嗎？

這個時候再看這個有人睡的臥室，一切就變得很可疑，難道曉晨晚上都睡這裡？難道是曉晨要求和程致遠分房？

也許因為曉晨在顏媽媽心裡已經有了劈腿出軌的不良記錄，顏媽媽對女兒的信任度為負數，越想越篤定、越想越害怕，氣得手都在抖。她生怕王阿姨發現了，急急忙忙把照片放回書裡，又塞回書架上。

顏媽媽愁眉苦臉，一個人鬱悶地琢磨了半天，想著這事絕對不能讓程致遠知道，必須扼殺在搖籃裡，絕不能讓曉晨和沈侯又黏糊到一起！總不能像電視上演的那樣，孩子都有了，小夫妻鬧離婚吧？

顏媽媽做了決定，從現在開始，她要幫這個小家庭牢牢盯著曉晨，絕對不給她機會和沈侯接觸，等到生了孩子，忙著要養孩子，心思自然就會淡了。

＊＊＊

中午，程致遠打電話給顏曉晨，問她要不要一起出去吃飯，顏曉晨說好啊。兩人不想撞見同事，去

24 喬治・戈登・拜倫（George Gordon Byron, 6th Baron Byron, 1788-1824）：英格蘭詩人、革命家，同時也是知名的浪漫主義文學家，未完成的長詩《唐璜》是其代表作品。

了稍微遠一點的西餐廳。

顏曉晨問：「怎麼突然想吃西餐了？」

程致遠說：「看妳最近胃口不太好，應該是王阿姨的菜吃膩了，我們換個口味。」

顏曉晨眼睛一眨不眨地盯著程致遠，程致遠迴避她的目光，若無其事地喝了口咖啡，微笑著問：「看我幹什麼？」

「我知道你願意幫我，但是，我們只是形式，你真的沒必要對我這麼好，你應該多為自己花點心思，讓自己過得更好。」她仍舊不知道程致遠藏在心底的故事是什麼樣的，幫不到他什麼，只能希望他努力幫自己。

程致遠笑看著顏曉晨，「妳怎麼知道我沒有為自己花心思？我現在正在很努力讓生活更好。」

這傢伙的嘴巴可真是比蚌殼還緊！顏曉晨無奈，「好吧！你願意這麼說，我就這麼聽吧！」她一邊切牛排，一邊暗自翻了個白眼，喃喃嘟囔：「照顧我的食欲，能讓你的生活更好？騙鬼去吧！」

程致遠微笑地喝著咖啡，看著她隨手放在桌上的仍是那個已經有磨損的舊手機，像是一塊磚頭塞進了五臟六腑，感覺心口沉甸甸得憋悶，剎那間胃口全失。

顏曉晨抬頭看他，「你不吃嗎？沒胃口？」

程致遠笑笑，「我想節食，為了健康。」

顏曉晨驚訝地上下看他，「我覺得你不用。」

「妳不是醫生。」程致遠把幾根冰筍放到顏曉晨盤子裡，示意她多吃點。突然，他看著餐廳入口的方向，微笑著說：「希望妳的食欲不要受影響。」

「什麼？」

顏曉晨順著程致遠的目光，扭過頭，看到了沈侯，他竟然隔著一張空桌，坐在他們附近，距離近得完全能看清對方桌上的菜餚。他坐下後，衝顏曉晨笑了笑，顏曉晨狠狠盯他一眼，決然轉過了頭，餘光掃到桌上的手機，她立即用手蓋住，裝作若無其事，偷偷摸摸地一點點往下蹭，把手機蹭到桌布下，藏到了包裡。

她以為自己做得很隱蔽，卻不知道程致遠全看在眼裡。

程致遠微笑地喝著黑咖啡，第一次發現，連習慣於品嘗苦澀的他，也覺得這杯黑咖啡過於苦澀了。

顏曉晨為了證明食欲絕對沒有受影響，低著頭，專心和她的餐盤搏鬥。

程致遠一直沉默，看她吃得差不多了，再吃下去該撐了時，突然開口說：「沈侯竟然用那麼平和的目光看我，不被他討厭仇視，我還真有點不習慣，最近發生了什麼事？」

這下顏曉晨真沒胃口了，她放下刀叉，低聲說：「他知道孩子是他的了。」

程致遠正在喝咖啡，一下子被嗆住了，他拿著餐巾，捂著嘴，狂咳了一會兒才平復。不知道是不是因為咳嗽，他的臉色有點泛白，眉頭緊緊地皺在一起，顏曉晨把檸檬水遞給他，「要喝口水嗎？」

程致遠抬了下手，示意不用。他的神情漸漸恢復了正常，像是自言自語地說：「怎麼會這樣？」

顏曉晨懊惱地說：「是我太蠢了，被侯月珍拿話一詐就露餡兒了。」

程致遠像是回過神來，說：「懊惱已經發生的事，沒有意義。妳打算怎麼辦？」

「我不知道。」顏曉晨自嘲，「我能做什麼呢？我不能改變孩子和他們有血緣關係的事實，又沒有勇氣拿把刀去殺了侯月珍！」

程致遠沉默了一瞬，也不知是說給曉晨，還是自己，「總會有辦法。」

他叫侍者來結帳，等結完賬，他說：「我們走吧！」

一直到顏曉晨離開，沈侯什麼都沒做，什麼都沒說，只是目光一直毫不避諱地膠著在顏曉晨身上。顏曉晨一直低著頭，完全不看他。程致遠看了眼沈侯，輕輕攬住顏曉晨的腰，把曉晨往身邊拉了拉，用自己的身體隔絕了沈侯的視線。

❀ ❀ ❀

晚上，回到家，顏曉晨覺得媽媽有點奇怪，可又說不出來究竟哪裡奇怪，硬要說的話，大概就是對程致遠更殷勤了一點，對她更冷了一點。

吃過飯，顏曉晨幫媽媽收拾碗筷時，媽媽趁著程致遠不在廚房，壓著聲音問：「妳為什麼和致遠分房睡？」

顏曉晨一愣，自以為理解了媽媽的怪異，幸好她早想好了說詞，若無其事地說：「我懷著寶寶，晚上睡覺睡不實，老翻身，不想影響致遠休息，就換了個房間。」

「原來是這樣，我還以為你們小夫妻吵架。」

「怎麼會呢？妳看我和致遠像是在吵架嗎？」

顏媽媽看了她一眼，洗著碗，什麼都沒再說。

收拾完碗筷，看了會兒電視，顏曉晨上了樓。

程致遠沖了個澡後，去書房工作了，顏曉晨暫時霸占主臥室。她打開電腦，本來想看點金融資料，卻看不進去，變成靠在沙發上發呆。

手機響了，顏曉晨打開，是沈侯的微信，「今天中午，我看到妳了。我是因為想見妳，特意去那家餐館，但妳不用擔心，我會克制，不會騷擾到妳的生活。現在，妳的身體最重要，書上說孕婦需要平靜的心情、規律的作息，不管我多想接近妳，我都不會冒著有可能刺激到妳的風險。」

顏曉晨冷哼，說得他好像多委屈！

沈侯知道顏曉晨絕對不會回覆，甚至不確定她能看到，卻只管自己發消息：「妳什麼時候產檢？我很想要一張孩子的超音波照片。」

顏曉晨對著手機，惡狠狠地說：「做夢！」

❀　❀　❀

雖然顏曉晨從不回覆沈侯的微信，沈侯卻像他自己說的一樣，不管她是否回覆，不管她有沒有看到，仍舊自言自語地傾訴著他的心情。

「今天我坐在車裡，看到程致遠陪妳去醫院了。我知道他在妳最痛苦時給了妳幫助和照顧，我應該感激他替我做了我應該做的事，但那一刻，我還是覺得討厭他！我太嫉妒了，我真希望能陪妳一起做產檢，親眼看到我們的寶寶，聽他的心跳，但我知道妳不會願意。我只能看著另一個男人陪著妳去做這些事，連表示不高興的權力都沒有！」

……

「以前走在街上看到孩子沒有絲毫感覺，可自從知道自己要做爸爸了，每次看到小孩，就會忍不住盯著別人的寶寶一直看。妳想過孩子的名字了嗎？我給寶寶想了幾個名字，可都不滿意。」

……

「自從知道所有事，我很長時間沒有和爸爸、媽媽說話了，每天都在外面四處遊蕩，寧可一個人坐在酒吧裡發呆，都不願回家。今天回家時，爸爸坐在客廳裡看無聊的電視劇，特意等著我，我知道他想說話，但最終沒有開口，我也沒有開口。他們以為我恨他們，其實，我並不恨，也許因為我也要做父親了，我能理解他們，我只是暫時不知道如何面對他們。我恨的是自己，為什麼高三的時候會迷戀上玩遊戲？如果不是我高考失手考差了，媽媽用不著為了讓我上大學去擠掉妳的名額，妳爸爸也就不會去省城教育局討說法，也不會發生那場車禍。如果我能好好唸書，靠自己考進大學，也許我們會有一個相似的開始，卻會有一個絕對不同的結局。」

……

「去妳的辦公大樓外等妳下班，想看妳一眼，卻一直沒有看到妳。我漫無目的地開著車，開到了學校。坐在我們曾經坐過的長椅上，看著學校裡的年輕戀人旁若無人的親密，忍不住微笑，甜蜜和苦澀兩種極端的感覺同時湧現。不過才畢業一年，可感覺上像是已經畢業十年了。我很嫉妒曾經的那個自己，他怎麼可以過得那麼快樂？」

……

「今天在酒吧裡碰見了吳倩倩，表面上她是我的助理，似乎職業前途大好，但只有她和我知道，她過著什麼樣的日子。因為沒有辦法接受妳的離開，我一直遷怒於她，聘用她做助理，只是為了發洩自己的怒火。後來雖然明白，不管有沒有她，我和妳的結局早在妳我相遇時，就已經註定，但如果沒有她，我們至少可以多一點快樂，少一點苦澀。人生好像是一步錯、步步錯，看著她痛苦地買醉、無助地哭泣，曾經對她的憤怒突然消失了，也許我的人生也在一步錯、步步錯，我對她的痛苦無助多了一分感同身受的慈悲心，不再那麼憤怒。也許這世界上每個犯錯的人，都應該有一次被原諒的機會，我渴望得到那一次機會，她應該也渴望吧？」

……

「今天在辦公室裡，我告訴吳倩倩，如果她願意，我可以幫她安排另外一份工作，讓她重新開始。她驚駭得目瞪口呆，以為我又有什麼新花招來折磨她。當她確認我是認真的，竟然哭得泣不成聲。她第一次對我說了對不起，那一刻，我真正釋然了。我目送著她走出辦公室，一步步消失在長長的走廊盡頭，像是目送著自己年少輕狂的歲月也一步步穿過時光長廊，消失遠去。」

……

「晚上被公司的一群年輕設計師拽去唱歌，聽到那些女孩唱梁靜茹的歌，忽然心痛到幾乎無法呼吸。小小、小小、小小、小小……」

……

「我現在在妳家樓下，一層層數著樓層，尋找屬於妳的窗口。我知道妳就在那裡，可是我碰不到妳。這個世界上竟然有這麼遙遠的距離，無論我有多少力氣，無論我賺多少錢，都沒有辦法縮短妳和我之間的距離。」

……

「有時候，我很樂觀，覺得世上沒有不能解決的事，在人生的這場旅途中，我們只是暫時走上了不同的道路，只要我的心還在妳身上，我就帶著找到妳的GPS，不管妳走得多遠，不管妳藏在哪裡，我都能找到妳，和妳重新聚首。可有時候，我很悲觀，這世上真有不能解決的事，我觸碰不到妳，我聽不到妳的聲音，我不知道妳今天過得如何，這一刻妳是否開心。妳的快樂，我不能分享；妳的難受，我無法安慰；妳的現在我無法參與，妳的未來和我無關；我唯一擁有的只是妳的過去。我以為我帶著找到妳的GPS，可也許隨著時間，突然有一天，它會用機械冰冷的聲音告訴我：對不起，因為系統長久沒有更新，無法確認妳的目的地。」

顏曉晨每次看到沈侯發送來的訊息，都十分恍惚。她從不回應他的訊息，想盡一切辦法躲避他，在他觸碰不到她時，她也觸碰不到他，她擁有的也只是他的過去。他的改變是那麼大，透過點滴消息，感受到的這個男人已經讓她覺得陌生，不再是那個快樂飛揚、自信霸道的少年。也許強大的命運早就用機械冰冷的聲音對他們說了「對不起」，只是他們都沒有聽到而已。

是不是另一個空間真的會有一個小小和猴子？在那個空間，他們不用擔心自己的GPS會因為系統無法更新而找不到對方，因為他們不會分開，他們的旅途一直在一起，手牽著手一起經歷人生風雨。

❋ ❋ ❋

週六下午，魏彤來看顏曉晨。

來之前，她絲毫不客氣地提前打電話點了餐，清蒸鱸魚、蔥油爆蝦……學校餐廳裡，這些東西都不新鮮，十分難吃，外面的餐廳又太貴，正好到曉晨這裡打牙祭。

魏彤和顏曉晨一邊吃零食、一邊嘰嘰咕咕地聊天。程致遠在樓上的書房工作，沒有參與女士們的下午茶會。

顏媽媽自從知道魏彤也是沈侯的同學後，就留了個心眼，時不時裝作送水果、加水，去偷聽一下，還真被她聽到幾句。應該是魏彤主動說起的，好像是她碰到過沈侯，感慨沈侯變化好大，變得沉穩平和，沒有以前的跋扈銳氣。自始至終，曉晨沒有接腔，魏彤也覺得在程致遠家說這個人有點不妥當，很快就說起另外的話題。聽上去一切正常，但顏媽媽留意到魏彤說沈侯時，曉晨把玩著手機，面無表情，目無焦距，似乎又有點不對頭。

魏彤吃過晚飯，揉著吃撐的肚子，告辭離去。

程致遠和顏曉晨送她下樓，順便打算在附近散一會兒步，算是孕婦式的運動。

顏媽媽洗完碗，走到客廳，想要看電視，突然想起什麼，一個骨碌站起來，四處找，卻沒有找到。她仔細想了想，確定剛才曉晨送魏彤出門時，穿的是及膝連衣裙，沒有口袋，因為只是在樓下散步，程致遠又陪著她，她也沒有帶包包，兩手空空，什麼都沒拿。可之前曉晨一直放在手邊的手機卻不在客廳，她放哪裡去了？又是什麼時候放到了別處？

顏媽媽上了樓，雖然屋子裡沒有一個人，她卻屏息靜氣、躡手躡腳。在床頭櫃裡翻了一圈，只有一個連保護螢幕膜都還沒撕下的新手機；又在衣櫃裡小心找了一遍，什麼都沒有。但顏曉晨是顏媽媽養大的，她藏東西的習慣，不敢說百分百瞭解，也八九不離十，所以以前找曉晨藏的錢總是一找一個準。最後，終於在枕頭下面找到了。

手機有開機密碼，四位數字。但顏媽媽剛到上海時，兩人居住的屋子很小，曉晨用手機時又從不迴避她，顏媽媽記得看過她輸入密碼，是她自己的生日，月分加日期。

顏媽媽輸入密碼，手機打開了。她看著手機上的圖示，嘀咕：「怎麼看呢？簡訊……對！還有微信……」剛到上海時，沈侯和曉晨都教過她使用微信，說是很方便，對著手機說話就行了，正好適合她這樣打字極度緩慢、又不喜歡打字的人。沈侯幫她也安裝了一個微信，可因為需要聯繫的人很少，用的機會也很少。

＊　＊　＊

顏曉晨和程致遠送走魏彤後，散了四十分鐘的步，開始往回走。

電梯門緩緩合攏，形成了一個小小的封閉空間，只有程致遠和顏曉晨兩人。程致遠突然說：「好幾天沒看到沈侯了，他竟然什麼都沒做，讓我覺得很不真實。」

顏曉晨盯著電梯一個個往上跳的數字，面無表情地說：「他說孕婦的身體最大，我應該保持平靜的心情，他不會做任何事情來刺激我。」

程致遠愣了一愣，笑著輕吁口氣，感慨地說：「男孩和男人最大的區別，不是年齡，而是一個總是忙著表達自己、證明自己，生怕世界忽略了他，一個懂得委屈自己、照顧別人，克制自己、成全別人。沈侯挺讓我刮目相看！」

顏曉晨說不清楚心裡是什麼滋味，緊緊地抿著唇，不讓情緒洩露。

程致遠輕聲問：「妳考慮過離開上海嗎？」

「啊？公司要在北京開分公司？你要離開上海？」

「不是我，而是妳。去北京，並不能阻擋沈侯，他會追到北京。難道妳打算永遠這樣一個克制、一個躲避，過一輩子嗎？我知道妳投訴過社區保全讓非住戶的車開了進來，但社區保全並不能幫妳阻擋沈侯。孩子出生後，妳又打算怎麼辦？」

電梯門開了，兩人卻都沒有走出電梯，而是任由電梯門又關上，徐徐下降。

顏曉晨苦笑，「那我能怎麼辦？沈侯家的公司在全中國都有，就算離開上海，我能逃到哪裡去？」

「我們去國外！」

顏曉晨震驚地看著程致遠，似想看他是不是認真的。

電梯停住，一個人走進了電梯，背對他們站在電梯門口，兩人都沒有再說話。電梯到了一樓，那人走出電梯。沒有人進電梯，電梯門合攏，又開始往上走，程致遠沒有看顏曉晨，聲音平穩地說：「國內的公司有喬羽，我在不在國內不重要。我在美國和朋友有一個小型基金公司，妳要不喜歡美國，我們可以去歐洲。世界很大，總有一個地方能完全不受過去的影響，讓一切重新開始。」

他是認真的！顏曉晨腦內一片混亂，一直以來，她都在努力遺忘過去的陰影，讓一切重新開始，但現在，她不知道了，「我、我媽媽怎麼辦？」

「可以跟我們一起走，也可以留在國內，我會安排好一切。我爸爸媽媽都在，妳媽媽今年才四十四，還很年輕，身體健康，十年內不會有任何問題。或者妳可以換個角度去想，假想成妳要出國求學，一般讀完一個博士要五年，很多妳這個年紀的人都會離開父母。」

顏曉晨知道程致遠說得沒有問題，他爸媽一個是成功的商人，一個退休前曾經是省城三甲醫院的副院長，有他們在，不管什麼事都能解決，而且媽媽現在和兩個姨媽的關係修復了，還有親戚照應。可她究竟在猶豫什麼？年少時，待在小小的屋子裡，看著電視上的偶像劇，不是也曾幻想過有一日，能飛出小城市，去看看外面的世界嗎？

他們忘記了按樓層按鈕，電梯還沒有到達他們住的樓層，就停了，一個人走進來，電梯開始下降。

兩個人都緊抿著唇，盯著前面。

電梯再次到了一樓，那人走出電梯後，程致遠按了一下他們家所在樓層的按鈕，電梯門再次合攏。

他低聲問：「妳覺得怎麼樣？」

「好像……可以，但我現在腦子很亂……程致遠，我不明白，你是自己想離開，還是為了我？如果是為了我，我根本不敢接受！我一無所有，我拿什麼回報你？」

程致遠凝視著顏曉晨，「我已經擁有最好的回報。」

「我不明白……」

電梯到了，門緩緩打開。

程致遠用手擋住電梯，示意顏曉晨先走，「我很清楚自己在做什麼，我做的每個決定都是我深思熟慮、心甘情願的決定，妳不用考慮我，只考慮妳自己。好好考慮一下，如果可以，我就開始安排。」

顏曉晨沉默了一瞬，點點頭，「好的。」

兩人並肩走向家門，剛到門口，門就打開了。顏媽媽臉色鐵青，雙目泛紅，像是要吃了顏曉晨一般，怒瞪著她。

顏曉晨和程致遠呆住了。

未等他們反應，顏媽媽「啪」一巴掌，重重搧在了顏曉晨臉上，顏曉晨被打懵了，傻傻地看著媽媽，「媽媽，為什麼？」

「妳問我為什麼？」顏媽媽氣得全身都在抖，她還想再打，程致遠一手握住顏媽媽的手，一手把顏曉晨往身後推了一下。

顏媽媽掙扎著想推開程致遠，卻畢竟是個女人，壓根兒推不動程致遠。程致遠說：「媽，您有什麼事好好說！」

顏媽媽指著顏曉晨，豆大的眼淚一顆顆滾了下來，「顏曉晨！妳告訴我，妳爸爸是怎麼死的？妳肚子裡的孩子又是誰的？」

顏曉晨的腦袋轟一下炸開了，她踉踉蹌蹌後退了幾步，絕望地想：媽媽知道了！媽媽知道了！

程致遠也傻了，一個小時前，他們下樓時，一切都正常，再上樓時，竟然就翻天覆地了。

顏媽媽狠命地用力想掙脫程致遠，可程致遠怕她會傷害到曉晨，不管她推他、打他，就是不放手。

顏媽媽又怒又恨，破口大罵起來：「程致遠，你放開我！孩子根本不是你的，你護著他們有什麼好處？戴綠帽子，替別人養孩子很有臉面嗎？就算自己生不出來，也找個好的養！你小心你們程家的祖宗從祖墳裡爬出來找你算帳……」

顏媽媽是活在中國最底層的人，罵大街的話越說越難聽，程致遠雖然眉頭緊鎖，卻依舊溫言軟語地勸著：「媽媽，只要我在，不會讓妳動曉晨的！妳先冷靜下來……」

顏媽媽拗不過程致遠，指著顏曉晨開始罵：「妳個短命的討債鬼！我告訴妳，妳要還認我這個媽……呸，老娘也不喜歡做妳媽！妳要還有點良心，記得妳爸一點半點的好處，給我趕緊去醫院把孩子打掉！妳打了孩子，和沈侯斷得乾乾淨淨，我就饒了妳！否則我寧可親手勒死妳，全當沒生過妳這個討債鬼，也不能讓妳去給仇人傳宗接代！從小到大，只要有點好東西，妳爸都給妳，寧可自己受罪，也不能委屈了妳！可妳的心到底是怎麼長的？肚子裡揣著那麼個噁心東西，竟然還能睡得著？妳爸有沒有來找妳？他死不瞑目，肯定會來找妳……」

顏曉晨直勾勾地看著媽媽，臉色煞白，爸爸真的會死不瞑目嗎？

程致遠看顏媽媽越說越不堪、越來越瘋狂，也不知道她哪裡來的蠻力，竟然都快要拽不住她，忙對顏曉晨吼：「曉晨，不要再聽了！妳去按電梯，先離開！按電梯，走啊！」

電梯門開了，在程致遠焦急擔心的一遍遍催促中，顏曉晨一步步退進了電梯。

隨著電梯門的合攏，顏媽媽的哭罵聲終於被阻隔在外，但顏曉晨覺得她的耳畔依舊響著媽媽的罵聲：「妳爸爸死不瞑目，他會來找妳！」

顏曉晨失魂落魄地走出大廈。

現在九點，天早已全黑，沒有錢、沒有手機，身上甚至連張紙都沒有。顏曉晨不知道該去哪裡，卻又不敢停下，似乎身後一直有個聲音在對她哭嚷「把孩子打掉、把孩子打掉」，她只能沿著馬路一直向前走。

在家鄉的小縣城，這個時間，大街上已經冷冷清清，但上海的街道依舊燈紅酒綠、車水馬龍。

顏曉晨突然想起了五年前來上海時的情形，她一個人拖著行李，走進校園。雖然現代社會已經不講究披麻戴孝，但農村裡還是會講究一下，她穿著白色的T恤、黑色的短褲，用一根白色塑膠珠花的頭繩繫了馬尾。她的世界就像她的打扮，只剩下黑白兩色，那時她的願望只有兩個：拿到學位，代爸爸照顧好媽媽。

這些年，她一直在努力，但是從來沒有做好，學位沒有拿到，媽媽也沒有照顧好！

難道真的是因為從一開始就錯了？

因為她茫然地站在校園的迎新大道上，羨慕又悲傷地看著來來往往、在父母陪伴下來報到的新生時，看見了沈侯。沈侯爸媽對沈侯的照顧讓她想起了爸爸為自己所做的一切，而沈侯對爸爸媽媽的體貼讓她想起了自己想為爸爸做、卻一直沒來得及做的遺憾。

是不是因為她看見了不該看見的人，喜歡了不該喜歡的人，所以爸爸一直死不瞑目？

顏曉晨不知道自己究竟走了多久，只是感覺連上海這個繁忙得幾乎不需要休息的城市也累了，街上的車流少了，行人也幾乎看不到了。

她的腿發軟，肚子沉甸甸的，似乎有什麼東西要往下墜，她不得不停了下來，坐在馬路邊的水泥臺階上。看著街道對面的繁華都市，高樓林立、廣廈萬間，卻沒有她的三尺容身之地，而那個她出生長大的故鄉，自從爸爸離去的那天，也沒有了能容納她的家。

一陣陣涼風吹過，已經六月中旬，其實並不算冷，但顏曉晨只穿了一條裙子，又坐在冰冷的水泥地上，她不自禁地打著寒戰，卻沒意識到自己在打寒戰，仍舊呆呆地看著夜色中的輝煌燈火，只是身子越縮越小，像是要被漆黑的夜吞噬掉。

❋ ❋ ❋

沈侯接到程致遠的電話後，立即衝出了家門。

在沈侯的印象裡，不管任何時候，程致遠總是胸有成竹、從容不迫的樣子，可這一次，他的聲音是慌亂的。剛開始，沈侯還覺得很意外，但當程致遠說曉晨的媽媽全知道了時，沈侯也立即慌了。

程致遠說曉晨穿著一條藍色的及膝連衣裙，連裝東西的口袋都沒有，她沒帶錢、沒帶手機，一定在步行可及的範圍內，但沈侯找遍社區附近都沒有找到她。沒有辦法的情況下，他打電話叫來了司機，讓司機帶著他，一寸寸挨著找。

已經凌晨三點多，他依舊沒有找到曉晨。沈侯越來越害怕，眼前總是浮現出顏媽媽揮舞著竹竿，瘋狂抽打曉晨的畫面。這世上，不只竹竿能殺人，言語也能殺人。

沈侯告訴自己曉晨不是那麼軟弱的人，逼著自己鎮定下來。他根據曉晨的習慣，推測著她最有可能往哪裡走。她是個路痴，分不清東西南北，認路總是前後左右，以前兩人走路，總會下意識往右拐。

沈侯讓司機從社區門口先右拐，再直行。

「右拐……直行……直行……右拐……直行……停！」

他終於找到了她！

清冷的夜色裡，她坐在一家連鎖速食店的水泥臺階上，冷得整個身子一直在不停地打哆嗦，可她似乎什麼都感覺不到，蜷縮在冰冷的水泥臺階上，面無表情地盯著虛空。他的小小，已經被痛苦無助逼到角落裡，再無力反抗，一個瞬間，沈侯的眼淚就沖到了眼眶裡，他深吸口氣，把眼淚逼回去，車還沒停穩，他就推開車門，衝下了車。

沈侯像旋風一般颳到了曉晨身邊，卻又膽怯了，生怕嚇著她，半跪半蹲在臺階下，小心地說：「小……曉晨，是我！」

顏曉晨看著他，目光逐漸有了焦距，「我知道。」

沈侯一把抱住了她，只覺得入懷冰涼，像是抱住一個冰塊。顏曉晨微微掙扎了一下，似乎想推開他，但她的身體不停地打著哆嗦，根本使不上力。

沈侯打橫抱起她，小步跑到車邊，把她塞進車裡，對司機說：「把暖氣打開。」他自己從另一邊上了車。

本來顏曉晨沒覺得冷，可這會兒進入一個溫暖的環境，就像有了對比，突然開始覺得好冷，身體抖得比剛才還厲害，連話都說不了。

沈侯急得不停用手搓揉她的胳膊和手，車裡沒有熱水、也沒有毯子，他自己又一向不怕冷，沒穿外套，幸好司機有開夜車的經驗，知道晚上多穿點總沒錯，出門時在T恤外套了件長袖襯衫。沈侯立即讓司機把襯衫脫了，蓋在顏曉晨身上。

司機開車到二十四小時營業的商店，買了兩杯熱牛奶，沈侯餵著顏曉晨慢慢喝完，才算緩了過來。

沈侯依舊一手握著她的手，一手摩挲著她的胳膊，檢查著她體溫是否正常。顏曉晨抽出手，推了他一下，自己也往車門邊挪了一下。

沈侯看著空落落的手，輕聲說：「車門有點涼，別靠車門太近。」他主動挪坐到另一側的車門邊，留下了絕對足夠的空間給顏曉晨。

顏曉晨說：「怎麼是你來找我？程致遠呢？」

沈侯說：「曉晨，妳先答應我不要著急。」

顏曉晨苦笑，「現在還能有什麼事讓我著急？你說吧！」

「程致遠在醫院，他沒有辦法來找妳，所以打電話給我，讓我來接妳。」

顏曉晨無奈地輕嘆了口氣，「我媽打的？」

「妳媽媽突然心肌梗塞，程致遠在醫院照顧妳媽媽。妳千萬別擔心，程致遠已經打電話報過平安，沒有生命危險。」

顏曉晨呆滯地看著沈侯。沈侯知道她難以相信，他剛聽聞時，也是大吃一驚，顏媽媽罵人時嗓門洪亮，打人時力大無窮，怎麼看都不像是一個虛弱的病人。

顏曉晨嘴唇哆哆嗦嗦，似乎就要哭出來，卻又硬生生地忍著，「我想去醫院。」

沈侯心裡難受，可沒有辦法去分擔她一絲一毫的痛苦，「我們正在去醫院的路上。」

深夜，完全沒有堵車，一路暢通無阻地趕到了醫院。

沈侯和程致遠通完電話，問清楚在哪個病房，帶著顏曉晨去搭電梯。程致遠在病房外等他們，一出電梯，就看到了他。

顏曉晨忍不住跑了起來，沈侯想扶她，可伸出手時一遲疑，顏曉晨已經跑在了前面。程致遠急忙跑了幾步，扶住顏曉晨，「小心點。」

沈侯只能站在後面，看著他們倆像普通的小夫妻一般交流著親人的病。

「媽媽……」

「沒有生命危險，這會兒在睡覺，醫生說在醫院再住幾天，應該就能出院。」

顏曉晨站在門口往裡看，小聲問：「是單人病房，現在能進去嗎？」

「可以。」程致遠輕輕推開門，陪著顏曉晨進了病房。

沈侯隔著窗戶，看了一會兒病床上的顏媽媽，悄悄走開了，他應該是這個世界上顏媽媽最不想見的人之一，即使她正在沉睡，他也沒有勇氣走近她。

好一會兒後，程致遠陪著顏曉晨走出病房，沈侯站了起來，看著他們。

程致遠這才有空和沈侯打招呼，「謝謝。」

沈侯苦澀地笑笑，「你為了什麼謝我？你希望我現在對你說謝謝嗎？」

程致遠沒有吭聲，轉頭對顏曉晨說：「我叫司機送妳回去，我留在這裡陪媽媽就可以了。」

「我想留下來。」

「媽媽已經沒事，這是上海最好的醫院，媽媽的病有醫生，雜事有看護，妳留下來什麼都做不了。妳一晚沒有休息了，聽話，回去休息！」

顏曉晨的確覺得疲憊，緩緩坐在長椅上，「我回去也睡不著。」她埋著頭，深深地吸氣，又長長地吐氣，似乎想盡力平復心情，卻依舊聲音哽咽，「我媽為什麼會心肌梗塞？全是被我氣的！我媽躺在醫院裡，我卻回家安然睡覺？我可真是天下第一孝順的女兒！」

沈侯忍不住開口說：「作息不規律、抽煙酗酒、暴飲暴食、長期熬夜，應該才是引發心肌梗塞的主要原因。」

「你閉嘴！」顏曉晨猛地抬起頭，盯著沈侯，「這裡不歡迎你，請你離開！」

兩人對視著，臉色都十分難看。

顏曉晨提高了聲音，冷冷地說：「你沒長耳朵嗎？我說了，這裡沒人想見到你！」

沈侯苦澀地點了下頭，「好，我走！」他蒼白著臉，轉過身，拖著沉重的腳步離開了。

顏曉晨盯著他的背影，緊緊地咬著唇，淚花直在眼眶裡打轉。

程致遠等顏曉晨情緒平復了一點，蹲到顏曉晨身前，手放在她膝蓋上，輕言慢語地說：「自責的情緒對媽媽的病情沒有任何幫助，理智地瞭解病情才能真正幫助到媽媽。」

顏曉晨看著程致遠，沉默了一會兒後問：「醫生怎麼說？」

「醫生說導致心肌梗塞的原因很複雜，一般有血脂高、血壓高、膽固醇高、飲食過鹹、缺乏運動、體重過重、生活壓力大、睡眠不足、脾氣暴躁、抽煙酗酒等原因。媽媽的血壓和膽固醇都有點高，這都是日常飲食習慣，長年累月造成的。媽媽的脾氣應該年輕時就比較火爆，易喜易怒。媽媽也的確有抽煙喝酒的習慣，雖然在知道妳懷孕後算是真正戒掉了，可很多影響已經留在身體裡，不是這兩個月戒掉就能清除。醫生說這次送醫院很及時，沒有留下任何後遺症，媽媽又還年輕，以後只要持續服藥，遵循醫生的建議，媽媽的身體和這個年紀的正常人不會有分別。」程致遠拍了拍顏曉晨的膝蓋，「因為現在飲食太好，生活壓力又大，血壓高、血脂高、膽固醇高的人很多，公司裡每年體檢，這三個指標，別說四十多歲的人，三十多歲的人都一大把偏高的，媽媽這種身體狀況也算是社會普遍現象，要不然魚油那些保健品怎麼會賣得那麼好？」

明知道程致遠是在安慰她，但因為他說的都是事實，又確定了媽媽身體沒事，顏曉晨覺得自從知道媽媽心肌梗塞後就被壓迫得幾乎要喘不過氣的感覺終於淡了一點，「醫生說以後要注意什麼？」

「飲食上要避免高膽固醇、高脂的食物，盡量清淡一些，每天適量運動，保證良好的作息，不要熬夜，還要調整心情，避免緊張興奮、大喜大悲的極端情緒。」

顏曉晨默不作聲，前面的還可以努力做到，後面的該怎麼辦？

程致遠知道她在想什麼，溫和地勸道：「曉晨，回去休息，就算不為了妳自己，也為了媽媽。」

顏曉晨點了點頭，也許讓媽媽不要見到她，就是避免了大悲大怒。

李司機上來接顏曉晨，在一旁等著。

顏曉晨站了起來，低著頭，對程致遠說：「我先回去，麻煩你了。」

程致遠忍不住伸手把顏曉晨拉進懷裡，緊緊地抱了她一下，「回去後，喝杯牛奶，努力睡一會兒。我知道不容易，但努力再努力，好嗎？」

「好！」

「要實在睡不著，也不要胡思亂想，打電話給我，我們可以聊天。」

「嗯！」

程致遠用力按了一下她的頭，聲音有點嘶啞，「不管未來發生什麼，我都會陪妳熬過去，咱們一起熬過去……」

顏曉晨的頭埋在他肩頭，沒有吭聲。

程致遠放開了她，對李司機說：「麻煩你了，老李。」

李司機陪著顏曉晨離開醫院，送她回家。

＊　＊　＊

顏曉晨回到家裡，看到王阿姨已經來了。程致遠應該打電話叮囑過她，她熱了牛奶，端給顏曉晨。顏曉晨逼著自己喝了一杯，上樓睡覺。

走進臥室，看到掉在地板上、摔成兩半的手機，她明白了媽媽為什麼會知道一切。曾經，她想過扔掉手機，曾經，她想過刪除微信帳號，但是，因為知道已經失去了一切，她只是想保留一點點過去的記憶，保留一點點她那麼快樂過的印記，可就因為這一點不捨得，讓媽媽進了醫院。

顏曉晨撿起舊手機，拉開床頭櫃的抽屜，拿出新手機。她把舊手機的電池拿下，拆下ＳＩＭ卡，換到新手機裡。當新手機開機的提示音叮叮咚咚響起，色彩絢麗的畫面展現時，被拆開的舊手機殘破、沉默地躺在桌子上，曾經它也奏著動聽的音樂，在一個男生比陽光更燦爛的笑容中，快樂地開機，顏曉晨的淚水潸然而落。

她把舊手機丟進垃圾桶，脫去衣服，躺到床上，努力讓自己睡。

腦海裡各種畫面，此起彼伏，眼淚像是沒關緊的水龍頭一般，滴滴答答、一直不停地落下。但畢竟懷著孕一夜未睡，身體已經疲憊不堪，極度需要休息，翻來覆去、暈暈沉沉，竟然也睡了過去。

快十點時，程致遠回到了家中。

他輕手輕腳地走上樓，推開臥室門，看到顏曉晨沉沉地睡著，他的臉上終於有了一絲放鬆。

程致遠走到床邊，疲憊地坐下，視線無意地掠過時，看到床頭櫃上放著他買給她的新手機。他拿起看了一下，已經安裝ＳＩＭ卡，真正在用。程致遠盯著手機，表情十分複雜，一會兒後，他把手機放回床頭櫃上。

他的手機輕輕震動了一下，程致遠拿出手機，是沈侯的簡訊：「曉晨怎麼樣？」這已經是沈侯的第三則詢問情況的簡訊，早上他問過顏媽媽，也問過曉晨的狀況，但當時程致遠在醫院，只能告訴他已經說服曉晨回家休息。

程致遠看了眼顏曉晨，發簡訊給他，「曉晨在睡覺，一切安好。」

沈侯：「你親眼確認的？」

程致遠：「是。」

沈侯：「曉晨昨天晚上有點著涼，你今天留意一下，看她有沒有感冒的徵兆，也注意一下孩子，當時看著曉晨沒有不適，但我怕不舒服的感覺會滯後。」

程致遠：「好的。」

沈侯：「也許我應該說謝謝，但你肯定不想聽，我也不想說，我現在真實的情緒是嫉妒、憤怒。」

程致遠盯著手機螢幕，眼中滿是悲傷，唇角卻微挑，帶著一點苦澀的譏嘲。一瞬後，他把手機裝了起來，看向顏曉晨。她側身而睡，頭髮黏在臉上，他幫她輕輕撥開頭髮，觸手卻是濕的，再一摸枕頭，也是濕的。程致遠摸著枕頭，凝視著顏曉晨，無聲地吁了口氣，站起身、準備離開。

他經過梳粧檯時，停住腳步，看著垃圾桶，裡面有裂成兩半的舊手機，和一塊舊手機電池。程致遠靜靜站了一瞬，彎腰撿起舊手機，離開了臥室。

顏曉晨睡著睡著，突然驚醒了。

臥室裡拉著厚厚的窗簾，光線暗沉，辨別不出現在究竟幾點了。她翻身坐起，拿起手機查看，竟然已經快一點，程致遠沒有發消息給她。

顏曉晨穿上衣服，一邊往樓下走，一邊撥打電話，程致遠的手機鈴聲在空曠的客廳裡響起。

程致遠正在沙發上睡覺，鈴聲驚醒了他，他拿起手機，看到來電顯示，似乎很意外，一邊接電話，「喂？妳在哪裡？」一邊立即坐起，下意識地朝樓梯的方向看去。

「我在這裡。」顏曉晨凝視著他，對著手機說。

程致遠笑了，看著顏曉晨，對手機說：「妳在這裡，還打電話給我？嚇我一跳，我還以為妳在我睡著的時候出去了。」

顏曉晨掛了電話，走進客廳，「你怎麼在這裡睡？我看你不在樓上，又沒有發消息給我，以為你還在醫院，有點擔心，就打電話給你了。」

程致遠說：「媽媽早上七點多醒來的，我陪著她吃了早飯，安排好看護，就回來了。王阿姨去送中飯給媽媽了，我讓她留在醫院陪著媽媽，她和媽媽總是能聊到一塊兒去，比我們陪著媽媽強。」

顏曉晨問：「媽媽提起我了嗎？」

「提起了，問妳在哪裡，我說妳在家，讓她放心。」

顏曉晨敢肯定，媽媽絕不可能只問了她在哪裡，即使程致遠不說，她也完全能想像。

程致遠也知道自己的謊話瞞不過顏曉晨，但明知瞞不過，也不能說真話，他站起來，「餓了嗎？一起吃點東西吧！王阿姨已經做好了飯，熱一下就行。」

顏曉晨忙說：「你再休息一會兒，我去。」

兩人一起走進廚房，顏曉晨要把飯菜放進微波爐，程致遠說：「別用微波爐，妳現在懷孕，微波爐熱飯菜熱不透，吃了對身體不好。」他把飯菜放進蒸爐，定了六分鐘，用傳統的水蒸氣加熱飯菜。

自從搬進這個家，顏曉晨很少進廚房，很多東西都不知道放在哪裡，有點插不上手，只能看著程致遠忙碌。

程致遠熱好飯菜，兩人坐在餐桌旁，沉默地吃著飯。

吃完飯，顏曉晨幫忙把碗碟收進廚房，程致遠就什麼都不讓她幹了，他一個人嫻熟地把碗碟放進洗碗機，從冰箱拿出草莓和葡萄，洗乾淨後，放在一個大碗裡，用熱水泡著，「待會兒妳吃點水果，記得每天都要補充維生素。」

顏曉晨站在廚房門口，一直默默地看著他。

「程致遠，為什麼要對我這麼好？」

程致遠用抹布擦著桌臺，開玩笑地說：「妳想太多了！我這人天性體貼周到有愛心，善於照顧人，如果我養一條寵物狗，一定把牠照顧得更周到。」

顏曉晨說：「我們只是形式，你做得太多了，我無法回報，根本不敢承受！」

程致遠一下子停止了一切動作，他僵硬地站了一會兒，背對著顏曉晨，用一種很輕軟、卻很清晰的聲音說：「妳能回報。」

「我能回報？」

程致遠把抹布洗淨掛好，轉身走到顏曉晨面前說：「請接受我的照顧，這是現在妳能回報我的！」

看著他無比嚴肅的表情，顏曉晨不吭聲了。

下午六點，程致遠打算送晚飯給顏媽媽，顏曉晨堅持要一起去。

程致遠勸了好半天，都沒勸住，知道沒有道理不讓女兒去看望正在住院的媽媽，只能答應帶她一起去醫院。

程致遠去之前，特意給照顧顏媽媽的看護阿姨打了個電話，讓她把病房內一切有攻擊性的危險物品都收起來。

當他們走進病房，看到顏媽媽和看護阿姨正在看電視。程致遠把保溫便當遞給看護阿姨，提心吊膽地看著顏曉晨走到病床邊，怯生生地叫了聲「媽媽」。他藉著幫忙放餐桌板，刻意用身體擋在顏曉晨和顏媽媽之間，讓顏曉晨不能太靠近顏媽媽，可他還是低估了顏媽媽。

顏媽媽靠躺在病床上打點滴，身邊連個喝水杯、面紙盒都沒有，但她竟然猛地跳下床，直接掄起點滴架朝顏曉晨打去，「妳還敢叫我媽！顏曉晨，妳個良心被狗吃了的討債鬼！我說過什麼？我讓妳把孩子打掉！妳害死了妳爸不夠，還要挺著肚子來氣死我嗎？當年妳一出生，我就應該掐死妳個討債鬼……」

雖然程致遠立即直起身去阻擋，可是點滴的針頭硬生生地被扯出血管，顏媽媽手上鮮血淋漓，又是個剛脫離危險期的病人，程致遠根本不敢真正用力，而顏曉晨好像被罵傻了，像根木頭一樣杵在地上，連最起碼的閃避都沒有。

點滴架直衝著顏曉晨的肚子戳過去，幸虧程致遠一把抓住了，顏媽媽兩隻手緊緊握著點滴架，惡狠狠地和程致遠較勁，長長的點滴架成了最危險的凶器，好像時刻會戳到顏曉晨身上，程致遠忙對著看護阿姨叫：「把曉晨帶出去，快一點，帶出去！」又大聲地叫等候在走廊裡的李司機：「李司機，先送曉晨回家。」

看護阿姨早已經嚇傻了，這才反應過來，立即拖抱著顏曉晨往外走。程致遠一邊強行把顏媽媽阻擋在病床前，一邊迅速按了紅色的緊急呼救鈴，幾個護士急匆匆地衝了進來。

好不容易把顏媽媽穩定、安撫住，程致遠精疲力竭地往家趕。

這輩子，不是沒有遇見過壞人，可是他遇見的壞人，都是有身家、受過良好教育的壞人，不管多麼窮凶極惡、冷血無情，骨子裡都有點自恃身分、都愛惜著自己，行事間總會有些矜持，但顏媽媽完全是他世界之外的人，他從沒有見過的一種人，生活在社會最底層，並不凶惡、也絕對不冷血，甚至根本不是壞人，可這種人一旦認了死理，卻會不惜臉面、不顧一切，別說愛惜自己，他們壓根兒沒把自己的命當回事。程致遠空有七竅玲瓏心，也拿顏媽媽這樣的人一點辦法都沒有。

程致遠急匆匆回到家裡，看到顏曉晨安靜地坐在沙發上，他才覺得提著的心放回了原處。

顏曉晨聽到門響，立即站了起來。

程致遠微笑著說：「媽媽沒事，已經又開始打點滴了，看護阿姨會照顧她吃飯。醫生還開玩笑說，這麼生龍活虎足以證明他醫術高超，把媽媽治得很好，讓我們不要擔心。」

他看到顏曉晨額頭上紅色的傷口，大步走過來，扶著她的頭，查看她的額頭。在病房時太混亂，根本沒留意到她已經被點滴架劃傷。

顏曉晨說：「只是擦傷，王阿姨已經用酒精幫我消過毒了。」她看著他纏著白色紗布的手，「你的手……」

程致遠情急下為了阻止顏媽媽，用力過頭，點滴架又不是完全光滑的鐵桿，他的手被割了幾道口子，左手的一個傷口還有點深，把醫生都驚動了，特意幫他處理了一下。

程致遠說：「我也只是擦傷，過幾天就好了。」他說著話，為了證明自己沒有大礙，還特意把手張開握攏，表明活動自如。

顏曉晨握住他的手，「你別……動了！」她的眼淚在眼眶裡滾來滾去。

程致遠愣了一下，輕輕反握住她的手，笑著說：「我真的沒事！」

顏曉晨慢慢抽出手，低著頭說：「致遠，我們離婚吧！」

程致遠僵住了，沉默了一瞬，才緩過神來，「為什麼？」

顏曉晨的眼淚如斷線珍珠一般，簌簌而落，「我不能再拖累你了……我的生活就是這樣，永遠都像是在沼澤裡掙扎，也許下一刻就澈底陷下去了……你、你的生活本來很好……不應該因為我，就變成了現在這樣……而且現在所有人都知道孩子不是你的了，再維持婚姻，對你太不公平……」

程致遠鬆了口氣，俯身從桌上抽了張衛生紙，抬起顏曉晨的頭，幫她把眼淚擦去，「還記得結婚時，我的誓詞嗎？無論貧窮富貴、無論疾病健康、無論坎坷順利，無論相聚別離，我都會不離不棄、永遠守護妳。」

顏曉晨驚愕地盯著程致遠，婚禮上說了這樣的話？

程致遠說：「也許妳沒認真聽，但我很認真地說了。」

「為什麼？我們只是形式，你為什麼要對我這麼好？」

程致遠自嘲地笑了笑，「為什麼？答案很簡單，等妳想到了，就不會不停地再問我為什麼了！」

顏曉晨困惑地看著程致遠。

程致遠揉了揉顏曉晨的頭說：「在結婚前，我們就說好了，結婚由妳決定，離婚由我決定！離婚的主動權在我手裡，如果我不提，妳不能提！記住了，下一次，絕不許再提！現在，我餓了，吃飯！」

19 Chapter

真相

我們是可憐的一套象棋，晝與夜便是一張棋局，
任「他」走東走西，或擒或殺，走罷後又一一收歸匣裡。
——奧瑪．珈音[25]

星期一，不顧程致遠的反對，顏曉晨堅持要去上班。程致遠問她：「身體重要，還是工作重要？就不能再休息一天嗎？」

顏曉晨反問程致遠：「如果你不是我的老闆，我能隨便請假嗎？而且我現在的情形，媽媽在醫院躺著，必須要多賺錢！」

程致遠想了想，雖然擔心她身體吃不消，但去公司做點事，總比在家裡胡思亂想的好，便同意讓她去上班。

程致遠知道顏曉晨放心不下媽媽，十一點半時，打電話叫她下樓吃中飯，沒有立即帶著她去餐館，而是先去醫院。顏曉晨再不敢直接走進去見媽媽，只敢在病房外偷偷看。

25奧瑪．珈音（Omar Khayyám，約1048-約1131）：十一世紀著名的波斯詩人，同時也是一名天文學家和數學家，代表作品《魯拜集》。

病房裡，陪伴顏媽媽的竟然是程致遠的媽媽。她一邊陪著顏媽媽吃中飯，一邊輕言細語地說著話。程媽媽出身書香世家，是老一輩的高級知識分子，又是心臟外科醫生，一輩子直面生死，她身上有一種很溫婉卻很強大的氣場，能讓人不自覺地親近信服。顏媽媽和她在一起，都變得平和了許多。

顏曉晨偷偷看了一會兒，澈底放心了。

程致遠小聲說：「媽媽的主治醫生是我媽的學生，我媽今天早上又從醫生的角度深入瞭解了一下病情，說沒有大問題，以後注意飲食和保養就可以了，妳不用再擔心媽媽的身體了。」

顏曉晨用力點點頭，感激地說：「謝……」

程致遠伸出食指，擋在她唇前，做了個噤聲的手勢，阻止她要出口的話。顏曉晨想起了他說過的話，永遠不要對他說謝謝。

兩人在回公司的路上找了家餐廳吃飯。

顏曉晨知道程致遠一直在擔心她的身體，為了讓他放心，努力多吃了點。

程致遠看她吃得差不多了，問：「前兩天，我跟妳提去國外的事，妳考慮得怎麼樣了？」

顏曉晨愣了一愣，說：「現在出了媽媽的事，根本不用考慮了吧！」

「妳不覺得，正因為有媽媽的事，妳才應該認真考慮一下嗎？」

顏曉晨不解地看著程致遠。

「媽媽並不想見妳，妳執意留在媽媽身邊，成全的只是妳的愧疚之心，對媽媽沒有絲毫好處。熬到孩子出生了，媽媽也許會心生憐愛，逐漸接受，也許會更受刺激，做出更過激的事，到那時，對孩子、對媽媽都不好！與其這樣，為什麼不暫時離開呢？有時候，人需要一些鴕鳥心態，沒看見，就可以當作沒發生，給媽媽一個做鴕鳥的機會。」程致遠看看顏曉晨額頭的傷、自己手上的傷，苦笑了一下，「沒必要逼媽媽去做直面殘酷生活的鬥士！」

顏曉晨默不作聲地思考著，曾經她以為出國是一個非常匪夷所思的提議，但現在她竟然覺得程致遠說得很有道理，不能解決矛盾時，迴避也不失為一種方法。總比激化矛盾，把所有人炸得鮮血淋漓好。

程致遠說：「至於媽媽，妳真的不用擔心，我爸媽在省城，距離妳家很近，在老家還有很多親戚朋友，婚禮時，妳媽媽都見過，就算現在不熟，以後在一個地方，經常走動一下，很快就熟了。妳還有姨媽、表姐、表弟，我會安排好，讓他們幫著照顧一下媽媽。」

顏曉晨遲疑地問：「我們離開，真的可以嗎？」

「為什麼不可以？我們只是暫時離開，現在交通那麼發達，只要妳想回來，坐上飛機，十幾個小時，就又飛回上海了。」

「我去國外幹什麼呢？」

「工作、讀書都可以。我看妳高等數學的成績很好，認真地建議妳，可以考慮再讀一個量化分析的金融碩士學位，一年半或者一年就能讀完，畢業後，薪資卻會翻倍。現在過去，九月分入學，把孩子生了，等孩子大一點，妳的學位也拿到手了。」

顏曉晨不吭聲。

程致遠的手輕輕覆在她手上，「至於妳欠我的，反正已經很多了，一時半會兒根本還不起，我不著急，有足夠的時間等著妳還，妳也不用著急，可以用一生的時間慢慢還。」

自從婚禮儀式後，兩人就都戴著婚戒，顏曉晨把它當成道具，從沒有認真看過，可這時，兩人戴著婚戒的手交錯疊放，兩枚婚戒緊挨在一起，讓她禁不住仔細看了起來，心中生出異樣的感覺。

程致遠察覺到她的目光，迅速縮回了手，「妳要同意，我立即讓人準備資料，幫妳申請簽證。」

顏曉晨頷首，「好！」

程致遠露出了一絲如釋重負的笑意。

❀ ❀ ❀

兩人回到公司，電梯先到顏曉晨的辦公樓層，她剛走出電梯，程致遠握住了她的手，輕聲說：「笑一笑，妳已經三天沒有笑過了。」

「是嗎？」顏曉晨擠了個敷衍的笑，就想走。

「我認真的，想一下快樂的事情，好好笑一下。否則，我不放手哦！」程致遠擋著電梯門，用目光示意顏曉晨，來來往往的同事已經雷達全開動，留意著電梯門邊程大老闆的情況。

顏曉晨無可奈何，只能醞釀了一下情緒，認真地笑了一下。

程致遠搖頭，「不合格！」

顏曉晨又笑了一下。

程致遠還是搖頭。

已經有同事藉口倒咖啡，端著明明還有大半杯咖啡的杯子，慢步過來看戲了。顏曉晨窘迫地說：「你很喜歡辦公室緋聞嗎？放開我！」

「妳不配合，我有什麼辦法？我是妳的債主，這麼簡單的要求，妳都不肯用心做？」程致遠用另一隻手蓋住顏曉晨的眼睛，「暫時把所有事都忘記，想一下讓妳快樂的事，想一下……」

溫暖的手掌，被遮住的眼睛，讓顏曉晨想起了，江南的冬日小院，沈侯捂住她的眼睛，讓她猜他是誰；他握著她的手，嫌棄她的手冷，把她的手塞到他溫暖的脖子裡；他提著熱水瓶，守在洗衣盆旁，幫她添熱水……

她微微地笑了起來。

程致遠放開了她，淡淡地說：「雖然妳的笑容和我無關，但至少這一分鐘，妳是真正開心的！」

顏曉晨一愣，程致遠已經不再用身體擋著電梯門，他退到了電梯裡，笑著說：「我們是合法夫妻，真鬧出什麼事，也不是緋聞，是情趣！」電梯門合攏，他的人消失，話卻留在電梯門外，讓偷聽的人禁不住低聲竊笑。

顏曉晨在同事們善意的嘲笑聲中，走到辦公桌前坐下。

也許是剛才的真心一笑，也許是因為知道可以暫時逃離，顏曉晨覺得好像比早上輕鬆了一點。她摸著肚子，低聲問：「寶寶，你想去看看新世界嗎？」

這個孩子似乎也知道自己處境危險，一直十分安靜，醫生說四個月就能感受到胎動，她卻還沒有感受到。如果不是照超音波時親眼看到過他，顏曉晨幾乎要懷疑他的存在。

顏曉晨拿起手機。

換了新手機後，她沒有安裝微信，但ＳＩＭ卡裡應該存有他的電話號碼，她打開通訊錄，果然看到沈侯的名字。

顏曉晨盯著沈侯的名字看了一瞬，放下手機。她沒有問程致遠他們會去哪裡，既是相信他會安排好一切，也是真的不想知道，如果連她都不知道自己會去哪裡，沈侯肯定也無法知道。從此遠隔天涯、再不相見，這樣，對他倆都好！

也許，等到離開上海時，她會在飛機起飛前一瞬，發一則簡訊告訴他，她走了，永永遠遠走了，請他忘掉一切，重新開始。

＊＊＊

李徵把一疊文件放到顏曉晨面前，指指樓上，「送上去。」

雖然沒說誰，但都明白是誰，顏曉晨不情願地問：「為什麼是我？」

李徵嬉皮笑臉地說：「孕婦不要老坐著，多運動一下。」

顏曉晨拿起文件，走樓梯上去，到了程致遠的辦公室，辛俐笑著說：「程總不在，大概二十分鐘前出去了。」

顏曉晨把文件遞給她，隨口問：「見客戶？」

「沒有說。」

顏曉晨遲疑地看著程致遠的辦公室，辛俐善解人意地問：「妳想要進去嗎？」說著話，起身想去打開門。

「不用！」顏曉晨笑了笑，轉身離開。

她依舊走樓梯下去，到了自己辦公室所在的樓層時，卻沒進去，而是繼續往樓下走，打算去買點吃的。因為懷孕後餓得快，她平時都會隨身攜帶一些全麥餅乾、堅果之類的健康零食，可這幾天出了媽媽的事，有點暈頭暈腦，忘記帶了。

辦公大樓下只有便利商店，雖然有餅乾之類的食物，但都不健康，顏曉晨決定多走一會兒，去一趟附近的超市，正好這兩天都沒有運動，就當是把晚上的運動時間提前了，她已經決定帶工作回家，晚上繼續做。

顏曉晨快步走向超市，不經意間，竟然在茫茫人海中看到了沈侯。本來以為他是跟著她，卻發現他根本沒看到她。他應該剛停好車，一邊大步流星地走著，一邊把車鑰匙裝進了褲兜，另一隻手拿著個大信封袋。

如果沈侯看見了她，她肯定會立即躲避，可是這會兒，在他看不見她的角落，她卻像癡了一樣，定定地看著他。

顏曉晨也不知道怎麼想的，竟然鬼使神差地跟在他身後，也許是因為知道他們終將真正分離，一切就像是天賜的機會，讓她能多看他一眼。

公司附近有一個綠意盎然的小公園，沈侯走進了公園。平日下午，公園裡的人很少，顏曉晨開始奇怪沈侯跑這裡來幹什麼，這樣的地方只適合情人幽會，可不適合談生意。

沈侯一邊走，一邊打了個電話，他拐了個彎，繼續沿著林蔭道往前走。

在一座銅製的現代雕塑旁，顏曉晨看到了程致遠，他坐在雕塑下的大理石檯上，一邊喝著咖啡，一邊在用手機看新聞。

因為雕塑的四周都是草坪，沒有任何遮擋，顏曉晨不敢再跟過去，只能停在最近的大樹後，聽不到他們說話，但光線充足、視野開闊，他們的舉動倒是能看得一清二楚。

程致遠看到沈侯，站起身，把咖啡扔進垃圾桶，指了指腕上的手錶說：「你遲到了三十分鐘。」

沈侯對自己的遲到沒有絲毫抱歉，冷冷說：「塞車。」
程致遠沒在意他的態度，笑了笑問：「為了什麼事突然要見我？」
沈侯把手裡的信封袋遞了過去，程致遠打開，抽出裡面的東西，是兩張照片，他剛看了一眼，神情立即變了，臉上再沒有一絲笑容，仍強自鎮定地問：「什麼意思？」
沈侯譏笑：「我重看婚禮錄影時，不經意發現了那張老照片。剛開始，我也不知道究竟是什麼意思，只是覺得也未免太巧了。所以我讓人把你這些年的行蹤好好查了一番。若要人不知，除非己莫為，雖然事情過去了很多年，但不是沒有蛛絲馬跡。要我從頭細說嗎？五年前……」
程致遠臉色蒼白，憤怒地喝斥：「夠了！」
沈侯冷冷地說：「夠了？遠遠不夠！我的妻子、我的孩子都在你手裡，如果必要，我還會做得更多！」
程致遠把照片塞回信封袋，盯著沈侯，看似平靜的表情下藏著哀求。
沈侯也看著他，神情冰冷嚴肅，卻又帶著哀憫。
兩人平靜地對峙著，終於是程致遠沒有按捺住，先開了口，「你打算怎麼辦？」
「你問我打算怎麼辦？你有想過怎麼辦嗎？難道你打算騙曉晨一輩子嗎？」
「我是打算騙她一輩子！」
沈侯憤怒地一拳打向他。
程致遠一個側身，閃避開，抓住了沈侯的手腕，「你爸媽既然告訴了你所有事，應該也告訴你，我在剛知道你爸媽的祕密時，曾對你媽媽提議，不要再因為已經過去的事，反對曉晨和你在一起，把所有事埋葬，只看現在和未來。但是，你的運氣很不好，曉晨竟然莫名其妙地出現，聽到了一切。」

沈侯順勢用另一隻手按住程致遠的肩，抬起腳，用膝蓋狠狠頂了下程致遠的腹部，冷笑著說：「我運氣不好？我怎麼知道不是你故意安排的？從你第一次出現，我就覺得你有問題，事實證明，你果然有問題，從你第一次出現，你就帶著目的。」

程致遠忍著痛說：「我承認，我是帶著目的接近曉晨，但是，我的目的只是想照顧她，給她一點我力所能及的幫助。正因為從一開始，我就知道自己沒有資格，所以從沒有主動爭取過她，甚至盡我所能，幫你和她在一起。你說，是我刻意安排的，將心比心，你真的認為我會這麼做嗎？」程致遠扭著沈侯的手，逼到沈侯臉前，直視著沈侯的眼睛問：「我完全不介意傷害你，但我絕不會傷害曉晨！易地而處，你會這麼做嗎？」

沈侯啞然無語，他做不到，所以明明知道真相後，憤怒到想殺了程致遠，卻要逼著自己心平氣和地把他約出來，企圖找到一個不傷害曉晨的解決辦法。

沈侯推了下程致遠，程致遠放開了他，兩個剛剛還扭打在一起的人，像是坐回談判桌前，剎那都恢復了平靜。

程致遠說：「我曾經忍著巨大的痛苦，誠心想幫你隱藏一切，讓你和曉晨幸福快樂地在一起，開始你們的新生活。現在，我想請求你，給我一次這樣的機會！」

沈侯像是聽到了最好笑的笑話，忍不住冷笑起來，「憑什麼我要給你這個機會？」

「現在是什麼情形，你很清楚，曉晨懷著個不受歡迎的孩子，曉晨的媽媽在醫院裡躺著，除了我，你認為還能找到第二個人去全心全意照顧她們嗎？」

沈侯瞇了瞇眼，冷冷地說：「你用曉晨威脅我？」

程致遠苦澀地說：「不是威脅，而是請求。我們其實是一枚硬幣的兩面，我完全知道你的感受。因為你愛她，我也愛她，因為我們都欠她的，都希望她能幸福！我知道你會退讓，就如我曾經的退讓！」

沈侯定定地盯著程致遠，胸膛劇烈起伏著，臉色十分難看，卻一句話都說不出來。程致遠也沉默著，帶著祈求，哀傷地看著沈侯。

這場交鋒，程致遠好像是勝利者，但是他的臉色一點不比沈侯好看。

躲在樹後的顏曉晨越看越好奇，恨不得立即衝過去聽聽他們說什麼，但他們倆都留了心眼，不僅見面地點是臨時定下的，還特意選了一個絕對不可能讓人靠近偷聽的開闊地方，顏曉晨只能心急火燎地乾著急。

沈侯突然轉身，疾步走了過來，顏曉晨嚇得趕緊貼著樹站好，沈侯越走越近，像是逐漸拉近的鏡頭，他的表情也越來越清晰，他的眼中浮動著隱隱淚光，嘴唇緊緊地抿著，那麼悲傷痛苦、絕望無助，似乎馬上就要崩潰，卻又用全部的意志克制著。

顏曉晨覺得自己好像也被他的悲傷和絕望感染了，心臟的某個角落一抽一抽地痛著，幾乎喘不過氣來。

沈侯走遠了，程致遠慢慢走了過來。也許因為四周無人，他不必再用面具偽裝自己，他的表情十分茫然，眼裡全是悲傷，步子沉重得好似再負擔不了所有的痛苦。

顏曉晨越發奇怪了，沈侯和程致遠沒有生意往來，生活也沒有任何交集，他們倆唯一的聯繫就是她。究竟是什麼事，讓他們兩人都如此痛苦？和她有關嗎？

顏曉晨悄悄跟在程致遠身後，遠遠看著他的背影。進公園時，被沈侯拿在手裡的信封袋，此時，卻被程致遠牢牢抓在手裡。

出了公園，程致遠似乎忘了天底下還有一種叫「車」的交通工具，竟仍然在走路。顏曉晨招手叫了輛計程車，以起始價回到了公司。

顏曉晨覺得偷窺不好，不該再管這件事了，但沈侯和程致遠的悲痛表情總是浮現在眼前。她在辦公桌前坐了一會兒，突然站了起來，急匆匆地向樓上跑，至少去看看程致遠，他的狀態很不對頭。

走出樓梯口時，顏曉晨放慢了腳步，讓自己和往常一樣，她走到程致遠的辦公室外，辛俐笑說：「程總還沒回來。」

顏曉晨正考慮該如何措辭，電梯叮咚一聲，有人從電梯出來了。顏曉晨立即回頭，看到程致遠走進辦公區。

他看到顏曉晨，笑問：「妳怎麼上來了？李徵又差遣妳跑腿？」

顏曉晨盯著他，表情、眼神、微笑，沒有一絲破綻，只除了他手裡的信封袋。

「是被他差遣著跑腿了，不過現在來找你，不是公事。我肚子餓了，包裡沒帶吃的，你辦公室裡有嗎？」顏曉晨跟著他走進辦公室，

「有，妳等一下。」程致遠像對待普通文件一樣，把手裡的信封袋隨手放在桌上。他走到沙發旁，打開櫃子，拿了一罐美國產的有機杏仁和一袋全麥餅乾，放到茶几上。

「要喝水嗎？」

「嗯。」

顏曉晨趁著他去倒水，東瞅瞅、西看看，走到桌子旁，好像無意地拿起文件，正要打開看，程致遠

從她手裡抽走了信封袋，把水杯遞給她，「坐沙發上吃吧！」
顏曉晨只能走到沙發邊坐下，一半假裝，一半真的，狼吞虎嚥地吃著餅乾。
程致遠笑說：「慢點吃，小心噎著。」他一邊說話，一邊走到碎紙機旁，摁了開啟按鈕。
顏曉晨想出聲阻止，卻沒有任何理由。
他都沒有打開，直接連著信封袋放進碎紙機，顏曉晨只能眼睜睜地看著碎紙機一點點把文件吞噬掉。程致遠辦公室的這臺碎紙機是六級保密，可以將文件碎成粉末狀，就算最耐心的間諜也沒有辦法把碎末拼湊回去。
程致遠一直等到碎紙機停止運作，才抬起了頭，他看到顏曉晨目光灼灼地盯著他，不自禁地迴避她的目光，解釋說：「一些商業文件，有客戶的重要資料，必須銷毀處理。」
顏曉晨掩飾地低下頭，用力吃著餅乾，心裡卻想著：你和沈侯，一個做金融，一個做衣服，八竿子打不到一起，能有什麼商業機密？
程致遠走到沙發邊坐下，微笑著說：「少吃點澱粉。」
顏曉晨放下餅乾，拿起杏仁，一顆顆慢慢地嚼著，她告訴自己，文件已經銷毀，不要再想了，程致遠對她很好，他所做的一切肯定都是為了她好，但心裡卻七上八下，有一種無處著落的茫然不安。
程致遠也看出她的不對頭，擔心地問：「妳怎麼了？」
顏曉晨輕聲問：「我們什麼時候離開？」
程致遠打量著她，試探地說：「簽證要兩個星期，簽證一辦下來，我們就走，可以嗎？」
顏曉晨捧著杏仁罐子，想了一會兒說：「可以！既然決定了要走，越早越好！」
程致遠如釋重負，放心地笑了，「曉晨，我保證，新的生活不會讓妳失望。」

顏曉晨微笑著說：「我知道，自從認識你，你從沒有讓我失望過。西方的神話中說，每個善良的人身邊都跟隨著一個他看不見的守護天使，你就像是老天派給我的守護天使，只是我看得見你。」

程致遠的笑容僵在臉上。

顏曉晨做了個鬼臉，問：「你幹麼這表情？難道我說得不對嗎？」

程致遠笑了笑，低聲說：「我就算是天使，也是墮落天使。」

有人重重敲了一下辦公室的門，沒等程致遠同意，就推開了門。程致遠和顏曉晨不用看，就知道是喬羽。

喬羽笑看了眼顏曉晨，衝程致遠說：「沒打擾到你們吧？」

程致遠無奈地說：「有話快說！」

「待會兒我有個重要客戶過來，你幫我壓一下場子！」

「好！」

喬羽打量了一眼程致遠的襯衫，指指自己筆挺的西裝和領帶，「正裝，Please!」他對顏曉晨曖昧地笑了笑，輕佻地說：「你們還有十分鐘可以為所欲為。」說完，關上了門。

「妳別理喬羽，慢慢吃。」程致遠起身，走到牆邊的衣櫃前，拉開櫃門，拿出兩套西裝和兩條領帶，詢問顏曉晨的意見，「哪一套？」

顏曉晨看了看，指指他左手上的，程致遠把右手的西裝掛回了衣櫃。

他提著西裝，走進洗手間，準備換衣服。

顏曉晨也吃飽了，她把杏仁罐和餅乾罐密封好，一邊放進櫃子，一邊說：「致遠，我吃飽了，下去工作了。」

程致遠拉開洗手間的門，一邊打領帶，一邊說：「妳下次餓了，直接進來拿，不用非等我回來，我跟辛俐說過，妳可以隨時進出我的辦公室。」

顏曉晨提起包包，笑著說：「我下去了，晚上見！」

「不要太辛苦，晚上見！」

❋ ❋ ❋

下班時，程致遠在辦公大樓外等顏曉晨，看到她提著筆記型電腦，忙伸手接了過去，「回去還要加班？」

「嗯，今天白天休息了一會兒。」

程致遠知道她的脾氣，也沒再勸，只是笑著說：「考慮到妳占用了我們的家庭時間，我不會支付加班費的。」

顏曉晨嘟了下嘴，笑著說：「我去和喬羽申請。」

程致遠打開車門，讓顏曉晨先上車，他關好車門，準備從另一邊上車。可顏曉晨等了一會兒，都沒看到程致遠上車。顏曉晨好奇地從窗戶張望，看到程致遠站在車門旁，她敲了敲車窗，程致遠拉開車門，坐進了車裡。

「怎麼了？」顏曉晨往窗外看，什麼都沒看到。

程致遠掩飾地笑了笑，說：「沒什麼，突然想到點事。」

顏曉晨像以往一樣，程致遠不願多說的事，她也不會多問，但她立即下意識地想，沈侯，肯定是沈侯在附近！他們兩人之間究竟發生了什麼事？

回到家裡，兩人吃過晚飯，程致遠打了個電話給他媽媽，詢問顏媽媽的狀況，聽說晚飯吃得不錯，也沒有哭鬧，顏曉晨放了心。

程致遠在會議室坐了一下午，吸了不少二手煙，覺得頭髮裡都是煙味，他看顏曉晨在看電視休息，暫時不需要他，「我上樓去洗澡，會把浴室門開著，妳有事就大聲叫我。」

顏曉晨笑嗔，「我能有什麼事？知道了！安心洗你的澡吧！」

程致遠把一杯溫水放到顏曉晨手邊，笑著上了樓。

顏曉晨一邊看電視，一邊忍不住地琢磨今天下午偷看到的一幕，沈侯和程致遠的表情那麼古怪，信封袋裡裝的肯定不是商業文件，但不管是什麼，她都不可能知道了。

突然，手機響了，是個陌生號碼，顏曉晨接了電話，原來是送快遞的，顏曉晨說在家，讓他上來。

不一會兒，門鈴響了，顏曉晨打開門，快遞員把一份快遞遞給她。顏曉晨查看了一下，收件人的確是她，寄件人的姓名欄裡竟然寫著吳倩倩。

「謝謝！」顏曉晨滿心納悶地簽收了快遞。

吳倩倩有什麼文件需要快遞給她？顏曉晨坐在沙發上，發了一會兒呆，才拆開了快遞。

一張對疊的Ａ４紙裡夾著兩張相片，紙上寫著幾句簡單的話，是吳倩倩的筆跡。

曉晨：

這兩張照片是我用手機從沈侯藏起來的文件裡偷拍的，本來我是想利用它們來報復，但沒想到你們原諒了我。我還沒查出這兩張照片的意義，但我的直覺告訴我妳應該知道。

對不起！

倩倩

顏曉晨看完後，明白了沈侯所說的釋然，被原諒的人固然是從一段不堪的記憶中解脫，原諒的人何嘗不也是一種解脫？雖然她一直認為她並不在乎吳倩倩，但這一刻她才知道，沒有人會不在乎背叛和傷害，尤其那個人還是在同一個屋子裡居住了四年的朋友，雖然只是三個字「對不起」，但她心裡刻意壓抑的那個疙瘩突然就解開了。倒不是說她和倩倩還能再做朋友，但至少她不會再迴避去回憶她們的大學生活。

顏曉晨放下了紙，去看倩倩所說的她應該知道的照片。

用手機偷拍的照片不是很清楚，顏曉晨打開了沙發旁的燈，在燈光下細看。

一張照片，應該是翻拍的老照片，裡面的人穿的衣服都是十幾年前流行的款式，放學的時候，周圍有很多學生。林蔭路旁停著一輛車，一個清瘦的年輕男人坐在駕駛座上，靜靜等候著。幾個十來歲的少年，穿著校服，背著書包，站在車前，親親熱熱地你勾著我肩、我搭著你背，面朝鏡頭，咧著嘴笑。

顏曉晨記得在婚禮上見過這張照片，是程致遠上初中時的同學合影，但當時沒細看，這會兒仔細看了一眼，她認出了程致遠，還有喬羽，另外四個男生就不知道是誰了。

顏曉晨看不出這張照片有什麼奇怪的地方，她拿起了第二張照片，一下子愣住了，竟然是鄭建國的正面大頭照。

這張照片明顯是翻拍證件大頭照，鄭建國面朝鏡頭，背脊挺直，雙目平視，標準的大頭照表情，照片一角還有章印的痕跡。

顏曉晨懵了，為什麼撞死她爸爸的肇事司機照片會出現在這裡？她能理解沈侯為什麼會有鄭建國的大頭照，以沈侯的脾氣，知道所有事情後，肯定會忍不住將當年的事情翻個底朝天。鄭建國是她爸爸死亡的重要一環，沈侯有他的資料很正常，顏曉晨甚至懷疑這張大頭照就是當年鄭建國的駕照照片。但是，為什麼鄭建國的照片會和程致遠的照片在一起？

顏曉晨呆呆坐了一會兒，又拿起第一張照片。她的視線從照片中間幾個笑得燦爛奪目的少年身上一一掃過，最後落在一直被她忽略的照片一角。那個像道具一般靜靜坐在駕駛座上的男子，有一張年輕的側臉，但看仔細了，依舊能認出那是沒有發福蒼老前的鄭建國。

轟一下，顏曉晨終於明白了為什麼鄭建國的照片會和程致遠的照片在一起，她手足冰涼、心亂如麻，程致遠認識鄭建國？

從這張老照片的時間來講，應該說絕對不僅僅是認識！

幾乎不需要任何證據，顏曉晨就能肯定，沈侯給程致遠的信封袋裡就是這兩張照片，他肯定是發現了程致遠認識鄭建國的祕密，但不知出於什麼原因，沈侯居然答應了程致遠，幫他保守祕密。但是，程致遠絕對沒有想到，命運是多麼強大，被他銷毀的照片，居然以另一種方式又出現在她面前。

為什麼程致遠要欺騙她？

為什麼程致遠那麼害怕她知道他和鄭建國認識？

看著眼前這個熟悉又陌生的屋子，顏曉晨心悸恐懼，覺得像是一張巨大的蜘蛛網，她似乎就是一隻落入蛛網的蝴蝶，突然覺得一刻都不能再在屋子裡逗留，提起包包，一下子衝出了屋子。

她茫然地下樓，晃晃悠悠地走出社區，不停地想著程致遠為什麼要隱瞞他認識鄭建國的事實？鄭建國的確做了對不起她們家的事，但這不是古代，沒有連坐的制度，她不可能因為鄭建國是程致遠家的朋友，就連帶著遷怒程致遠。

也許程致遠就是怕她和她媽媽遷怒，才故意隱瞞。但如果只是因為這個，為什麼沈侯會這麼神神祕祕？為什麼把這些東西交給程致遠後，他會那麼痛苦？

要知道一切的真相，必須去問當事人！

顏曉晨拿出手機，猶豫一瞬，撥通了沈侯的電話。

電話響了幾聲後，接通了，沈侯的聲音傳來，驚喜到不敢相信，聲音輕柔得唯恐驚嚇到她，「曉晨？是妳嗎？」

「我想見你！」

「什麼時候？」

「現在、馬上、越快越好！你告訴我你在哪裡，我立即過來！」顏曉晨說著話，就不停地招手，攔計程車。

一輛計程車停下，顏曉晨拉開門，剛想要上車，聽到沈侯在手機裡說：「轉過身，向後看。」

她轉過了身，看到沈侯拿著手機，就站在不遠處的霓虹燈下。ＢＭＷ雕車香滿路，驀然回首，那人卻在燈火闌珊處。

顏曉晨目瞪口呆，定定地看著沈侯。

沈侯走到她身邊，給司機賠禮道歉後，幫她關上計程車的門，讓計程車離開。

顏曉晨終於回過神來，質問：「你剛才一直跟著我？你又去我們家社區了？」

沈侯盯著顏曉晨的新手機，沒有回答顏曉晨的問題，反而問她：「為什麼把手機換了？」

「不是換了，是扔了！」顏曉晨把新手機塞回包裡。

沈侯神情一黯，「我發給妳的微信，妳收到過嗎？」

「沒有！」顏曉晨冷著臉說：「我找你，是想問你一件事。」

「什麼事？」

顏曉晨拿出兩張照片，遞給沈侯。

沈侯看了一眼，臉色驟變，驚訝地問：「妳、妳……哪裡來的？」

「不用你管，你只需要告訴我，程致遠和鄭建國是什麼關係？」

沈侯沉默了一瞬，說：「鄭建國曾經是程致遠家的司機，負責接送程致遠上下學，算是程致遠小時候的半個保姆吧！程致遠高中畢業後，去了國外讀書，鄭建國又在程致遠爸爸的公司裡工作了一段時間。後來，他借了一些錢，就辭職了，自己開了家轎車銷售中心。他和程致遠家一直保持著良好的關係，程致遠大概怕妳媽媽遷怒他，一直不敢把這事告訴妳們。」

「沈侯，你在欺騙我！肯定不止這些！」

沈侯低垂著眼睛說：「就是這些了，不然，妳還想知道什麼呢？」

顏曉晨很是難過，眼淚湧到了眼眶，「我沒有去問程致遠，而是來問你，因為我以為只要我開了口，你就一定會告訴我！沒想到你和他一樣，也把我當傻瓜欺騙！我錯了！我走了！」顏曉晨轉過身，想要離開。

沈侯抓住了她的手，「我從沒有想欺騙妳！」

「放開我！」顏曉晨用力掙扎，想甩開他的手，沈侯卻捨不得放開，索性兩隻手各握著她一隻手，牢牢地抓住了她。

「沈侯，你放開我！放開……」

兩人正角力，突然，顏曉晨停住了一切動作，半張著嘴，表情呆滯，似乎正在專心感受著什麼。

沈侯嚇壞了，「小小，小小，妳怎麼了？」

顏曉晨呆呆地看著沈侯，「他、他動了！」

「誰？什麼動了？」

遲遲沒來的胎動，突然而來，顏曉晨又緊張，又激動，根本解釋不清楚，直接抓著沈侯的手，放到了自己的肚子上。沈侯清晰地感受到了，一個小傢伙隔著肚皮，狠狠地給了他一腳，他驚得差點嗷一聲叫出來。

「他怎麼會動？我剛剛傷到妳了嗎？我們去醫院……」沈侯神情慌亂、語無倫次。

顏曉晨看到有人比她更緊張，反倒平靜下來，「是胎動，正常的。」

沈侯想起書上的話，放心了，立即又被狂喜淹沒，「他會動了哎！他竟然會動了！」

「都五個月，當然會動了！不會動才不正常！之前他一直不動，我還很擔心，沒想到他一見到你……」顏曉晨的話斷在口中。

沈侯還沒察覺，猶自沉浸在喜悅激動中，彎著身子，手搭在顏曉晨的肚子上，很認真地說：「小傢伙，來，再踢爸爸一腳！」

肚子裡的傢伙竟然真的很配合，又是一腳，沈侯狂喜地說：「小小，他聽到了，他聽到了……」

顏曉晨默默後退兩步，拉開了和沈侯的距離。沈侯看到她的表情，也終於意識到他們不是普通的小夫妻。事實上，他和她壓根兒不是夫妻，法律上，她是另一個男人的妻子。現在，他們隔著兩步的距離，卻猶如天塹，沈侯完全不知道該如何才能跨越這段距離，剛才有多少激動喜悅，這會兒就有多少痛苦悲傷。

顏曉晨手搭在肚子上，看著遠處的霓虹燈，輕聲說：「程致遠想帶我離開上海，去國外定居。」

「什麼？」沈侯失聲驚叫。

「他已經在幫我辦簽證，兩個星期後我們就會離開。」

沈侯急切地說：「不行，絕對不行！」

「去哪裡定居生活，是我自己的事，和你無關！但我不想和一個藏著祕密的人朝夕相對，尤其他的祕密還和我有關，就算你現在不告訴我，我也會設法去查清楚。你不要以為你們有錢，我沒錢，就查不出來！你們不可能欺騙我一輩子！」

「曉晨，妳聽我說，不是我想欺騙妳，而是……」沈侯說不下去。

「而是什麼？」

沈侯不吭聲，顏曉晨轉身就走，沈侯急忙抓住她的手腕，「妳讓我想一下。」沈侯急速地思索著，曉晨不是傻子，事情到這一步，肯定是瞞不住了，只是遲或早讓她知道而已，但是……

顏曉晨的手機突然響了，她拿出手機，來電顯示是「程致遠」，這個曾代表溫暖和依靠的名字，現在卻顯得陰影重重。顏曉晨苦澀地笑了笑，按了拒絕接聽。

手機安靜一瞬，又急切地響起來，顏曉晨直接把手機關了。

沒過一會兒，沈侯的手機響了，他拿出手機，看了眼來電顯示的「程致遠」，接了電話。他一手拿著手機，一手牢牢地抓著顏曉晨，防止她逃跑。

沈侯看著顏曉晨說：「我知道她不在家，因為她現在正在我眼前。」

「……」

「你今天下午說我運氣很不好，看來你的運氣也很不好，再精明的人都必須相信，人算不如天算！」

「……」

「曉晨已經看到照片了。」

「……」

「你想讓我告訴她真相，還是你自己來告訴她真相？」

「……」

沈侯掛了電話，對顏曉晨說：「去見程致遠，他會親口告訴妳一切。」

❈ ❈ ❈

沈侯按了下門鈴，程致遠打開門，他臉色晦暗、死氣沉沉，像是被判了死刑的囚犯，再看不到往日的一絲從容鎮定。

三個人沉默地走進客廳，各自坐在沙發一邊，無意中形成一個三角形，誰都只能坐在自己的一邊，沒有人能相伴。

程致遠問顏曉晨：「妳知道我和鄭建國認識了？」

顏曉晨點點頭，從包裡拿出兩張照片，放在了茶几上。

程致遠看著照片，晦暗的臉上浮起悲傷無奈的苦笑，「原來終究是誰也逃不過！」

「逃不過什麼？」顏曉晨盯著程致遠，等待著他告訴她一切。

程致遠深吸了口氣，從頭開始講述——

故事並不複雜，鄭建國是程致遠家的司機，兼做一些跑腿打雜的工作。那時程致遠爸爸的生意蒸蒸日上，媽媽也在醫院忙得昏天黑地，顧不上家，鄭建國無形中承擔了照顧程致遠的責任，程致遠和鄭建國相處得十分好。高中畢業後，程致遠去了國外讀書，鄭建國結婚生子，家庭負擔越來越重，程致遠的爸媽出於感激，出資找關係幫鄭建國開了一家BMW銷售中心，鄭建國靠著吃苦耐勞和對汽車的瞭解熱愛，經營得有聲有色，也算是發家致富了。

而程致遠和喬羽一時玩笑成立的基金公司也做得很好，喬羽催逼程致遠回國。五年前的夏天，程致遠從國外回到他的第二故鄉省城，打算留在國內發展。他去看望亦兄亦友的鄭建國，正好鄭建國的店裡來了一輛新款BMW，鄭建國想送他一輛車，就讓他試試。程致遠開著車，帶著鄭建國在城裡兜風，為了開得盡興，專找人少的僻靜路段，一路暢通無阻。兩人一邊體驗著車裡的各個配備、一邊笑著聊天，誰都沒有想到，一個男人為了省錢，特意住在城郊的偏僻旅館裡，他剛結完賬，正背著行李，在路邊打電話給女兒。打完電話，興奮疲憊的他，沒等紅燈，就橫穿馬路。

當程致遠看到那個男人時，一切都晚了，就像是電影的慢鏡頭，一個人的身體像是玩具娃娃一般輕飄飄地飛起，又輕飄飄地落下。

他們停下車，衝了出去，一邊手忙腳亂地想要替他止血，一邊打電話叫救護車。男人的傷勢太重，為了能及時搶救，兩人決定不等救護車，立即趕去醫院。程致遠的手一直在抖，根本開不了車，只能讓鄭建國開車，程致遠蹲在車後座前，守在男子身邊，祈求著他堅持住。

到醫院後，因為有程致遠媽媽的關係在，醫院盡了最大的努力搶救，可是搶救無效，男人很快就死了。員警問話時，程致遠看著自己滿手滿身的血，沉浸在他剛剛殺死了一個人的驚駭中，根本無法回答。鄭建國鎮定地說是他開的車，交出自己的駕照，把出事前後的經過詳細講述了一遍。

那是條偏僻的馬路，沒有交通錄影，只找到幾個人證，人證所說的事發經過和鄭建國說的一模一樣。他們當時只顧著盯著撞飛的人看，沒有人留意是誰開的車，等看到程致遠和鄭建國衝過來時，同時記住的是兩張臉。就算有人留意到了什麼，可那個時候場面很混亂，人的記憶也都是混亂的，當鄭建國肯定地說自己是司機時，沒有一個人懷疑。

等員警錄完口供，塵埃落定後，程致遠才清醒了，質問鄭建國為什麼要欺騙員警。鄭建國說，我們沒有喝酒、沒有超速、沒有違反交通規則，是對方不等紅燈、不走人行橫道，突然橫穿馬路，這只能算交通意外，不能算交通事故。但你沒有中國駕照，雖然你在國外已經開了很多年的車，可按照中國法律，你在中國還不能開車，是無照駕駛。

他們都清楚無照駕駛的罪責，程致遠沉默了，在鄭建國的安排下，他是司機的真相被掩藏起來，甚至連他的父母都不知道，但是，他騙不了自己。

他放棄了回國的計畫，逃到國外，可是，那個男人臨死前的眼神一直糾纏著他，他看了整整三年多的心理醫生都沒用。終於，一個深夜，當他再次從噩夢中驚醒後，他決定回國，去面對他的噩夢。

在程致遠講述一切的時候，顏曉晨像是完全不認識他一樣看著他，身子一直在輕輕地顫抖。

程致遠低聲說：「……又一次滿身冷汗地從噩夢裡驚醒時，我決定，必須回國去面對我的噩夢。」

顏曉晨喃喃說：「因為你不想再做噩夢了，所以，你就讓我們做噩夢嗎？」她臉色煞白，雙眼無神，像是夢遊一般站了起來，朝著門外走去。

程致遠急忙站起，抓住她的手，「曉晨……」

顏曉晨像是觸電一般，猛地驚跳起來，一巴掌打到程致遠臉上，厲聲尖叫：「不要碰我！」

程致遠哀求地叫：「曉晨！」

顏曉晨含著淚問：「你從一開始，就是帶著目的認識我的？」

程致遠不敢看顏曉晨的眼睛，微不可見地點了下頭，幾乎是從齒縫裡擠出了個字：「是！」

顏曉晨覺得她正在做夢，而且是最荒謬、最恐怖的噩夢，「你知道自己撞死了我爸，居然還向我求婚？你居然叫我媽『媽媽』？你知不知道，我媽寧可打死我，都不允許我收鄭建國的錢，你卻讓我嫁給你，變成我媽的女婿？」

程致遠臉色青白，一句話都說不出，握著顏曉晨的手，無力地鬆開了。

「你陪著我和媽媽給我爸上過香，叫他爸爸？」顏曉晨一邊淚如雨落，一邊哈哈大笑起來，太荒謬了！太瘋狂了！

「程致遠，你是個瘋子！你想贖罪，想自己良心好過，就逼著我和我媽做罪人！你只考慮你自己的良心，那我和我媽的良心呢？我爸如果地下有靈，看著我們把你當恩人一樣感激著，情何以堪？程致遠，你、你……居然敢娶我！」

顏曉晨哭得泣不成聲，恨不得撕了那個因為一時軟弱，答應嫁給程致遠的自己，她推搡捶打著程致遠，「你怎麼可以這麼殘忍？你讓我爸死不瞑目，讓我們罪不可恕啊！如果我媽知道了，你是想活活逼死她嗎？」

程致遠低垂著頭，「對不起！」

「對不起？對不起能挽回什麼？我爸的命？還是我媽對你的信賴喜歡？還是我和你結婚，讓你叫了他無數聲『爸爸』的事實？程致遠，只因為你不想做噩夢了，你就要讓我們活在噩夢中？我以為我這輩子最恨的人會是侯月珍，沒想到竟然會是你！」

顏曉晨衝出了門，程致遠著急地跟了幾步，卻被沈侯拉住了。兩人對視一眼，程致遠停住腳步，只能看著沈侯急急忙忙地追了出去。

靠著電梯牆壁，顏曉晨淚如泉湧，她恨自己，為什麼當時會因為一時軟弱，接受了程致遠的幫助？這個世界，不會有無緣無故的恨，更不會有無緣無故的好，為什麼她就像是傻子一樣，從來沒有懷疑過程致遠？

媽媽說爸爸死不瞑目，原來是真的！

如果媽媽知道了真相，真的會活活把她逼死！

這些年，她究竟做了什麼？難道她逼死了爸爸之後，還要再一步步逼死媽媽嗎？

媽媽罵她是來討債的，一點沒有錯！

顏曉晨頭抵在電梯牆壁上，失聲痛哭。

沈侯看著她痛苦，卻沒有一絲一毫的辦法勸慰她。他用什麼立場去安慰她？他說出的任何話，都會像是刀子，再次插進她心口。

甚至，他連伸手輕輕碰她一下都不敢，生怕再刺激到她。他只能看著她悲傷絕望地痛哭、無助孤獨地掙扎，但凡現在有一點辦法能幫到她，他一定會不惜一切代價去做。

在這一刻，他突然真正理解了程致遠，如果隱藏起真相，就能陪著她去熬過所有痛苦，他也會毫不猶豫地這麼選擇，即使代價是自己夜夜做噩夢，日日被良心折磨。

電梯門開了，顏曉晨搖搖晃晃地走出電梯。

出了社區，她竟然看都不看車，就直直地往前走，似乎壓根兒沒意識到眼前是一條馬路，沈侯被嚇出了一身冷汗，抓住她問：「妳想去哪裡？」

顏曉晨甩開他的手，招手攔計程車。她進了計程車，告訴司機去媽媽住院的醫院。

沈侯跟著坐進計程車的前座，想著即使她趕他走，他也得賴著一起去。顏曉晨哭著說：「求求你，不要跟著我了，我爸爸會看見的！」

一下子，沈侯所有的堅定都碎成粉末，他默默地下了計程車，看著計程車揚長而去。

顏曉晨到了醫院，從病房門口悄悄看著媽媽，媽媽靜靜躺在病床上，正在沉睡。她不敢走進病房，坐在走廊上。

剛才沈侯問她「妳想去哪裡」，沈侯問了句傻話，他應該問「妳還能去哪裡」，這個城市，已經沒有了她能去的地方，她唯一能去的地方，就是媽媽的身邊。可是，她該如何面對媽媽？一個沈侯，已經把媽媽氣進醫院，再加上一個程致遠，要逼著媽媽去地下找爸爸嗎？

顏曉晨坐在椅子上，抱著頭，一直在默默落淚。

沈侯站在走廊轉角處，看著她瑟縮成一團，坐在病房外。他卻連靠近都做不到，那是顏曉晨媽媽的病房，不僅顏媽媽絕不想見到他，現在的曉晨也絕不願見到他。

十一點多了，曉晨依舊縮坐在椅子上，絲毫沒有離去的打算。

今夜，不但程致遠努力給曉晨的家被打碎了，曉晨賴以生存的工作也丟掉了。在這個城市，她已經一無所有，除了病房裡，那個恨著她、想要她打掉孩子的媽媽。

沈侯盯著她，心如刀絞。如果早知道是現在的結果，他是不是壓根兒不該去追查程致遠？

沈侯打電話給魏彤，請她立即來醫院一趟。

魏彤匆匆趕到醫院，驚訝地問：「我真的只是兩天沒見曉晨嗎？星期六下午去曉晨家吃晚飯，一切都很好，現在才星期一，到底發生什麼事了？」

沈侯把一疊現金遞給魏彤，「我剛打電話用妳的名字訂好了酒店，妳陪曉晨去酒店休息，她之前已經熬過一個晚上，身體還沒緩過來，不能再熬了！」

魏彤一頭霧水地問：「曉晨為什麼不能回自己家休息？程致遠呢？為什麼是你在這裡？」

「程致遠不能出現，我……我也沒比他好多少！不要提程致遠，不要提我，不要讓曉晨知道是我安排的，拜託妳了！」

魏彤看看憔悴的沈侯，再看看遠處縮成一團坐在椅子上的曉晨，意識到事情的嚴重複雜，沒有再多問。她接過錢，說：「我知道了。曉晨要是不願去酒店，我就帶她去我的宿舍，我室友搬出去和男朋友同居了，現在宿舍裡就我一個人住，除了沒有熱水洗澡，別的都挺方便。」

「還是妳想得周到，謝謝！」

「別客氣，我走了，你臉色很難看，也趕緊休息一下。」

沈侯看著魏彤走到顏曉晨身邊，蹲下和她說了一會兒話，把她強拖著拽起，走向電梯。有魏彤照顧曉晨，沈侯終於暫時鬆了口氣，拿出手機，打電話給程致遠，讓他也暫時放心。

Chapter 20

寬恕

為了自己，我必須饒恕你。
一個人，不能永遠在胸中養著一條毒蛇；
不能夜夜起身，在靈魂的園子裡栽種荊棘。

——王爾德[26]

學生宿舍，一大早走廊上就傳來細碎的走路聲和說話聲，顏曉晨睡得很淺，立即就驚醒了。

她拿出手機，習慣性地去看時間，想看看還要多久上班，卻很快意識到那是程致遠施捨給她的工作，她不用再去上班了。還有這個手機，也是他施捨給她的，她不應該再用了。

嚴格來說，她辛苦存在銀行裡的錢也是他給的，她不應該再花一分。但是，如果把這一切都還給程致遠，她拿什麼去支付媽媽的醫療費？她的衣食住行又該怎麼辦？

如果真把程致遠施捨給她的都立即歸還，似乎一個瞬間，她就會變得身無分文、一無所有，在這個每喝一口水都要花錢的大都市裡寸步難行。

原來，她已經和程致遠有了如此深切的關係，想要一刀兩斷、一清二楚，只怕必須要像哪吒一樣，割肉還母、剔骨還父，澈底死過一次才能真正還清楚。

想到和程致遠從陌生到熟悉、從疏遠到親密、從戒備到信任的點點滴滴，顏曉晨的眼淚又要滾下來，她曾經覺得他是她噩夢般生命中唯一的幸運，是上天賜給她的天使，可沒想到他原來真是墮落天使，會帶著人墜入地獄。

無論如何，就算是死，也要還清楚！

顏曉晨忍著淚，決定先從還手機做起。

她正打算打開手機，拿出SIM卡。手機響了，本來不打算接，掃了眼來電顯示，卻發現是媽媽的電話。

用程致遠給的手機接媽媽的電話？顏曉晨痛苦地猶豫著。

這是媽媽自住院後第一次打電話給她，最終，對媽媽的擔心超過可憐的自尊。她含著眼淚，接通了電話，卻不敢讓媽媽聽出任何異樣，盡量讓聲音和平時一模一樣，「媽媽！」

「妳昨天沒來醫院。」媽媽的語氣雖然很冰冷生硬，卻沒有破口大罵，讓顏曉晨稍微輕鬆了一點。

「我中午去了，但沒敢進病房去見妳。」

「妳也知道做了見不得人的事？」

顏曉晨的眼淚簌簌而落，不敢讓媽媽聽出異樣，只能緊緊地咬著唇，不停地用手擦去眼淚。

顏媽媽說：「妳中午休息時，一個人來一趟醫院，我有話和妳說。如果妳不願意來，就算了，反正妳現在大了，我根本管不動妳，妳要不願認我這個媽，誰都攔不住！」顏媽媽說完，立即掛了電話。

---

26 奧斯卡・王爾德（Oscar Wilde, 1854-1900）：愛爾蘭知名文學家，在小說、散文和詩等領域均有不可撼動的地位，尤以戲劇和童話聞名世界。

顏曉晨看著手機，捂著嘴掉眼淚。

幾分鐘前，她還天真地以為，只要她有割肉剔骨的決心，就一定能把一切都還給程致遠，但現在，她才發現，連一支手機她都沒辦法還，媽媽仍在醫院裡，她要保證讓醫院和媽媽隨時能聯繫到她。曾經，她因為媽媽，痛苦地扔掉了一支不該保留的手機；現在，卻要因為媽媽，痛苦地保留另一支不該保留的手機，為什麼會這樣？

程致遠昨天晚上有沒有再做噩夢，她不知道，但現在，她就活在他給的噩夢中，掙不開、逃不掉。

❀ ❀ ❀

顏曉晨洗漱完，就想離開。

魏彤叫：「妳還沒吃早飯！」

顏曉晨笑了笑說：「別擔心，我上班的路上會買早點順便吃。」

「哦，那也好！」魏彤看顏曉晨除了臉色差一點，眼睛有點浮腫，別的似乎也正常，她笑著說：「晚上我等妳一起吃晚飯，咱們好好聊聊。」

顏曉晨邊關宿舍門，邊說：「好！晚上見！」

顏曉晨走出宿舍，看著熙來攘往的學生，愣愣地想了一會兒，才想清楚自己可以暫時去哪裡。

她走到大操場，坐在操場的臺階上，看著熱火朝天運動的學生們。

以前，她心情低落時，常常會來這裡坐一會兒，她喜歡看同齡人揮汗如雨、努力拚搏的畫面，那讓她覺得她並不是唯一一個在辛苦堅持的人，相信這個世界是公平的。但現在她不得不承認，這個世界並不公平，有人天生就幸運一點，有人天生就運氣差，而她很不幸的屬於後者。

一個人坐在了她身旁，顏曉晨沒有回頭看，憑著直覺說：「沈侯？」

「嗯。」

「你不需要上班嗎？」

「人生總不能一直在辛苦奮鬥，也要偶爾偷懶休息一下。」

一個袋子遞到了她眼前，一杯豆漿、一個包子、一個水煮蛋，以前她上學時的早餐標準配置，每天早上去上課時順路購買，便宜、營養、方便兼顧的組合，她吃了幾乎四年。

顏曉晨接了過去，像上學時一樣，先把雞蛋消滅，然後一手拿豆漿，一手拿包子，吃了起來。吃著、吃著，她的眼淚無聲無息地滑落。大學四年的一幕幕在眼前重播，她以為那是她生命中最黑暗的時期，咬著牙挨過去就能等到黎明，卻不知道那只是黑暗的序幕，在黑暗之後並不是黎明，而是更冰冷的黑暗。如果她知道堅持的結果是現在這樣，那個過去的她，還有勇氣每天堅持嗎？

沈侯把一張面紙遞給顏曉晨，顏曉晨用面紙捂住臉，壓抑地抽泣著。

沈侯伸出手，猶豫了一瞬，一咬牙，用力把顏曉晨摟進懷裡。顏曉晨掙扎了幾下，無力地伏在他懷裡，痛苦地哭著。

那麼多的悲傷，她的眼淚迅速浸濕了他的襯衫，灼痛著他的肌膚，沈侯緊緊地摟著她，面無表情地眺望著熟悉的操場、熟悉的場景，眼中淚光隱隱。

大學四年，他曾無數次在這裡奔跑嬉鬧，曾無數次偷偷去看坐在看臺上的顏曉晨。在朝氣蓬勃的大學校園，她獨來獨往的柔弱身影顯得很不合群。當他在操場上肆意奔跑、縱聲大笑時，根本不知道這個坐在看臺上的女孩究竟承受著什麼。當年，他幫不了她，現在，他依舊幫不了她。

沈侯知道曉晨的悲傷痛苦不僅僅是因為他，還因為程致遠。某個角度來說，他媽媽和程致遠都是殺死曉晨父親的凶手，但曉晨對他媽媽沒有感情，對程致遠卻有喜歡、信任，甚至可以說，在這幾個月裡，他是她唯一的依賴和溫暖，正因為如此，她現在的痛苦會格外強烈。沈侯不是在意曉晨恨程致遠，但所有的恨首先折磨的是她自己，他不想她因為要逼自己去恨程致遠而痛苦。

沈侯無聲地吁了口氣，說：「以前的我要是知道我現在說的話，肯定會吃驚地罵髒話。曉晨，我不是想為程致遠說好話，但有的話不吐不快。妳昨天罵程致遠是瘋子，我倒覺得他不是瘋子，是傻子！做唯一的知情者，天天面對妳和妳媽媽，他會很享受嗎？妳恨自己付出了信任和感激，可妳的信任和感激實際就是最好的刑具，每天都在懲罰折磨他。在妳不知道時，他已經每天都像妳現在一樣痛苦了。」

曉晨沒有說話，可沈侯感覺到她在認真地傾聽。

沈侯說：「我不會原諒程致遠娶了妳，但我必須為他說句公道話。程致遠並不是為了不讓自己做噩夢，才選擇欺騙妳！應該說，他以前只是晚上做噩夢，可自從他選擇了欺騙妳、娶妳的那天起，他不但要晚上做噩夢，連白天都生活在噩夢中！」

顏曉晨哽咽地說：「沒有人逼他這麼做！」

「是沒有人逼他這麼做，但他愛妳，他寧可日日夜夜做噩夢，也想陪著妳熬過所有痛苦，他寧可一直被良心折磨，也希望妳能笑著生活。」

顏曉晨抬起了頭，震驚地瞪著沈侯。她看沈侯的表情不像開玩笑，用力地搖了搖頭，「不可能！」

沈侯說：「妳完全不知道，只是因為他恐懼愧疚到什麼都不敢表露。就算他欺騙了妳，也是用他的整個人生做代價。」

顏曉晨半張著嘴，完全沒有辦法接受沈侯說的話。

「曉晨，程致遠真的不是自私的瘋子，只是一個犯了錯的傻子。我們都不是成心犯錯，但有時候，人生的意外就像地震，沒有任何人想，可發生了就是發生了。我輕鬆地要求妳幫我代考，卻根本不知道我無意的一個舉動，會導致什麼可怕的結果，我自己都覺得自己不可饒恕，妳卻原諒了我。只要我們都為自己的錯誤接受足夠的懲罰，真心懺悔後，是不是該獲得一次被原諒的機會？」

「那怎麼能一樣？」

「那怎麼不一樣？」

顏曉晨猛地站了起來，哭著喊：「那是我爸爸的命！你們的錯誤，拿走的是我爸爸的命！」

沈侯也站了起來，用力拉住顏曉晨的手，強放在自己心口，想讓她感受到這一刻他的痛苦一點不比她少，「我們都知道！妳以為只有妳的眼淚是眼淚嗎？只有妳的痛苦才是真的痛苦嗎？我們的淚水和妳一樣是苦的！妳的心在被凌遲時，我們的心也同樣在被凌遲！」

「但是，只有我和媽媽失去了最愛的人！」顏曉晨一邊落淚，一邊用力抽出手，決然轉身，離開了操場。

沈侯的手無力地垂下，他看著她的背影，一點點走出他的視線，低聲說：「不是只有妳們，我們也失去了最愛的人！」

＊　＊　＊

顏曉晨不想媽媽起疑，裝作仍在正常上班，掐著下班的時間趕到了醫院。到了病房，媽媽不在，她打電話給媽媽，媽媽說在樓下的小花園裡散步，讓她下樓去找。

顏曉晨下了樓，在噴水池邊的樹蔭下找到了媽媽。媽媽穿著藍色條紋病服，坐在長椅上，呆呆地看著噴水池，目光平靜到死寂。

顏曉晨走到她身邊，不敢坐下，輕輕叫了聲：「媽媽，我來了。」

媽媽像是仍在出神，沒有吭聲。

顏曉晨居高臨下地看著她，正好看到她的頭頂。才四十四歲，這個年紀的很多女人依舊風韻猶存，走到哪裡都不可能被當作老人，媽媽的頭髮卻已經稀疏，還夾雜著不少白髮，怎麼看都是個老人了。顏曉晨記得媽媽一家三姐妹，個個都長得不錯，但數媽媽最好看，一頭自然捲長髮，濃密漆黑，鵝蛋臉，皮膚白皙，雙眼皮的眼睛又大又亮，她都已經七、八歲了，還有男人守在媽媽的理髮店裡，想追求媽媽。但是，爸爸走了之後，媽媽就像一株失去了園丁照顧的玫瑰花，迅速地枯萎凋謝，如今，再看不到昔日的美麗。

顏曉晨的眼淚在眼眶裡打轉，卻不想當著媽媽的面哭，悄悄抹去了眼淚。

媽媽像是回過神來，終於開口說話：「如果我能忘記妳爸爸，也許我會好過很多，妳也能好過很多，但是，我真的沒辦法忘記！妳爸爸走了多久？已經五年了！妳知道我這些年，是怎麼過來的嗎？」

媽媽拉起了袖子，胳膊上有著一道道傷痕，累累疊疊，像是蜘蛛網一般糾結在一起，顏曉晨震驚地看著，她從不知道媽媽身體上有這些傷痕。

媽媽一邊撫摸著蚓結的傷痕，一邊微笑著說：「活著真痛苦！我想喝農藥死，妳又不讓我死，非逼著我活著！妳在學校的那些日子，有時候，我回到那個陰冷的家裡，覺得活不下去，又想喝農藥時，就拿妳爸爸沒有用完的剃鬍刀割自己。我得讓妳爸爸提醒我，我再想死，也不能帶著妳一塊兒死！」

顏曉晨的眼淚刷的一下，像江河決堤般湧了出來。

顏媽媽看了她一眼，說：「妳別哭！我在好好跟妳說話，你們不總是說要冷靜，要好好說話嗎？」

顏曉晨用手不停地抹著眼淚，卻怎麼抹都抹不乾淨。

媽媽苦笑了一聲說：「本來覺得自己還算有點福氣，有個程致遠這樣能幹孝順的女婿，能享點晚福，但妳懷著別人的孩子，和程致遠裝模作樣做夫妻，算什麼？我不好意思聽程致遠再叫我媽，也不好意思再接受他的照顧。醫生說我病情已經穩定，明天，我就出院，回老家！」

顏曉晨哭著說：「媽媽，我馬上和程致遠離婚！我不想留在上海了！我和妳一起回老家，我可以去髮廊工作，先幫人洗頭，再學著剪頭髮，我會努力掙錢，好好孝順妳！」

媽媽含淚看著顏曉晨，「妳想和我一起回去？好！我們一起回家！媽媽答應妳不再賭博，不再抽煙喝酒，我還年輕，也能去做活，不管妳幹什麼，我們都可以好好過日子！但在回老家前，妳要先做完一件事！」

顏曉晨一邊哭，一邊胡亂地點著頭，「我以後都會聽妳的話！」這一生，她不停地和命運抗爭，想超越她的出身，想上好大學，想去外面的世界，想過更好的生活；想改變爸爸死後的窘迫，想讓媽媽明白她能給她更好的生活，想證明自己的執著並不完全是錯的！但是她的抗爭，在強大殘酷的命運面前，猶如蚍蜉撼樹。她已經精疲力竭，再抗爭不動！也許從一開始，她就錯了，如同親戚們所說，她就是沒那個命，應該老老實實待在小縣城，做一個洗頭妹，不要去想什麼大學，什麼更大的世界、更好的生活，那麼一切都不會發生。

媽媽說：「好！妳去打掉孩子！」

顏曉晨如遭雷擊，呆呆地瞪著媽媽，身體不自禁地輕顫著。

「我知道妳想留著孩子，但我沒有辦法接受！一想到沈侯他們一家害死了妳爸，我就恨不得殺了他們全家！我沒有辦法接受妳生一個和他們有關係的孩子，曉晨，不是我這個做媽媽的狠毒，我是真的沒有辦法接受！」顏媽媽哽咽著說：「妳長大了，我老了，我不可能像小時候帶妳去打針一樣，把妳強帶到醫院，讓妳打掉孩子。但妳如果要留著孩子，這輩子妳就永遠留在上海，都不要回家鄉了！我明天就回鄉下，從今往後，不管我死我活，我過成什麼樣，我永不見妳，妳也永不要來見我，我就當我沒生過妳，妳也就當我已經死了！我們誰都不要再見誰，誰都不要再逼誰，好嗎？」

顏曉晨一下子跪在媽媽面前，淚如雨落，哀聲叫：「媽媽！求求妳……」

媽媽也是老淚縱橫，「我已經想清楚了，這是我仔細想了幾夜的決定！妳也仔細想想，明天我就去辦出院手續。」顏媽媽說完，站起身，腳步虛浮地走向醫療大樓。

顏曉晨哭得泣不成聲，癱軟在了地上。

＊　＊　＊

顏曉晨像遊魂一樣走出醫院，回到了學校。

程致遠和沈侯正在魏彤的宿舍樓下說話，程致遠知道顏曉晨不可能再回家住，收拾了一些換洗衣服和日用雜物送過來。他把行李箱交給沈侯，剛要走，就看到顏曉晨，不禁停住腳步。

顏曉晨看了程致遠一眼，卻像完全沒看到一樣，沒有任何表情，直直地從他身邊走過，走向宿舍。

沈侯以為自己也會被無視、被路過，卻完全沒想到，顏曉晨竟然直直走到他身前，抱住他，把臉貼在他胸前。剎那間，沈侯的心情猶如高空彈跳，大起大落，先驚、後喜、再怕，竟然不知道該如何對顏曉晨。

他小心翼翼地問：「曉晨，發生了什麼事？是不是妳媽媽知道程致遠的事了？」

顏曉晨不說話，只是閉著眼睛，安靜地靠在他懷裡，溫馨得像是仲夏夜的一個夢。

夏日的明媚陽光，高高的梧桐樹，女生宿舍的樓下，三三兩兩的學生，沈侯覺得時光好像倒流，他們回到了仍在學校讀書時的光陰。

沈侯輕輕抱住顏曉晨，閉上了眼睛。這一刻，擁抱著懷中的溫暖，一切傷痛都模糊了，只有一起走過的美好。

顏曉晨輕聲說：「不計前因、不論後果，遇見你、愛上你，都是我生命中發生的最美好的事情。我會仔細收藏著我們的美好記憶，繼續生活下去，你給我的記憶，會成為我平庸生命中最後的絢爛寶石。不要恨我！想到你會恨我，不管現在，還是將來，我都會很難過。」

「妳說什麼？」

顏曉晨溫柔卻堅決地推開沈侯，遠離他的懷抱，她對他笑了笑，拉著行李箱，頭也不回地走進了宿舍大門。

沈侯和程致遠眉頭緊蹙，驚疑不定地看著她的背影。

＊　＊　＊

清晨，魏彤還沒起床，顏曉晨就悄悄離開了宿舍。

按照醫生要求，她沒有吃早飯，空腹來到醫院。

等候做手術之時，顏曉晨看到一個三十來歲的女子蹲在牆角，哭到嘔吐，卻沒有一個人管她，任由她號啕大哭。醫院真是世界上最複雜的地方，橫跨陰陽兩界，時時刻刻上演著生和死，大喜和大悲都不罕見。

顏曉晨穿著病服、坐在病床上，隔著窗戶一直看著她，也許女人悲痛絕望的哭聲吸引了顏曉晨全部的注意，讓她竟然能像置身事外一樣，平靜地等候著。

顏媽媽走到顏曉晨的床邊，順著她的視線看著那個悲痛哭泣的女人，冷漠堅硬的表情漸漸有了裂痕，眼裡淚花閃爍，整個臉部的肌肉都好似在抽搐，她緩緩伸出一隻手，放在顏曉晨的肩膀上。

顏曉晨扭過頭，看到媽媽眼裡的淚花，她的眼睛裡也有了一層隱隱淚光，但她仍舊對媽媽笑了笑，拍拍媽媽的手，示意她一切都好，「別擔心，只是一個小手術。」

顏媽媽說：「等做完手術，我們就回家。」

顏曉晨點點頭，顏媽媽坐在了病床邊的看護椅上。

因為孩子的月分已經超過三個月，錯過了最佳的流產時間，不能再做普通的人工流產手術，而是要做引產，醫生特意進來，對顏曉晨宣講手術最後的事項，要求她在手術同意書上簽字，表明完全清楚一切危險，並自願承擔進行手術。

「手術之後，子宮有可能出現出血的症狀，如果短時間內出血量大，會引發休克，導致生命危險。手術過程中，由於胎兒或手術器械的原因，可能導致產道損傷，甚至子宮破裂。手術過程中或手術後，發熱達三十八度以上，持續二十四小時不下降，即為感染，有可能導致生命危險……」

顏媽媽越聽臉色越蒼白，當醫生把同意書拿給顏曉晨，顏曉晨要簽上名時，顏媽媽突然叫了聲，「曉晨！」

顏曉晨看著媽媽，顏媽媽滿臉茫然無措，卻什麼都沒說。

顏曉晨笑了笑說：「不用擔心，這是例行公事，就算做闌尾炎的小手術，醫院也是這樣的。」

顏曉晨龍飛鳳舞地簽完字，把同意書還給醫生。醫生看看，一切手續齊備，轉身離開了病房，「一個小時後手術，期間不要喝水、不要飲食。」

顏媽媽呆呆地看著醫生離開的方向，神經高度緊張，一直無意識地搓著手。

一個護士推著醫用小推車走到顏曉晨的病床前，顏媽媽竟然一下跳了起來，焦灼地問：「現在要做手術了？」

護士一邊戴醫用手套，一邊說：「時間還沒到，做手術前會有護士來推她去手術室。」

顏媽媽鬆口氣，期期艾艾地問：「剛才醫生說什麼子宮破裂，這手術不會影響以後懷孕吧？」

護士瞟了顏曉晨一眼，平淡地說：「因人而異，有人恢復得很好，幾個月就又懷孕了，有人卻會終身不孕。」

顏媽媽的臉色一下子變得十分難看，顏曉晨低聲寬慰她：「媽，我身體底子好，不會有事的。」

「唰」一聲，護士拉上簾子，告訴顏媽媽：「您需要迴避一下嗎？我要幫她進行下體清洗和消毒，為手術做準備。」

「哦！好，我去外面！」顏媽媽面色蒼白地走出病房，在走廊裡等。

她像困獸一般，焦躁地走來走去，看到護士推著昏迷的病人從她身邊經過，想起醫生的話，「出血、昏迷、休克……」顏媽媽越發心煩不安，在身上摸了摸，掏出一支煙，走到有窗戶的地方，打開窗戶，吸起了煙。

顏媽媽正靠著窗戶，一邊焦灼地抽煙，一邊掙扎地思考著，突然有人衝到她身後，遲疑了一下叫：「阿姨，曉晨呢？」

顏媽媽回過頭，看是程致遠，聽到他的稱呼，苦澀一笑。因為脆弱和自卑，不禁表現得更加好強和自傲。她吸著煙，裝作滿不在乎地說：「在準備手術，這是我們家的私事，你和曉晨已經沒有關係，不用你操心！」

程致遠正要說話，沈侯神情焦急、急匆匆地跑了過來，他的身後，沈爸爸和沈媽媽也滿臉驚慌、氣喘吁吁地跑著。

顏媽媽的臉色驟然陰沉，她把剛抽了一半的煙扔到地上，用腳狠狠地踩滅，像一個準備戰鬥的角鬥士一般，雙目圓睜，瞪著沈侯的爸媽。

沈侯跑到顏媽媽面前，哀求地說：「阿姨，求妳不要這麼逼曉晨。」

沈媽媽也低聲下氣地哀求：「我流產過兩次，太清楚這中間的痛苦了！您不管多恨我們，都不應該這麼對曉晨！孩子已經會動了，我們外人不知道，可曉晨日日夜夜都能感受到！」

沈爸爸也幫著央求說：「您真不能這樣，就算孩子您不喜歡，可曉晨是您的親生女兒，您也要顧及她啊！」

程致遠也說：「阿姨，曉晨在一開始就考慮過您的感受，不是沒想過打掉孩子，孩子兩個多月時，她進過一次手術室，都已經上了手術檯，她卻實在狠不下心，又放棄了！她承受了很多的痛苦，才下定決心要這個孩子！妳這樣逼她，她會一生背負著殺了孩子的痛苦的。」

顏媽媽看著眼前四個人的七嘴八舌，突然悲笑起來，「你們這樣子，好像我才是壞人，好像我才是造成眼前一切的罪魁禍首！」

四個人一下子都沉默了。

沈媽媽說：「我才是罪魁禍首！」

顏媽媽盯著眼前的女人，雖然匆匆忙忙趕來，臉色有點泛紅，眼睛也有點浮腫，可全身上下都是名牌，氣質出眾，能看出來常年養尊處優，頭髮也是最好的髮型師打理的，顯得整個人精幹中不失成熟女性的嫵媚。這個女人從頭到腳都述說著她過著很好的日子，可是她和她的女兒呢？還有她已經死掉的老公呢？

顏媽媽忽然覺得這麼多年，她滿腔的憤怒和怨恨終於找到了一個正確的發洩口。之前，她恨曉晨，可曉晨只是個孩子，她也不知道自己的一時任性會導致那樣的事！她恨司機鄭建國，可鄭建國沒有喝酒、沒有超速、沒有違規，道德上也許有錯，法律上卻沒有任何過錯！

顏媽媽對他們的恨都是虛浮的，連她自己都知道只是一種痛苦無奈的發洩。但是，這一次，她確信她的恨對了，就是眼前的這個女人！是她仗著有錢有勢，妄想奪去本該屬於他們家曉晨的機會，才導致了一切的惡果！

就是這個女人！曉晨的爸爸才會死！

就是這個女人！才讓她怨恨女兒，折磨女兒！

就是這個女人！才讓她這些年活得生不如死，沉迷賭博，幾次想喝農藥自盡！

就是這個女人！曉晨才會進手術室，去做那個有很大危險的手術！

就是她！就是她！

就是她……

顏媽媽滿腦子都好像有一個人在咆哮：如果不是她，就不會發生這可怕的一切！如果不是她，曉晨的爸爸還活著！都是她的錯！都是她的錯！

護士推著醫用小推車從他們身旁走過，最上層的不銹鋼醫用托盤裡放著剃刀、剪刀、酒精、紗布、鑷子……

顏媽媽腦子一片迷惘，鬼使神差地悄悄抓起剪刀，衝著沈媽媽狠狠刺了過去——

＊　＊　＊

當護士拉開簾子，離開病房時，顏曉晨發現媽媽沒在病房外。她擔心地走出病房，吃驚地看到媽媽和沈媽媽面對面地站著，想到媽媽暴躁衝動的脾氣，顏曉晨急忙走了過去。

程致遠第一個發現了她，沈侯緊接著也發現了她，兩個人不約而同，都朝她飛奔過來，沈爸爸看到兒子的舉動，下意識地扭頭看向兒子。他們的視線都鎖在了穿著病服、臉色煞白的顏曉晨身上。

顏曉晨卻看到媽媽趁著護士沒注意，悄悄拿起剪刀。她張開嘴，連叫聲都來不及發出，就盡全力向前衝過去，從程致遠和沈侯的中間擦身而過。

程致遠和沈侯堪堪停住腳步，回過頭，看到顏曉晨撞開沈媽媽，她自己卻慢慢地彎下了腰。

直到那時，他們都還沒意識到那意味著什麼，只是下意識地向前跑，想扶住搖搖晃晃的顏曉晨。

電光石火的剎那，一切卻像放大的慢鏡頭，在他們的眼前，一格格分外清晰。曉晨慢慢地倒在地上，病服上已經全是血，顏媽媽伸著手，驚懼地看著地上的曉晨，一把染血的剪刀「匡噹」一聲掉在了地上。

顏媽媽似乎終於反應過來眼前的一切不是幻象，腳下一軟，跪在顏曉晨身邊。她哆哆嗦嗦地伸出手想要扶起曉晨，卻被飛掠而到的沈侯狠狠推開。

沈侯抱著顏曉晨，腦內一片混亂，嘴裡胡亂說著：「不怕、不怕！這是醫院，不會有事的！不會有事……」卻不知道究竟是在安慰曉晨，還是在安慰自己。

顏曉晨痛得臉色白中泛青，神智卻依舊清醒，她靠在沈侯懷裡，竟然還擠了個笑出來，對護士說：「她是我媽媽，是我不小心撞上來的，只是個意外。」看護士將信將疑地暫時放棄了報警計畫，她鬆了口氣，又喘著氣艱難地說：「媽媽，不要再做傻事！」

顏曉晨肚子上的血就如忘記關的水龍頭一般流個不停，迅速蔓延開來，整個下身都是刺目的血紅，顏媽媽驚恐地看著曉晨，已經完全無法言語，只是不停地喃喃重複：「小小、小小……」

沈侯的手上滿是濡濕的鮮血，他眼睛都急紅了，嘶吼著「醫生」，顏曉晨緊緊地抓住他的手，漸漸地失去意識。

❀ ❀ ❀

手術室外。

顏曉晨被一群醫生護士飛速地推進手術室，顏媽媽被擋在門外，她看著手術室的門迅速合攏，護士讓她坐下休息，她卻一直站在門口，盯著手術室的門，臉色蒼白如紙，連嘴唇都是灰白色。

程致遠說：「阿姨，手術時間不短，妳坐下休息會兒。做手術的醫生是上海最好的醫生，我們又在醫院，是第一時間搶救，曉晨一定不會有事。」

顏媽媽在程致遠的攙扶下轉過身，看到了沈媽媽。剛才，當所有人都心神慌亂時，是她第一個蹲下，搶過醫用紗布，按住曉晨的傷口幫忙止血，表現得比護士還鎮靜；她喝令沈侯放開曉晨，讓曉晨平躺，喝令程致遠立即給打電話他媽媽，要院長派最好的醫生來做搶救手術。她表現得臨危不亂、鎮靜理智，可此時，她竟然站都站不穩，沈侯和沈爸爸一人一邊架著她的胳膊，她仍舊像篩糠一般，不停地打著哆嗦。

顏媽媽直勾勾地看著她，她也直勾勾地看著顏媽媽，像個啞巴一般，沒發出一絲聲音，只有豆大的淚珠一顆顆不停滾落。

顏媽媽心中激蕩的怒氣本來像是不斷膨脹的氣球，讓她幾乎瘋狂，但隨著那衝動的剪刀，氣球澈底炸了。顏媽媽此刻就像爆炸過的氣球，精氣神完全癟了，她喃喃問：「曉晨為什麼要救她？是她害了我們一家啊！」

程致遠說：「也許曉晨並不像她以為的那麼恨沈侯的父母，不過更重要的原因，曉晨救的不是沈侯的媽媽，是阿姨妳。」

顏媽媽茫然地看著程致遠。

程致遠用盡量柔和的語氣說：「因為一次高考錄取的舞弊，導致了一場車禍，讓曉晨失去了爸爸。如果再因為一次高考錄取的舞弊，導致一個殺人案，讓她失去了媽媽，她就真的不用活了。」

顏媽媽哭著說，「她要死了，我也不用活了！現在她這麼做，讓我將來怎麼去見她爸爸？」

程致遠沉默著沒有說話，把顏媽媽扶到椅子上坐好後，又接了杯溫開水，拿出顏媽媽的心臟藥，讓她吃藥。

等顏媽媽吃完藥，他把紙杯扔進垃圾桶，走到顏媽媽面前幾步遠的地方，叫了聲：「阿姨！」

顏媽媽拍拍身邊的座位，疲憊地說：「曉晨的事一直在麻煩你，你也坐！」

程致遠屈膝，直挺挺地跪在顏媽媽面前。

顏媽媽嚇了一跳，想要站起，程致遠說：「阿姨，您坐著，我有話和您說。」他又對沈侯的爸爸和媽媽說：「叔叔和阿姨也聽一下，沈侯肯定還沒告訴你們。」

沈侯擔心地看了眼顏媽媽，「你確定要現在說嗎？」

程致遠說：「我不說，曉晨就要守著這個祕密。我已經太清楚守住這種祕密的痛苦了，我希望，當她做完手術，醒來後，能過得稍微輕鬆一點。」

顏媽媽困惑地問：「你究竟要說什麼？是說要離婚的事嗎？我知道了，也不會怪你。」

程致遠跪著說：「五年前的夏天，我在國內，就在省城。八月一號那天，我和鄭建國試駕一輛新車。那段路沒有斑馬線，我又正在體驗新車的配置，沒有留意到路邊有人，當我看到那個背著行李、提著塑膠袋橫穿馬路的男人時，踩剎車已經晚了。為了趕時間搶救，鄭大哥開著車，把被我撞傷的男人送去醫院。在路上，他一直用方言說著話，我才發現我和他還是老鄉。我蹲在他身邊，握著他的手，陪他說話，求他堅持住，活下去。但當我們趕到醫院時，他已經陷入昏迷，不能說話了，最終搶救無效死亡。員警來問話時，鄭大哥為了保護我，主動說是他開的車，實際開車的人是我。阿姨，是我撞死了您的丈夫、曉晨的爸爸。」

顏媽媽半張著嘴，傻看著程致遠。

也許今天的意外已經太多，程致遠的事和曉晨的意外相比，並不算什麼，她沒有平時的暴躁激怒，只是近乎麻木呆滯地看著程致遠。

程致遠給顏媽媽重重磕頭，額頭和大理石地相撞，發出砰砰的聲音，「五年前，在省城醫院看到妳和曉晨時，我就想這麼做，但我懦弱地逃了。我知道自己犯了不可饒恕的錯，這些年一直過得很痛苦，從沒有一天忘記，我害死了一個人，讓一個家庭破裂，讓阿姨失去了丈夫，讓曉晨失去了爸爸！阿姨，對不起！」程致遠說到後來，淚珠從眼角緩緩滑落，他額頭貼著地面，趴在顏媽媽面前，用最謙卑的姿勢表達著愧疚、祈求著寬恕。

沈媽媽像是如夢初醒，猛地推開沈侯和沈爸爸，顫顫巍巍地走到顏媽媽面前，撲通一聲也跪了下去，驚得所有人一愣。

沈媽媽說：「我去教育局的大門口看過曉晨的爸爸。我記得，那一天，天氣暴曬，最高溫度是四十一度，教育局的高層長官告訴曉晨爸爸『你女兒上大學的事情已經順利解決』，他高興地不停謝謝。曉晨爸爸離開時，我裝作是在教育局工作的人，送了他一瓶冰鎮的綠茶，他看著我的眼神，讓我覺得他其實已經知道究竟發生了什麼事，我以為他不會接，沒想到他收下了我送的飲料。我對他說『對不起，因為我們工作的失誤，這幾天讓你受累了』，他笑著說『沒有關係，都是做父母的，能理解』。」

沈媽媽滿臉淚痕，泣不成聲地說：「不管妳信不信，這些年，我從沒有忘記這一幕！我一直逃避著一切，假裝什麼都沒有發生過，甚至欺騙自己那是車禍，不是我引起的。但是，我很清楚自己究竟做過什麼，我的良心從來沒有放過我！事情到這一步，我已經沒有臉祈求妳原諒，我只是必須要告訴妳一切，我欠了妳五年，一個完整的解釋，一個誠心的道歉！」沈媽媽伏下身磕頭，「對不起！對不起！真的對不起……」

沈爸爸和沈侯跪在了沈媽媽的身後，跟著她一起給顏媽媽磕頭。

顏媽媽呆呆地看著他們，喃喃問：「妳送了曉晨她爸一瓶水？」

沈媽媽沒想到顏媽媽會追問無關緊要的細節，愣了一愣，才說：「嗯，一瓶冰鎮的綠茶飲料。」

「他喜歡喝茶！」顏媽媽肯定地點了點頭，又看著程致遠問：「曉晨她爸昏迷前說了什麼？」

程致遠立即回答：「叔叔看我嚇得六神無主，反過來安慰我別害怕，說不全是我的錯，也怪他自己不遵守交通規則，橫穿馬路，還說……」程致遠換成了家鄉話，不自覺地模仿著顏爸爸的語氣，「我老婆心腸好、但脾氣急，她要看到我這樣，肯定要衝你發火，說不定還會動手，小夥子忍一忍，千萬別和她計較！你告訴她，讓她別遷怒小小……我女兒叫顏曉晨，很懂事，她哭的時候，你幫我安慰她一下，要她好好讀書，千萬別因為爸爸的事分心。只要她一直能開開心心，爸爸沒有關係的，怎麼樣，都沒有關係……」

程致遠含著眼淚說：「後來……叔叔就昏迷了，這些話……就是他最後的遺言。」

顏媽媽直勾勾地盯著程致遠，急切地問：「曉晨他爸普通話不好，你一直用家鄉話和他說話？一直陪著他？」

程致遠點了點頭。

突然之間，顏媽媽捂住臉，躬著身子，號啕大哭起來。

五年了！整整五年了！她曾想像過無數次，在那個陌生的城市，異鄉的街頭，她的丈夫孤身一人，究竟如何走完了生命的最後一刻。是不是很孤獨？是不是很恐懼？是不是很痛苦？在無數次的想像中，揣測出的畫面越來越黑暗，越來越絕望，她也越來越悲傷，越來越憤怒。

現在，她終於知道丈夫死前究竟發生了什麼！知道了在他生命的最後一天，在那個陌生的城市，他不是一個人冰冷孤單地死在街頭。有人給過他一瓶飲料，對他說「對不起」；有人握著他的手，一直陪著他到醫院……

雖然，顏媽媽心裡的悲傷痛苦一點沒有減少，她依舊在為痛失親人痛哭，但因為知道了他走得很平靜，知道了他最後做的事、最後說的話，積聚在顏媽媽心裡的不甘憤怒卻隨著眼淚慢慢地流了出來。

聽著顏媽媽撕心裂肺的哭聲，沈媽媽和程致遠也都痛苦地掉著眼淚，躲了五年，才知道躲不過自己的心，也永遠躲不掉痛苦。雖然他們現在跪在顏媽媽面前，卑微地祈求著她的原諒，但只有他們知道，這是五年來，他們心靈站得最直的一天。

❀　❀　❀

手術室外的一排椅子上坐滿了人，顏媽媽、沈爸爸、沈媽媽、沈侯、程致遠。因為疲憊無助，他們沒有力氣說話，甚至沒有多餘的表情，只是呆滯又焦急地看著門上的燈：手術中。

羅曼．羅蘭[27]說：「世界上沒有一個生物是自由的，連控制萬物的法則也不是自由的，也許，唯有死亡才能夠解放一切。」其實他更應該說：世界上沒有一個生物是平等的，連控制萬物的法則也不是平等的。

現代社會信奉：人生而平等。可實際上，這個社會，從古到今，一直有階層，人做為有血緣、有根系的種族生物，生而就是不平等的。

從出生那一刻起，我們就帶著屬於自己的家族、階層。但，唯有死亡，讓一切平等。

在死神的大門前，不管他們的出身背景、不管他們的恩怨，他們都只能平等地坐在椅子上，安靜地等待，沒有人能走關係，躲避死神；也沒有人能藏有祕密，延緩死亡。

一切都回歸到一個簡單又極致的問題，生或死。

生能擁有什麼？

死又會失去什麼？

也許唯有在死神的大門前，當人類發現死亡是這麼近，死亡又是這麼平等時，人類才會平心靜氣地思考，什麼是最重要的，我們所念念不忘的真有那麼重要嗎？

❊ ❊ ❊

顏曉晨迷迷糊糊，眼睛將睜未睜時，覺得陽光有點刺眼，她下意識地偏了一下頭，才睜開眼睛。從這個斜斜的角度，映入眼簾的是點滴架上掛著的兩個點滴袋，不知道陽光在哪裡折射了一下，竟然在其中一個點滴袋上出現一道彎彎的七彩霓虹，赤橙黃綠青靛紫，色彩絢麗動人。

顏曉晨有點驚訝，又有點感動，凝視著這個大自然隨手賞賜的美麗，禁不住笑了。

「曉晨。」有人輕聲地叫她。

她帶著微笑看向病床邊，媽媽、沈侯的爸媽、程致遠、沈侯都在。她想起了昏迷前發生的事情，笑容漸漸消失，擔憂地看著媽媽。

27 羅曼・羅蘭（Romain Rolland, 1866-1944）：二十世紀的法國著名作家、音樂評論家，為一九一五年的諾貝爾文學獎得主，代表作品為百萬字長篇小說《約翰・克利斯朵夫》。

媽媽眼中含著淚，卻努力朝她笑了笑，「曉晨，妳覺得怎麼樣？」

顏曉晨不知道發生了什麼，但她感覺到一直以來，媽媽眼中的戾氣消失了，雖然這個笑容依舊僵硬戒備，但媽媽不再用冰冷的目光看待周圍的一切。她輕鬆了幾分，輕輕說：「媽媽，我沒事。」

沈媽媽突然轉身，伏在沈爸爸的肩頭無聲地啜泣著，顏媽媽也低著頭，抹著不斷湧出的淚。

顏曉晨看了他們一會兒，意識到了什麼，說：「我想和沈侯單獨待一會兒，可以嗎？」

沈爸爸扶著沈媽媽走出病房。程致遠深深地看了眼顏曉晨，和顏媽媽一起也離開了病房。

病房裡只剩下沈侯和顏曉晨，沈侯蹲在病床前，平視著顏曉晨的眼睛。

顏曉晨抬起沒有點滴的那隻手，撫摸著自己的小腹，曾經悄悄藏在那裡的那個小生命已經離開了。他那麼安靜、那麼乖巧，沒有讓她孕吐，也從不打擾她，但她依舊丟失了他。

顏曉晨對沈侯說：「對不起！」

沈侯的眼淚刷一下落了下來，他低著頭，緊咬著牙想控制，眼淚卻怎麼都止不住。

顏曉晨的眼淚也順著眼角流下，她想說點什麼，可是心痛如同刀絞，整個身體都在輕顫，根本再說不出一句話，只能伸出手，放在沈侯的頭頂上，想給他一點安慰，簌簌輕顫的手掌，洩漏的卻全是她的悲痛。

沈侯抓住了她的手，臉埋在她的掌上，「小小，沒有關係的，沒有關係，不是妳的錯……」幾日前，他第一次真正感受到了孩子的存在，雖然只是隔著肚皮的微小動作，卻帶給他難以言喻的驚喜和憧憬，有生以來從未經歷過的奇妙感覺，似乎一個剎那，整個世界都變得不同了。他寧願犧牲自己去保護從未謀面的他，但是，他依舊失去了他。

顏曉晨感覺到沈侯的眼淚慢慢濡濕她的手掌，她閉上了眼睛，任由淚水靜默洶湧地滑落。

Chapter 21

守護

面對著永恆，我們的靈魂，是愛，是一場纏綿不盡的離別。

——葉慈[28]

在媽媽的堅持下，顏曉晨臥床休養了四十多天，確保身體完全康復。能自由行動後的第一件事就是聯繫程致遠，商量離婚的事。

程致遠似乎早做好準備，她剛一開口，他立即說文件全準備好了，只需找時間去一趟民政局。

兩個人沉默地辦完所有手續，拿到離婚證明的那一刻起，法律上，顏曉晨和程致遠再沒有關係。

走出民政局，顏曉晨和程致遠都下意識地停住腳步。不像結婚，出門的一刻起，兩個人結為一體，會朝著同一個方向走，所以無須多問，只需攜手而行，離婚卻是將兩個結為一體的人拆成獨立的個體，誰都不知道誰會往哪個方向走。

顏曉晨和程致遠相對而站，尷尬古怪地沉默一會兒，程致遠問：「將來有什麼打算？」

28 威廉・巴特勒・葉慈（William Butler Yeats, 1865-1939）：愛爾蘭詩人、劇作家，一九二三年獲諾貝爾文學獎。一生創作無數，其詩作對浪漫主義詩歌有巨大貢獻。艾略特曾譽之為「二十世紀最偉大的英語詩人」。

隱隱中，顏曉晨一直在等他問這個問題，立即說：「上海的生活花費太高，我現在無力負擔，打算先和媽媽一起回家鄉。」

「妳打算在家鄉生活一輩子嗎？」

顏曉晨笑了，「當然不是！我打算這次回去，一邊打工賺錢，一邊複習考研究所。王教授，就是那個抓住我考試作弊的王教授，答應推薦我去考省城Z大的研究所。我幫魏彤做的那篇論文發表了，有我的署名。這些都對將來的面試有幫助。如果筆試順利的話，明年就能入學了。等拿到碩士學位，我會在省城找一份好工作，把媽媽接到省城一起生活。」

程致遠釋然了，露了一點點笑意，「如果面試沒有問題，我對妳的筆試有信心。」

「如果我能考上研究生，要謝謝……」顏曉晨想起程致遠說的永遠不要謝謝他，把已經到嘴邊的話吞了回去，「要謝謝王教授。王教授告訴我，是你幫我求的情，他才求學校通融，給了我畢業證書。」

當時，顏曉晨就覺得奇怪，明明王教授應該很厭惡她了，卻在最後關頭轉變了態度。原來，程致遠一從陸勵成那裡知道消息，就趕到學校找王教授。如今王教授肯主動提出幫她推薦去考研究所，應該也受益於當初程致遠幫她說的好話。

程致遠淡淡一笑，沒再繼續這個敏感的話題，「妳打算什麼時候離開上海？」

「就今天，媽媽應該已經去火車站了。」

程致遠愣了一下，才緩過神來，壓抑著內心的波瀾起伏，平靜地說：「我送妳過去。」

顏曉晨想了想，笑著點點頭，「好啊！」

兩人上了李司機的車，顏曉晨坐在熟悉的車裡，過去兩年的一幕幕猶如跑馬燈般浮現在心頭。當她為了一千塊錢，在酒吧當眾約程致遠時，無論如何不會想到他們之間的恩怨，更不會想到有一天他竟然會成為她的「前夫」。

她悄悄看向程致遠，也許因為掩藏的祕密已經暴露於陽光下，他沒了以往的抑鬱疏離，但眉眼間依舊沒有笑意。看到他平放在膝蓋的手上仍戴著他們的結婚戒指，顏曉晨心裡一酸。

「致遠。」

程致遠扭過頭，像以往一樣，溫和關切地看著她，帶著一點笑意，問：「怎麼了？」

「這個……還給你！」顏曉晨把一枚戒指放進他的手掌。

是他送給她的婚戒！程致遠笑了笑，緩緩收攏手掌，將戒指緊緊地捏在掌心。還記得當日他去挑選戒指的複雜心情，雖然各種情緒交雜，但在婚禮上，當他握著她的手，把戒指套在她連著心臟的無名指上時，他向老天祈求的是白頭偕老、天長地久。

顏曉晨說：「把你的戒指也摘掉吧！我媽媽都說了，她原諒你，你也要放過你自己！你告訴我的，everyone deserves a second chance，不要只給別人第二次機會，不給自己第二次機會！」

程致遠摸了下自己無名指上的婚戒，並沒有立即採納顏曉晨的建議。他滿不在乎地笑著調侃：「放心！就算我離過一次婚，依舊是很受歡迎的鑽石王老五，永不會缺少第二次機會。」

顏曉晨看他雲淡風輕，心情完全沒有受影響的樣子，終於放心了。

程致遠探身從車前座的手提包裡拿出一個小布袋，遞給顏曉晨，「這個……給妳，我想妳應該想要保留。」

顏曉晨拉開拉鍊，發現居然是被她扔掉的舊手機。

這個手機是沈侯送給她的禮物，裡面有很多她和沈侯的微信和照片，如果不是媽媽被氣進了醫院，她絕對捨不得扔掉。顏曉晨吃驚地看著手機，心裡百般滋味糾結，說不出是喜是傷，本來以為這個手機早已經隨著垃圾徹底消失，沒想到竟然被程致遠悄悄保存了下來。一直以來，他做事的準則，似乎都不是自己是否喜歡、需要，而是她是否喜歡、需要。

顏曉晨把布袋塞進自己的手提袋裡，低著頭說：「我之前說……你帶給我們的是噩夢，那句話我收回！能遇見你、認識你，我……和你在一起的這兩年，絕不是噩夢，而是一個美好的夢。」

程致遠十分意外，表情悲喜莫辨，怔怔看了顏曉晨一瞬，才開口輕聲說：「謝謝妳也給了我一場美好的夢。」

顏曉晨深吸一口氣，似乎才有勇氣抬頭，她微笑著說：「我們應該算是最友好的前夫前妻了！」

程致遠這一刻卻沒有勇氣和她對視，立即轉過頭，看著車窗外，把所有心緒都藏了起來。他含笑調侃：「那是因為妳沒有和我爭財產，乾脆俐落地淨身出戶了！」

顏曉晨笑著說：「哪裡算是淨身出戶？很多賬你沒有和我算而已！」

程致遠回過頭說：「是妳不和我算，我應該謝謝妳。」

顏曉晨笑了笑，沉默著沒說話，他們之間的賬根本算不清，索性就不算了，退一步，讓對方心安。

程致遠裝作不經意地問：「妳和沈侯……會在一起嗎？」

顏曉晨輕輕地搖搖頭。

程致遠也不知道她這個搖頭是不知道會不會在一起，還是說不會在一起。無論是哪個結果，遲早都會知道的，他自嘲地笑了笑，沒有繼續探問。

四十多分鐘的路程，顯得很短，似乎才一會兒，就到了火車站。

李司機停了車，程致遠和顏曉晨都有些怔愣，坐著沒有動。他們知道肯定要告別，但都沒有想到那一刻終於來了。

顏曉晨先回過神來，輕聲說：「謝謝……李司機送我來火車站，我走了！」

程致遠送顏曉晨下車，卻沒有提出送她進火車站。他和顏曉晨都知道，顏媽媽是原諒了他，但並不代表會願意見到他，和他寒暄話家常。這個世界，沒有人喜歡痛苦，也沒有人喜歡和代表著痛苦的人做朋友。

顏曉晨看著程致遠，心裡滋味複雜，似有千言萬語在胸間湧動，卻又找不到一句合適的話能說。

程致遠微笑著說：「我打算繼續留在上海工作。妳要是到上海來玩，可以找我。我的電話號碼永不會變。」

顏曉晨強笑著點點頭，狠下心說：「再見！」她揮揮手，轉身朝著火車站的入口走去。

說著「再見」，但顏曉晨知道，這個再見很有可能就是永不再見。不是不掛念，也不是不關心，但再見又有何意義呢？她是他的過去，卻絕不會是他的未來，何必讓過去羈絆未來呢？

「曉晨！」程致遠的叫聲從身後傳來。

顏曉晨立即回過身，隔著熙攘的人潮，凝視著他。

她不知道這一刻她的眼裡流露著什麼，卻知道自己的心很難過。原來不知不覺中，時光早已經把他印進了她的生命裡，想斬斷時會很痛。

程致遠盯著她，目光深沉悠遠，似乎有很多話要說，最後卻只是微笑著說：「一定要幸福！」

顏曉晨含著淚，用力點了點頭。

程致遠笑著揮揮手，不想讓她看見他的面具破碎，只能趕在微笑消失前，決然轉身，上了車。

程致遠無力地靠著椅背，看著車緩緩匯入車道，行駛在熙攘的車流中。

他攤開手掌，凝視著兩枚婚戒，一枚在掌心，一枚在無名指上。

已經簽署了離婚同意書，已經送走了她，他卻沒有一絲一毫想要摘下婚戒的念頭。似乎只要他戴著它，固守著他的承諾，遲早有一日，中斷的一切又會繼續。

兩枚款式一模一樣的戒指，本該在兩隻相握的手上交相輝映一生。

執子之手，與子偕老。

不知不覺，程致遠的眼眶有些發酸，他想起了——

婚禮上，他握著她的手，凝視著她的眼睛，許下誓言：「我程致遠，願意娶顏曉晨為妻。從今往後，無論貧窮富貴、無論疾病健康、無論坎坷順利，無論相聚別離，我都會不離不棄、永遠守護妳。」

主持婚禮的司儀對他擅自改了誓詞很吃驚，不停地給他打眼色。他並不是有意，也不是忘記了原本的誓詞，只是順乎本心。大概那一刻他就預料到了，她並不屬於他，眼前的擁有和幸福只是偷來的，所以他不敢奢求永遠，只說「無論相聚別離」；也不敢奢求相伴，只說「守護」。從一開始，他就沒有奢求他能參與到她的幸福中，只是希望能默默守護在她的幸福之外。

程致遠掏出皮夾，拉開拉鍊，把那枚掌心的戒指放進錢包的夾層裡，手指縮回時，順勢把碰到的一塊硬紙拿出來，是一張疊得整整齊齊、半舊的五塊錢。他定定地凝視好一會兒，把五塊錢小心地塞到戒指下，拉好拉鍊，合上了皮夾。

曉晨，不傷別離，是因為我沒有想和妳別離！不管妳在哪裡，我都會在這裡，無論貧窮富貴、無論疾病健康、無論坎坷順利，無論相聚別離！

❀ ❀ ❀

火車站。

人潮洶湧，語聲喧譁。

顏曉晨和媽媽坐在候車椅上，等著回家鄉的火車進站。

顏曉晨看著電子告示牌上的時間，紅色數字不停地跳動變化著，每變化一次，生命中的一分鐘又溜走了。她和沈侯在一起的時間究竟有多少？有多少是快樂的記憶？又有多少是痛苦的記憶？到底是快樂多，還是痛苦多？

突然，媽媽緊張地問：「妳告訴沈侯我們要離開了嗎？」

顏曉晨笑了笑說：「告訴了。」就是剛才，她發簡訊告訴沈侯，她和媽媽要離開上海了。

媽媽苦澀地說：「那就好！這段日子妳行動不便，我對上海又不熟，幸虧有他跑前跑後地幫忙，不告而別總不太好！」

顏曉晨耐心地寬慰她：「放心吧，我都和他說好了。」

媽媽小心翼翼地觀察著她，「妳和沈侯……妳想清楚了？」

顏曉晨微笑著說：「媽媽，我都已經二十四歲了，我的事情我知道該怎麼做。」

媽媽忙討好地說：「好，好！我不瞎操心！以後一切都聽妳的！」

顏曉晨知道媽媽的糾結不安，其實媽媽並不願和沈侯再有接觸，但顧及她，不得不刻意壓抑著自己，所以一直嘴上說著能接受沈侯，實際行動上卻總是不自禁地迴避沈侯。

❀ ❀ ❀

沈侯一收到顏曉晨的簡訊，立即拚命地往火車站趕。

他運氣極好，竟然沒有碰到塞車，紅綠燈也十分配合，一路風馳電掣，不可思議地用二十多分鐘就開到了火車站。

他顧不上罰款或者車會被拖走，隨便停了一個地方就跳下車，衝進火車站。

沈侯和顏曉晨一起坐火車回過一次家，約略記得是哪個剪票口，他一邊急匆匆地往剪票口奔跑著，一邊在熙來攘往的人群中尋找著曉晨的身影。

已經開始剪票進站，剪票口前排著長長的隊，沈侯遠遠地看到了曉晨和顏媽媽，他大聲叫：「曉晨、曉晨……」

火車站裡說話聲、廣播聲混雜在一起，十分吵鬧，她們都沒有聽到他的叫聲。

還有十分鐘，火車就要出發，大家腳步迅疾，速度都很快。曉晨已經過了剪票口，急步往前走，眼看著身影就要消失在通往月臺的地下通道。

突然，她的一件小行李掉到地上，不得不停下來去撿行李，又把小行李掛在拖桿箱上。

沈侯終於氣喘吁吁地趕到剪票口，喜悅地發現曉晨就在不遠處，只要他大叫一聲，她就能聽到。

「曉晨──」

是顏媽媽的叫聲，她隨著洶湧的人潮走了好幾步，才發現女兒沒跟上來，她一邊停下等她，一邊大聲催促：「曉晨，快點！」

沈侯張著嘴，「曉晨」兩字就在舌尖，卻沒有發出任何聲音，他像是突然被施了魔咒，變成一座石雕，身體一動不動地站著，眼睛一眨不眨地盯著曉晨——

她彎下身子檢查了一下行李，確定行李不會掉後，一邊和媽媽說著話，一邊拖著行李，匆匆往前走。她走到電扶梯上，隨之慢慢地向地下沉去，一點一點地消失在沈侯的視線裡。

＊　＊　＊

顏曉晨帶著媽媽上了火車，找到她們的座位，放好行李後，坐了下來。

大概因為終於能回家了，一直緊張不安的媽媽放鬆了一點，等火車開動後，她就靠著椅背，打起了瞌睡。

顏曉晨坐得筆直，一動不動地凝望著車窗外面。等看到所有景物都飛速後退，終於肯定，她真的要離開上海了！

她緊緊地咬著唇，一隻手無意識地摸著脖子上掛的項鍊。一條簡單的銀鍊，上面串著兩枚大小不同的戒指，說不上多麼好看，倒還算別致，是她自己做的，用被沈侯扔掉的兩枚戒指和一條一百多塊錢的銀項鍊。

顏曉晨看著逐漸遠離的高樓大廈、車水馬龍，覺得命運真是莫測。

五年前，她提著行李，走進了這個城市，渴望著一個新的開始；五年後，她又提著行李，離開了這個城市，渴望著一個新的開始。

顏曉晨看向身旁正闔目而睡的媽媽，五年光陰改變了很多事，但最大的改變是：上一次，媽媽沒有和她同行；這一次，媽媽一直跟著她。

她相信，這一次，一切真的會好起來！

＊＊＊

火車站裡，人潮湧動，聲音嘈雜。

廣播裡不停地廣播著列車進站和出站的消息，沈侯清楚地聽到，開往曉晨家鄉的火車已經出站。剪票口早已空蕩蕩，再沒有一個人，他卻猶如被噩夢魘住，依舊一動不動地站在剪票口，依舊定定地看著顏曉晨消失的方向。

那一刻，他明明能叫住她！

那一刻，他明明能挽留她！

為什麼沒有開口叫她？

為什麼任由她走出了他的視線？

沈侯回答不了自己，只是耳畔一直迴響著曉晨最後發送給他的話：

我和媽媽坐今天的火車離開上海。沒有提前告訴你，是因為不想你來送我們，我不知道該如何告別，我想你應該也不知道該如何告別。

你知道我依舊愛你，我也知道你依舊愛我，但不代表兩個相愛的人就能夠在一起。生活應該是兩個能互相給予快樂幸福的人在一起，我和你卻因為太沉重的過往，已經失去了這個能力。

我們有很多快樂的記憶，但我們也有很多痛苦的記憶。我們能放棄仇恨，但我們沒有辦法放棄悲傷，你和我都清楚，如果我們在一起，就是強迫自己、強迫我們的親人日日去面對所有的悲傷。

我和你之間有愛情，能支撐我們忽略一切傷害，善待珍惜對方，可是，我不愛你媽媽，你也不愛我媽媽。你能像正常的女婿一樣尊敬孝順我媽媽嗎？我能像正常的兒媳一樣尊敬孝順你媽媽嗎？

我們沒有辦法違心地回答這個問題，至少現在不行。所以，就在這裡、在這一刻說再見吧！

不要擔心我，這段時間躺在病床上，什麼都不能做，我想了很多。也許因為這個世界有白晝、也有黑夜，有冬天、也有春天，所以光明總是與黑暗交錯，寒冷總是和溫暖相隨。在這半明半暗、半冷半暖的漫漫時光中，沒有百分百的幸福，也沒有百分百的苦痛，總是既有歡笑，也有憂傷。遇見的是歡笑還是憂傷，是我們沒有辦法選擇的，但即使憂傷如同歡笑在太陽下的影子，總是無處不在，我也會永遠選擇面朝太陽，把陰影留在身後。遇見什麼不是我能決定的，遇見什麼的態度卻是我能決定的。

我會好好生活，努力讓自己幸福，因為我知道媽媽和你們都希望我過得幸福。

你也要好好生活，努力讓自己幸福，因為我和你的父母都希望你過得幸福。

很抱歉，我不能參與你的幸福，但請記住，在你的幸福之外，有一個人永遠祝福你的幸福！

——半暖時光〔下卷〕　卷終

野人文化
讀者回函卡

野人

感謝你購買《半暖時光》下卷

姓　名　　　　　　　　　　　　　　　　□女 □男　年齡

地　址

電　話　　　　　　　　　　　　　　　　手機

Email

□同意 □不同意　收到野人文化新書電子報

學　歷 □國中(含以下) □高中職　□大專　□研究所以上
職　業 □生產/製造　□金融/商業　□傳播/廣告　□軍警/公務員
□教育/文化　□旅遊/運輸　□醫療/保健　□仲介/服務
□學生　□自由/家管　□其他

◆你從何處知道此書？
□書店：名稱 ______________　□網路：名稱 ____________
□量販店：名稱 ____________　□其他 __________________

◆你以何種方式購買本書？
□誠品書店　□誠品網路書店　□金石堂書店　□金石堂網路書店
□博客來網路書店　□其他 __________________

◆你的閱讀習慣：
□親子教養　□文學 □翻譯小說 □日文小說 □華文小說 □藝術設計
□人文社科　□自然科學　□商業理財　□宗教哲學 □心理勵志
□休閒生活（旅遊、瘦身、美容、園藝等）　□手工藝／DIY　□飲食／食譜
□健康養生 □兩性 □圖文書／漫畫 □其他 ______

◆你對本書的評價：（請填代號，1. 非常滿意　2. 滿意　3. 尚可　4. 待改進）
書名 _____ 封面設計 _____ 版面編排 _____ 印刷 _____ 內容 _____
整體評價 _____

◆你對本書的建議：

野人文化部落格 http://yeren.pixnet.net/blog
野人文化粉絲專頁 http://www.facebook.com/yerenpublish

廣　告　回　函
板橋郵政管理局登記證
板橋廣字第143號

郵資已付　免貼郵票

23141
新北市新店區民權路108-2號9樓
野人文化股份有限公司 收

請沿線撕下對折寄回

野人

書名：半暖時光【下卷】

書號：0NRR0038